U0628383

读客文化

匿名举报 ②

一场赌上一切的举报，掀起天翻地覆的商业风暴！

李佳奇　著

山西人民出版社

图书在版编目（CIP）数据

匿名举报 . 2 / 李佳奇著 . -- 太原：山西人民出版社，
2024.5

ISBN 978-7-203-13204-2

I. ①匿 … Ⅱ . ①李 … Ⅲ . ①长篇小说 – 中国 – 当代
IV. ① I247.5

中国国家版本馆 CIP 数据核字 (2024) 第 038471 号

匿名举报 . 2

著　　者：李佳奇
责任编辑：席　青
复　　审：吕绘元
终　　审：武　静
特约编辑：舒　艳　　程楚桐
封面设计：章婉蓓

出 版 者：山西出版传媒集团·山西人民出版社
地　　址：太原市建设南路 21 号
邮　　编：030012
发行营销：读客文化股份有限公司
天猫官网：https://sxrmcbs.tmall.com　　电话：0351-4922159
经 销 商：山西出版传媒集团·山西人民出版社
承 印 厂：河北中科印刷科技发展有限公司

开　　本：680mm × 990mm　　1/16
印　　张：15
字　　数：220 千字
版　　次：2024 年 5 月　第 1 版
印　　次：2024 年 5 月　第 1 次印刷
书　　号：ISBN 978-7-203-13204-2
定　　价：49.90 元

如有印刷、装订质量问题，请致电 010-87681002（免费更换，邮寄到付）

版权所有，侵权必究

在时间之中，我们终将窥见真正的自我。

——豪尔赫·路易斯·博尔赫斯

魏某非国家工作人员受贿罪一审刑事判决书

××市××区人民法院

刑事判决书

（2022）×01××刑初11××号

公诉机关××市××区人民检察院。

被告人魏某，女，1986年12月6日出生，汉族，大学研究生文化程度，户籍地××市××区。因本案于2021年9月10日被刑事拘留，2021年9月20日被逮捕。现押于××市××区看守所。

经法院审理查明，魏某担任朗睿集团市场部负责人期间的犯罪事实以及证明其具体犯罪事实并经庭审质证的证据有：

（1）证人陈某的证言，证实陈某为（上海）广告营销顾问有限公司（以下简称某公司）的董事长。2020年至2021年，被告人魏某索取、收受业务合作单位董事长陈某的钱款，共计人民币一百一十八万余元，并在项目合作过程中为上述公司提供关照。

（2）2020年至2021年，被告人魏某收受、索取业务合作单位某娱乐传媒负责人孙某提供的价值共计约人民币二百万元的钱款、服务等，并在项目合作过程中为上述公司提供关照。

（3）2020年至2021年，被告人魏某接受业务合作单位上海某广告有限公司在美国、日本等地安排的酒店住宿、休闲等（价值共计人民币一百余万元），并在项目合作过程中为上述公司提供关照。

（4）2019年至2021年8月，被告人魏某以借款为名，收受业务合作单位某传媒有限公司高级副总裁赵某给付的返点费用，共计人民币四百二十万元。

（5）证人段某的证言、协助查询财产通知书、交易记录，证实其是某（北京）广告有限公司的法定代表人；2019年至2021年，段某联系魏某，向其分别提供了一百六十万元、二百二十万元、三百一十万元人民币现金的事实。

（6）协助查询冻结财产通知书，证实北京市公安局朝阳区分局冻结了被告人魏某开立在招商银行股份有限公司6231×××× 1314账户内的人民币一千二百余万元的事实。

（7）户籍证明、情况说明，证实被告人魏某的身份信息。

（8）抓获经过，证实被告人魏某系被抓获归案的事实。

（9）证人史某的证言，来自被告人魏某的供述和辩解、协助查询财产通知书、交易记录，证实在2014年到2020年，其和陈某合作的广告公司为了获取朗睿集团的营销代理生意，向魏某不断输送利益达数百万元。两人共同投资的广告公司，因为经营不善，被迫关闭且欠下外债一千万元人民币。史某不得已重新回到广告公司，并且私下找到魏某，要求其在竞标上予以支持。魏某答应后却在竞标关键阶段通过下属进行操控，最终史某的广告公司没有成功中标。史某原本承诺给债权方的债务没有及时偿还，最终不得已将房屋和汽车抵押出去。史某走投无路之际，开车出现意外事故，出于愤怒，史某将问题的源头归结于魏某，将这些年来魏某私下里告诉应某的部分受贿事实，再加上一些自己虚构出来的事实，通过匿名举报的方式将部分证据及举报物料发送给朗睿集团的反舞弊专用邮箱，从而掀起集团内部监察部门对于魏某的调查，最终进入警方正式立案和取证阶段。

基于上述犯罪事实，法院判令，魏某因犯非国家工作人员受贿罪被判处有期徒刑七年，并没收财产三百万元人民币，同时，对其担任朗睿集团市场负责人期间收受、索取业务合作单位的贿赂款共计人民币六百四十五万元予以追缴，并上缴国库。

目　录

第一章
003号员工

1

"你的名字叫圆梦？"

"嗯，原梦。"

"《易经》里面说，所谓圆梦，就是根据梦中的一些现象来解释、附会、推定、预测人事的吉凶。"

"不，您误会了，是原梦。我姓原，名梦。"

原梦连比带画朝着比她年长二十多岁的栾贺将（Seven）解释了一遍。

气象台刚刚发布了大风蓝色预警信号，受冷空气和七级偏北风的双重影响，笼罩城市上空的迷雾被彻底驱散，莫名其妙零零星星地下起来小雪。受天气影响，加上导航半路上弄错了位置，栾贺将晚了半小时，才驱车兜兜转转来到事先约定的咖啡馆。

从远处看，这对年龄相差很大的男女坐在最不起眼的角落，栾贺将点的咖啡几乎一口没动，像是某种神秘莫测的接头。原梦则坐在书店角落里的青色藤椅上，一脸轻松地啜饮着咖啡，有一搭没一搭地和他聊着天儿。这两个人并不熟悉彼此，只是她就这么专注地望着他，听他说话，眼睛湿润明亮，好像吐露出的困惑和失落都可以被他很好地承接。

时值隆冬，栾贺将却穿着一件单薄的黑色西装，他时常挂在嘴边的一句话是"穿西装是他见人的最高规格"。今天，他特意戴了一副圆框、有些可爱的黑色小墨镜，看起来那模样颇为滑稽，西装里面套着黑色的T恤，一条黑色紧腿裤子看起来颇为朋克，锃亮的鸭舌皮鞋。西装口袋里正好放着一本书，抽出来，是东野圭吾的代表作《神探伽利略》。

他不时来一口电子烟，不知何时，他开始有了这种习惯，早已瞧不上吸卷烟的人。雪茄是他弟弟的最爱，但并不能显示出来他的优雅，更重要的是与时俱进的品位。栾贺将自诩是某种神秘莫测的边缘隐士，他大部分时间并不在公司出现，习惯独自冥想。作为一名黑色侦探小说的爱好者，他的阅读节奏从未停止，他喜欢的角色是潦倒侦探、冷血杀手，以及神秘女人。他对布洛克、钱德勒、卡佛、奥康纳、尤瑟纳尔和波拉尼奥的作品如数家珍，有一度栾贺将甚至想模仿波拉尼奥《荒野侦探》的造型出现在大厦里。

事后很多年，他再追忆那一天，都会感谢原梦。

这个初出茅庐的二十二岁女孩，出现在他的生命里。这个只在朗睿集团待了五个多月并且没有转正的女孩，彻底改变了他的人生轨迹，让他成为一个堂堂正正的反舞弊专家，甚至就是从那天开始，他赢得了包括楚歌，以及最为挑剔的赵伯情等人在内的所有人的认可。

"兄弟，你彻底让我改变了想法，才明白偏见是多么可怕。"事后刘岩喝多了，抱着他倾诉衷肠，认定栾贺将做到了许多人做不到的事。

于是乎，那夜下了整晚的雪，便不再是雪。

是西门吹雪。

他揣测，他与"叶孤城"之间的对决来了。决战紫禁之巅。只是"叶孤城"并非一个人，它的确真切存在，但它只是存在于人们脑袋里面的偏见。

这份偏见，就是栾贺将只是个所谓的"皇亲国戚"，没有任何动手能力的废物，他依靠着吃"皇粮"，凭借着弟弟栾贺臣的撑腰，才落下一个闲职而已。他不想活在这种阴影里，尤其是当楚歌这样的他完全瞧得上的老板入主公司之后。他明白，自己虽然只是个半吊子，可是，他愿意像所有年轻人一样，渴望成长，渴望赢得尊重，渴望拥有属于自己的一片天。

经历了那次与楚歌的彻夜恳谈后，栾贺将只想让新老板明白他不是开玩笑，不是在玩儿票，他打心眼儿里希望可以成为他们的一分子——不过或许是碍于他的身份，后来楚歌并没有太多找过他。

栾贺将渴望能够彻底证明自己一次。

即便只有一次，他也要找到属于自己的荣光。

愿以一战惊天下，从此不负身后名。

与有荣焉。

栾贺将约原梦见面的时间是下午3点钟。他先到了，面色恬静，默默地坐在落地窗边，像是一个再普通不过的大龄文艺中年。他偶尔端起杯子闻一闻浓香的咖啡，慢慢地品上一点点。

初见，一看原梦就是那种典型的北方姑娘——高挑的个头，肤色白皙，眉宇中间有一颗明显的美人痣。穿着黑色羽绒服，一股香水的气味随之飘了进来。她落落大方地走进来，随手将外套丢在一旁的沙发上。身材匀称，里面的白衬衫令她显得清秀又干练，黑色劲装下面露出一截修长柔美的秀腿，令来往的男人禁不住朝她身上多瞥了两眼。

栾贺将迎面闻到一股强烈的香水气味，他不住地提醒自己要专注，视线赶紧转移到女孩的眼睛上。

"老板，你约我出来想了解啥？你的同事早已找过我，我该说的都说了，可他一意孤行，完全不相信我说的话！他……甚至觉得我是在撒谎！在栽赃好人！在无理取闹！哼，官官相护，草菅人命，我看出来了，那个叫刘岩的和徐弘就是一伙儿的！他就是想打发我而已，压根儿没花心思调查！"原梦瞪大眼睛望着栾贺将，双手强势地叉着腰肢，气势汹汹地站在他面前，迫不及待地诉说着她遭遇的不公。

"是这样，我们欢迎任何一名内部员工提供针对贪腐线索的举报——"栾贺将停顿了下，故意清了清嗓子，试图通过打个小官腔压一下节奏。他尽可能模仿着东野圭吾某部作品里一位打着领带的职业调查家，先是捋了捋头发，眼神紧紧盯着她的眉心，接着重复两遍对方的名字，他万般确信，这样可以让对方彻底打开心扉，"原梦，可是，原梦，前提是——你得有足够的线索或者证据才行呀。"

他的话音刚落，原梦脸上却是掩饰不住的失望："可我手上什么也没有。"

"哦，你是在和我开玩笑吗？"

栾贺将颔首微笑，不慌不忙，从手机里找到裁判文书网上关于魏雪的《非国家工作人员受贿罪一审刑事判决书》，扬扬得意地炫耀道："你看，只要是这个人有问题，哪怕是一丁点儿的线索，我们也会追究到底，决不姑息！实话和你说了吧，魏雪就是我亲自送进去的！当然，你也不能随便冤枉别人，栽赃陷害可逃不出我的火眼金睛！"

"您放心，这个，当然不是——"看得出原梦变得紧张了，她搓了搓双手，神色有些迟疑，"我只是忘记了一些细节而已。"

栾贺将冷哼一声，他记得弗洛伊德有个理论——人时常会忘记某个人的名字，在说话时摸弄自己的衣服，或移动房间里随意放置的物品；也时常结结巴巴或看似无辜地说错话，写错字。但弗洛伊德指出，这些举动事实上并不是意外或无心的，这些错误可能正泄露人们内心最深处的秘密。他笃定自己距离真相越来越近了，尤其是连刘岩根据专业判断后都认为"无用"的线索，却被他废物利用，视为珍宝。也唯独他锲而不舍，对这封残缺的举报信"情有独钟"，甚至有一丝"虽千万人吾往矣""九死而不悔"的苍凉意味在里面。

这些年来，他在集团最不喜欢两个人，一个是将自己挤走的林诗琪，还有一个就是铁面无私的徐弘。厌恶的原因倒也简单——一个硬生生空降，抢走了他的位置，另一个则经常不给他留面子。数年前，作为行政和人力资源主管的栾贺将，在多次涉及新朗睿集团大厦装修的采购问题上，频频在徐弘这里碰软钉子，搞得十分下不来台，对此他一直耿耿于怀。

"我写那封信，就是要告诉你们，徐弘这个人有问题，但是证据你们不会自己去查吗？难道非要我喂到你嘴边不成？你们是吃干饭的吗！"

原梦的脸涨得通红，她似乎看穿了栾贺将的故作镇定，嘴里咕哝着。

栾贺将哑然失笑，他原本希望通过施加压力迫使原梦吐露出更多秘密，他把小女孩这种嘲弄解读为——在没弄清楚调查者立场之前，举报者通常会有所忌惮与保留。于是他干脆强硬起来："原梦，你这么做，我有理由怀疑你是蓄意报复！别以为我不知道，你压根儿没过试用期！"

"别吓唬我！"原梦遇强则强，反客为主，气鼓鼓道，"不要以为我在报仇，我都离职了，我只是要撕下这个虚伪之人的面纱！"

"我没有权力随随便便调查别人。我又不是警察——"栾贺将的表情藏在阴影里，语气冷冷地，"就算是警察，也不能想查谁就查谁吧！"

她不甘心地抗议着："老板，你不用和我说这么多冠冕堂皇的话，重要的是，你有没有在解决问题？"

栾贺将倒吸了一口冷气，几近拿出了撒手锏："你要知道，我在公司所负责的，是一个看不见的系统，一种被有意构筑的、森严冷酷的秩序，它的规则、处罚、尺度，大部分都存在于员工的猜测中。很多人都能感觉到它的存在，但谁来放网、操控、收网，却鲜有人知。"

平日里，一旦他抛出来这番言论，眼前的人就会肃然起敬，感受到他身上的光芒——那种迷人的理想主义光芒。然而，眼前的这个原梦，似乎并不像系统里的人们那样畏惧他。哦，也对，栾贺将想，毕竟她已经失去了重新进入系统的资格，只是她现在要拿回属于自己的东西。

"你知道为什么我选择这家咖啡厅吗？"原梦停顿了一下，她的眼神像是隐秘的刺客般阴冷，声音却分外温暖，"就像它的名字——'naive理想国'。这是一家天真而理想的咖啡馆。"

栾贺将这才抬头看了看周围的环境，他一直关注着眼前的原梦，从进来到现在倒没有特别留意周遭。只见这家咖啡馆的吧台足够长，一进门的四米是意式咖啡、手冲咖啡的出品区域，靠近室内的另外四米是鸡尾酒区，相互不干扰，谁也不会喧宾夺主。

"它会吸引天真的人们流连忘返，不知归路。"

"天真？"栾贺将笑了，"你知不知道自己在说什么？你那篇流传在微信群里的胡言乱语，你知道的，全世界都没人相信你，只有我愿意——"

栾贺将越说越上头，原梦可以清晰地看到他脖子上的青筋都在颤抖。他俨然入戏，一副清官大老爷的模样。

"这些我想你犯不着对我说吧？"原梦并不打算给他留面子，语气中甚至有些训斥的味道，"我只告诉你一个事实，那天晚上，有人喝多了，就是那家供应商，酒后吐真言，指名道姓说徐弘在一次大型年度线下活动中围标！拜托你不要放过这一线索！"

"我凭什么相信你？"栾贺将直视她的眉心，这个招数屡试不爽。

原梦的语气有着毫不掩饰的得意："我这样的女孩就是会吸引男人对我推心置腹，主动告诉我那些秘密。"

栾贺将怔住了，这女孩的脑回路真是不同寻常！

"我就是这么认真的一个人，睚眦必报！"原梦稚气未脱，却努力扮演着成熟稳重的状态。

昏黄的灯光映在栾贺将脸上，他一时不知道该说些什么，干脆岔开了这个话题："我怎么确定这是真的？"

"信不信随便你，我现在手里掌握的就这么多了。"原梦只是淡淡地解释，然后起身，"老板，我约了SPA，赶时间，有问题你再打电话给我吧。"

"你等等，你等等——"他双手在空气中挥动，想挽留住她。

"我相信你可以做到。"

他像一只扯线木偶，呆呆地注视着女孩决绝离去的背影。满心失落之余，脑子里却突然生出一个奇妙的想法——这个女孩也许就是上苍赐予自己的告诫。原梦，原梦，那岂不是圆他自己这些年孜孜不倦追逐的梦吗？

那一刻，他豁然开朗。

2

"我的老姐姐哪，我，我真的不是故意向你诉苦——"

栾贺将坐在李冉的病榻旁，就差一把鼻涕一把泪地哭诉了。

面对"皇叔"这次突袭式地找她参谋的行动，李冉既愕然又无语。

他一大早就来探望李冉，捧着一把造型夸张的花束和果篮冲进病房，先是象征性地寒暄，问候了下她的身体状况，接着就开启了他长篇累牍的抱怨："虽然我隶属于反舞弊部门，是其中一员，可是，他们表面一套，背地里一套，完全当我是空气！"

躺在病床上的李冉耐心地听他赌气式的抱怨，像是一名酷爱京剧却不得不听流行电子乐的人一样无奈。自从远离俗务之后，她愈加从容淡定。尽管面色苍白，但精神不错。

栾贺将反复念叨的主角，叫作徐弘。李冉认识这位老伙计二十多年了。时光荏苒，恍若昨日，他们两人同一天入职，加入了那时藏匿在中关村居民楼里不起眼的小破公司——徐弘上午报到，李冉下午姗姗来迟。他是003号员工，她是007号员工。

提及徐弘，那是让所有供应商闻风丧胆的人物。他五十五岁的年纪，为人冷峻，铁面无私，不怒自威，斤斤计较，被供应商们私下里称为"灭绝老徐"，仗着资历老、采购经验多、手里掌握的预算高，向来在供应商面前说一不二。

徐弘深得栾贺臣的信任，刚毕业就加入了这家当时还名不见经传的小公司，在如今所有公司都追求年轻化的年代，忠诚度极高、油盐不进的徐弘显然比任何人都有资格胜任采购部门主管这个要害职位。

平日里，徐弘穿着朴素，各色名牌与他绝缘，在他这种元老级别员工中，开百万元豪车或者购入千万元豪宅的人比比皆是，可他至今只开着一辆十年前产的丰田凯美瑞上下班。

据说，徐弘有一个听话又懂事的孩子，至于他老婆是谁，坊间传闻不一，不少好事之人认为他早已离婚，一直在独自抚养儿子长大。

然而，就在一个月前，全公司的道德典范被一个名不见经传的离职员工实名举报了！

这位年轻员工有个很特别的名字——原梦。

两年前，她从北美某不知名大学留学毕业回国，先是在一家A股上市医疗公司担任总裁助理，工作一年多，不知道为何突然萌生从深圳回北京照顾家人的想法。采购部Tracy的一个朋友将原梦的简历推荐给她，说是自己远房亲戚，虽然家境优渥，但是为人勤勤恳恳，愿意吃苦。彼时，Tracy手里正好有个职位空缺，和原梦见面后，她对原梦印象不错。问及回家工作的原因时，原梦告诉Tracy，在豆瓣上，一个名叫"独生子女父母养老交流组织"的小组，已经拥有超过8万名成员。正如小组简介里写的那样——20世纪八九十年代独享阖家宠爱的独生子女们，终于快到了要供养父母的时候。

"Tracy，我过完年即将回深圳的前一晚，妈妈一宿没睡，忙碌着给我准备了好多食物，炸带鱼、红烧肉、烧丸子、炖排骨，然后冰冻起来，就是她能够做出来的所有私房预制菜。我说，不要啦不要啦，都啥时代了，还弄这种大规模的食物迁徙，但她就是坚持要我带上。我读大学那会儿，她都要煮很多鸡蛋让我带着，站到路边看着我走，一直站到她看不见那辆车为止，她现在身体不好，所以，我必须回北京照顾她！"

Tracy听完十分感动，觉得眼前的小姑娘可人又懂事，自然十分喜欢。问她是否愿意从头来做采购，原梦爽快答应了。

两人分别后，Tracy当即决定收留这个没有采购工作背景的孝顺姑娘，和负责招聘的HR（人事专员）私下里打了招呼，HR自然也没介意她往届生的背景，让其顺利入职。

没想到知人知面不知心，Tracy完全是给自己挖了个大坑！

这姑娘初来乍到，最初几周还算是安稳，没看出任何异常。

不想，好景不长，她刚熟络了环境，就做出了匪夷所思的事情：她仿佛拥有双面人格，对于自己的老板，无论Tracy还是徐弘，都表现出极其强烈的讨好型人格；但对于供应商，极其不尊重，随意谩骂和训斥，呼来唤去，使得供应商敢怒不敢言，怨声载道。

有次，Tracy带她出去吃午饭，发现她对服务员和出租车司机也很不礼貌。

本着尽可能容忍新人的原则，她让原梦在采购部接着折腾了三个月，但是这姑娘要么汇报文件词不达意，要么算出来的数字误差巨大，总之对工作很不上心。私下里还和几个她喜欢的供应商打得火热，常常对其他同事大大咧咧地炫耀又和谁出去吃饭、喝酒、泡夜店，甚至和对方老板纠缠不清……

原梦已经损害了采购部声誉，后果不容小觑。Tracy不敢纵容她继续胡闹下去，狠心找到HR，表示坚决不能让她过试用期。

原梦敏锐地察觉到了Tracy要开除她的意思，一气之下去找了市场部新来的一位高级经理，提出自己渴望做marketing（市场营销），希望换个更有拼劲的老板一起工作。那位初来乍到的经理也是一时头脑发热，因为原梦曾热心地帮过他，推荐广告公司参与他负责项目的竞标，而且长得又漂亮，此时正是急于用人的阶段，没多想就口头答应了她的转岗要求。

原梦觉得是自己主动炒掉了Tracy，越发趾高气扬起来，还疯狂地四处散播Tracy为人温暾平庸，不想做事也不能成事，采购部就是被这样一群无能老人垄断着、把持着等偏激言论。

Tracy听到后十分伤心，觉得自己简直就是参演了一场真实版《农夫与蛇》的故事。她不敢隐瞒，将这个消息告诉了徐弘。这还了得，一下子捅了马蜂窝！徐老爷可是眼中容不得半粒沙子的人，二话不说，怒气冲冲找到林诗琪，投诉原梦这一恶劣转岗事件，要求将她开除。

林诗琪自然不可能为一个小员工得罪徐弘，当即表态——公司不可能容忍这种人存在，坚决予以辞退。

不想，尴尬的一幕发生了，无论是采购部还是市场部，都不愿意和原梦做离职沟通。无奈之下，HR只好亲自上阵，传达了原梦试用期未能转正的事实。

小姑娘原本以为可以调岗到市场部的美梦，就这样碎掉了。

原梦气不打一处来，径直冲到徐弘办公室，当面质问起来，双方的实力对比显然过于悬殊，原梦被气场强大的徐老爷当场碾压得哑口无言，甩下一句"老头，你等着瞧"之后便夺门而出。

或许是受到前阵子魏雪事件东窗事发的创意启发，原梦在离职前最后一天退出公司的采购部门微信群之前，直接往群里甩出一个文档。

标题那叫一个耸人听闻：本人原梦，今天实名举报徐弘贪污受贿、违法乱纪、玩忽职守、滥用职权、栽赃陷害、诋毁同事。

窥探的欲望谁都有，大家赶紧打开一看——嚯，简直就是大爆料！

小姑娘在专业上没什么能力，祸害的本事倒不小，由于过去几个月私下里和供应商打得火热，积累了不少"素材"，有人喝多了就告诉她一些有的没的。说者无意，听者有心，原梦将手里掌握着的、亦真亦假的、道听途说的传闻都一股脑儿丢在这个实名举报文档里：

> 亲爱的各位同事，我是原梦。六个月前，作为采购专员加入了朗睿集团的采购部。作为一个新人，我自知人微言轻，申诉无门，时值年末，惶惶不可终日……
>
> 现在我想说的是，我个人在朗睿集团的这最后几个月，所受到的所有不公平待遇，所看到的徐弘有恃无恐的卑劣行为——陷害年轻女员工，勾搭供应商进行串标舞弊，以及私下收受巨额贪污贿款的证据……
>
> 这些严重影响了公司在行业与公众间的品牌声誉，破坏了公司良好的人文环境。劣币驱逐良币的现象，最终的结果只能让兢兢业业的员工们寒心……

3

举报信洋洋洒洒数千字，大意就是采购部上梁不正下梁歪，徐弘道貌岸然，压根儿就不是什么好东西，把持着公司的采购体系，私下里偷偷谋利，比如秘密借第三方代持入股供应商、大额现金礼品回扣、利用供应商的资金让儿子进入×大附中上学……

原梦甚至还爆料出N年前某广告公司为了进入朗睿集团的供应商体系，借拍摄广告为名，私下找了徐弘的儿子拍广告，作为TVC（商业电视广告）的演员备选。当然，这一条广告百分百不会上电视，因为只拍了5分钟，很儿戏地给了"小演员"50万元作为广告拍摄费。举报文档内容亦真亦假，还煞有介事地总结了徐弘在供应链中的腐败行为主要做法：

（1）让供应商报底价，继而伙同接口人往上加价，加价部分双方按比例分成。

（2）利用手中权力，以技术规格要求为由指定供应商，或故意以技术不达标为由，把正常供应商踢出局，把可以给一定比例回扣的供应商押镖进短名单，长期拿回扣。

（3）故意以降价为借口，把所有正常的供应商淘汰，让可以给回扣的供应商进短名单。进短名单之后，供应商做成独家垄断，然后涨价，双方分成。

（4）利用内部信息和手中权力引入低水准的供应商，并和供应商串通收买研发人员，在品质不合格的情况下不进行物料验证，导致差品质、高价格的物料长时间独家供应。

（5）内外勾结，搞皮包公司，利用手中权力以皮包公司接单，转手把单分给工厂，中间差价分成。

（6）利用负责采购生产辅料的职务便利，安排由其控制的七家经贸公司成为该独资公司辅料供应商，虚设交易环节，赚取差价。徐弘通过自己控制的贸易公司向真实辅料供应商低价购入生产辅料，翻倍加价后高价转卖给该独资公司，共非法侵占公司资金人民币千万余元。

这封逻辑漏洞百出、证据链完全缺失、行文捕风捉影，内容更是网上四处摘抄的模板式举报信，由于与平日里人们内心建立起来的关于徐弘的形象认知偏差太过巨大，根本就没人相信。大家只是觉得一向严苛的"灭绝老徐"，居然被这个小丫头片子在背后捅了一刀，啼笑皆非。

集团反舞弊中心却不会轻易放过这条线索，刘岩第一时间就约见了举报者原梦，一番盘问之后，没发现任何实质性的证据。凭借他多年的刑侦经验，基本判断这个姑娘纯属恶意报复。在与楚歌沟通后，反舞弊中心决定不再针对徐弘事件投入更多资源进行调查。

这场闹剧式的举报风波渐渐无人问津。

只是……有一个人除外。

他就是栾贺将。

作为反舞弊中心唯一的"编外"人员，栾贺将对这封举报信产生了极大兴趣。事实上，通过官方指定的举报渠道投递过来的邮件，完全不经他之手。反倒是这封大胆公开的实名举报，让栾贺将望眼欲穿，被吊足了胃口。

他揪着这条线索不放的理由非常简单：越是没有疑点的人，反倒是值得去重点关注的漏洞。

无事可做的栾贺将潜心研究起这份举报信，他没和任何人打招呼，私下里再次约见了原梦。举报人一脸认真，表示有人酒后向她吐真言，指名道姓认定徐弘在供应商入库竞投标上存在着严重违规的问题，她再三请求栾贺将不要轻易放过这一线索，继续追查。

他尚有自知之明，知道不能单打独斗。在整个反舞弊部门，他最为熟络的当数刘岩，两人年纪相仿，还是大学校友，为了请刘岩帮忙，他没少请对方下馆子。

"老哥哥，我就和你说实话吧，徐弘我肯定重视，也进行了技术手段上的排查，结论就是——没什么可疑的。"

刘岩自带气场，他有一种天生的语言解构能力，东拉西扯，随口就是段子。几杯酒下肚，刘岩拉着栾贺将推心置腹地说："当然了，不排除我工作不到位的地方。但是，咱们是兄弟，有什么我就直说了——资源就这么一点儿，用在东边就不能用在西边了，啥事咱都要讲个优先级不是？我现在正为了深圳分公司那边烦着呢，掰成好几瓣在用……"

喝了栾贺将悉心珍藏的两瓶铁盖茅台后，刘岩还是没有松口答应重启调查，他坚信徐弘是无辜的。那天晚上，栾贺将竟然有些失落，迎着天边的鱼肚白走出酒场，顿觉理想主义的荒废与虚无。

在刘岩这里碰了软钉子，他只好找其他人下手。栾贺将和赵伯倩交集最少，他对这个女人颇为忌惮，这种冷艳型尤物他完全搭不上话，为数不多的几次寥寥数语交流都被对方撑得哑口无言，他颇为识趣地没有去找她。

图南完全就是个怪咖，每天都沉浸在各色游戏中。因为孩子痴迷某手机游戏，导致成绩长期以来十分低迷，栾贺将"恨屋及乌"，恨不得把全世界开发游戏的人都斩尽杀绝，自然也不会再次央求图南。何况，他先前私下也要求过图南提供数据，被义正词严地拒绝了。要求楚歌开放数据审批权限，可是楚歌天高皇帝远，正在深圳出差，电话里只是敷衍着说等他回来再说。

他越挫越勇，并没有放弃。反舞弊中心的这些人中只有性情温和的江律师愿意和他交流，可是聊来聊去，依旧迟迟打不开局面。栾贺将把针对徐弘的怀疑点逐一和她说了，江律师笑着反过来劝他，只是凭借一个离职小孩赌气报复式的实名举报，就重启调查徐弘，太小题大做。

实在走投无路，栾贺将这才决定去找昔日的老上司李冉诉苦。

"栾贺将，不是我说你，为什么你偏偏紧紧盯着徐弘不放？再说了，我和他认识这么多年了，他不是那种人，如果他是的话，那么他早就暴露了——"李冉故意停顿了一下，将声音拉长，在栾贺将听来像是某种外太空的声音一般刺耳。

"滚动的石头不生青苔！凭什么他在这个位置上就不能动！"栾贺将很是不服气。

"这个典故不是这么用的，它代表着滚动的生活能让人保持活力！"李冉忍不住给他纠正，"你要审视下自己，别总是怀疑东怀疑西的！"

李冉委婉地批评了他，不过栾贺将这人性格上有一点儿好，就是不走心，偶尔像个孩子似的生气，转瞬就烟消云散。其实，数万人的大公司里面，要是真有人说话让栾贺将心悦诚服，那就是李冉。栾贺臣和楚歌都只能勉强算上半个。

栾贺臣虽然是大老板，但在栾贺将心中顶多就是个有出息的弟弟；楚歌技术出众，但是为人处世过于缥缈，他一时没完全吃透对方的路数。李冉不但擅长与高管沟通，更乐于倾听普通员工的心声。她将自己的工作提升到"看护这一群人以及凝聚他们的力量"的高度，因而，她也被公认为是公司的守护神。

"我知道了，就这么定吧。"这是她在直接拍板前常说的话。即便从朗睿集团退休半年有余，但她对公司的每一步动向都了如指掌。

面对栾贺将的不解与质疑，李冉还是没忍住，扑哧一下子笑出来声："徐弘这么多年帮助公司省下来的钱，没有十几个亿也有几个亿了，他根本就不会在钱面前低头！说句不负责的话，即便我还在内审主管的位置上，我也敢这么讲——如果说整个公司上上下下几万人，我可以容忍一个人贪腐的话，这个人就是徐弘。我们私下里关系非常好，不过说起来，我也有三个月没见过他了。"

栾贺将愣住了，他没想到一向严谨的李冉居然会抛出来这样一番言论。

他顺势问："所以你们上一次见面是在哪里？"

李冉眨了眨眼睛，答："就是我现在住的中日友好医院，那天我正好约了个专科医生，他也在这里挂号，我们还相互感慨有缘千里来相会，真是太巧了。"

"哦。"栾贺将并没有放在心上，这原本就是一件再小不过的事了，"我看他身子骨挺硬朗的，居然还会来看医生，每天精瘦精瘦打不死的样子，哪像我每天在外面这么多应酬。像他这么养生、从来滴酒不沾的人居然还会生病。"

李冉语气顿了顿，努力回忆着："我说栾贺将你是不是死脑筋？谁说生病的必须是本人？人家有家有室的好不好，他是和他家小孩一起来看病的，我们还聊了会儿闲篇，大抵是他孩子生病了吧。"

4

门，被轻轻地推开了。

陶抒夜没料到居然有人在自己眼皮下溜进来了，也不打招呼，自顾自地朝她走来，就像一只老猫，轻飘飘，悄无声息。

三米、两米、一米……

没有丝毫察觉，她一门心思收拾着身后的书架。两天前，陶抒夜作为刚被扶正的集团总监级职员，终于拥有了一间像样的、属于自己的办公室。行政同事热心地腾出来先前魏雪所在的那间，但她说什么也不愿意搬进去。

表面上，她推托的理由是那间屋子太大，但真实的原因是，她觉得那里面莫名充斥着一种说不上来的气息，糜烂、阴暗、恶臭，就像《寂静岭》的设定——相对于外面工位区的"表世界"，办公室内就像是一个"里世界"的存在。每当经过这里，她会不由自主地想起魏雪，尤其是最后一次会面，双目对视，难以抵御的压抑，腐烂的、黑暗的、难以摆脱的，她没办法想象魏雪在里面经历了什么。

有一天陶抒夜刚到公司，沈嫣神秘兮兮地凑到她耳边，悄声道："老板，告诉你一个秘密。魏雪的一审刑事判决书出来了，轰动了，大伙儿一窝蜂在看！"

"在哪儿看到的？"她有点呆滞，没反应过来。

沈嫣嘟着嘴："好像是一个网站吧，叫什么'正义裁决网'。"

陶抒夜内心咯噔一下，沈嫣这个呆子，那是裁判文书网。魏雪真的被宣判了，就像是一块悬着许久的石头终于落了地一样，她没有搭理沈嫣嘴里叽叽喳喳的念叨，亦没有听进去，连一向最喜欢的咖啡也喝得意兴阑珊，心思全无。兔死狐悲的心境，她算是妥妥地领悟到了。

所有的虚伪，都只为了补偿第一个斩钉截铁的谎言。

早知今日，何必当初？

陶抒夜在打印机旁收拾了一间先前存放杂物的小屋子，当作自己的办公室。按照面积而言，房间远比不上魏雪的那间宽敞明亮。沈嫣自作主张地在这间不到十三平方米的屋子里，摆上了各种新鲜绿植，像极了一个迷你热带雨林馆。

沈嫣抱怨："我最近时常感到胸闷，呼吸不畅，很可能是被我男朋友气着了，他最近送花的频次明显少了很多，不晓得他在外面是不是有了别的女人？"

陶抒夜暗自笑了笑，看着沈嫣穿着火辣的贴身皮衣，苍蝇不小心闯进去也免不了要断气。

"老板，你现在是大领导了。你现在没助理，我就是你的助理，千万别堆得乱七八糟，影响风水，不能和外面的杂草一起野蛮生长。"

沈嫣还说新官上任三把火，就是得烧一烧，这样才能红火一整年。

陶抒夜转念一想，也对，随她去吧。谁人背后无人说，她原本没有想着做过多的装饰，一方面，难免被别人嘀咕一番；另一方面，自己能在这个位置上待多久完全没底，这或许是转瞬即逝的事情。

虽然她的恐惧感没有先前那么强烈，但总觉得有一双眼睛，在黑暗中一直默默地盯着自己。这种强烈的不安全感，依旧随时可以压得她喘不过气来。

魏雪一直以锐利的工作状态对人，让人畏惧，也许有时候佩服，但并无怜惜之意，那不是陶抒夜想要的状态。她理解的成熟不等于世故，她相信自己永远不会变成世故的人。最明显的变化就是绝不后退，任何事情开始了就要做出一个结果，神挡杀神，佛挡杀佛，结果不算完美，但是告诉她投入总有回报——当你不后退，世界就会为你让开一条路。

房间里，唯一她主动购置的是一个褐色的书架，一米多高，实木材质，书架上摆满了手办和书。其中一个皮卡丘玩偶是2019年时秦澈和她一起去东京买的。第一次去秋叶原，两人多开心呀，和东京的人潮汹涌、大厦林立相比，千叶确实算个县城模样，但节奏舒缓，安静怡人，更讨陶抒夜欢心。况且，在质朴之下，它还掩藏着完全不输东京的基建与服务，漫步其中，那份低调的繁华便会自然浮现，各色小店鳞次栉比，尽皆精致。

秦澈原本就是个游戏迷，从小到大都离不开游戏。爱情上，开心打，不开心打；工作上，成单打，丢单了也打。几个月前，魏雪东窗事发，两人不得不互相搬家，清理对方的生活用品时，陶抒夜眼瞅着落在自己客厅里的游戏光盘就有三十几张：《双人成行》《女神异闻录》《超级马力欧：奥德赛》《战神：诸神黄昏》《艾尔登法环》……有些游戏没有打开封面，甚至永远也来不及打开，就被丢在了垃圾堆。PS5刚上市那阵子，她花高价买了台日版的游戏机当作生日礼物送给秦澈，两人厮混在家一起打《双人成行》，累了就穿戴整齐出门吃碗肥肠粉，加个节子，然后随便找个咖啡店喝杯咖啡、看书。傍晚，他们路过菜市场买了蚕豆、白芹菜、番茄、土豆、小南瓜，做番茄土豆烧牛肉、酸菜蚕豆汤。又路过花店，想买束花，结果花都很难看，作罢。到家洗菜、烧菜，等待时，洗笔换水，开始画画。真喜欢这么过日子。

　　陶抒夜算是那种休闲游戏玩家，偏好《星露谷物语》之流的种田休闲游戏，NS（Nintendo Switch）也仅限于《动物森友会》。秦澈当初的梦想是去当职业APEX（游戏《APEX英雄》）或LOL（游戏《英雄联盟》）选手，但是他根本玩不明白二段跳，每次都死于跳二段跳，凡是需要二段跳的地方，即使是在没有任何难度的平台间跳来跳去，他也能跳十次以上……秦澈还蠢蠢地不会解谜，每次对她说陶抒夜你看看你那边的视角有没有什么机关，可以让你触发，这样就能到台子上去了，秦澈坚持己见，非要自己硬跳上去，跳了半天，发现是不能跳的，才开始认真解谜。

　　原来是秦澈太蠢，不是陶抒夜游戏技术不好。

　　可恶的男人，就知道甩黑锅给自己！想到这里，陶抒夜忽地眼眶有些湿润起来，她知道自己是想他了。还有一个礼拜，她就要和楚歌出差去深圳了，前方到底会发生什么，她内心也没底。

　　想着给秦澈发个短信告知一下吧，她又犹豫了。先前因为太忙碌或者是太慌乱，来不及梳理这份感情，现在突然空闲下来，那份感情就像是压缩饼干被浸泡在胃里面一样，一下子就填充了整个胃。秦澈现在在做什么呢？或许恰好晚高峰结束，他走在深圳市福田区新闻路上，手里拎着一杯咖啡，抬头看见天上半明半暗的云，而自己偏偏就是那头被生活捶了的笨牛。

陶抒夜轻轻地擦拭着皮卡丘玩偶，放在架子最边缘的地方。她不想一直看着它，但是内心也留着一个地方给它。并不需要将所有东西都带走，即便不想见，即便不在一起了，也能够闻到对方的气息。时间会让一切消散，最炽热的爱情，也不过如此。她轻轻地转过身来。

对面伫立着一位霸气十足的中年男人！眼睛直勾勾地盯着她！

这个男人睫毛黑密细短，两鬓的头发都有些斑白。疏于保养的缘故，脸上褶皱明显增多，嘴角、眼角皆下垂，眉毛稀疏，数道深深的纹理印刻在嘴边，一双眼睛不怒自威。

不明所以的陶抒夜克制着情绪，赔笑道："栾贺将，您怎么来了？"

"我等你回北京已经好几天了。"栾贺将皮笑肉不笑地说完后，倒是毫不客气，一屁股坐在了沙发上。

无事不登三宝殿，"皇叔"一向不走寻常路，算是个异类。JoJo早就叮嘱过她，平日里没事千万不要去招惹栾贺将，成事不足败事有余的典范。先前两人交集不多，但每逢年会需要高管们拍摄祝福视频之际，都是陶抒夜负责，因此也算是旧相识。栾贺将一直不喜欢魏雪，倒是对内敛的陶抒夜赞赏有加。

"呃，您找我有什么事吗？"陶抒夜没忍住，主动抛出来这句话。

毕竟对方是反舞弊团队的一员，她内心一紧，不会是他怀疑到了自己，来这里敲山震虎？不对，她听说李冉退休之后，栾贺将就被调离了反舞弊中心，重新捡起了行政的活计，算是栾贺臣悉心安排他这个哥哥发挥退休前最后的余热。

"没事我就不能来找你吗？"栾贺将反问，脸上有些不悦。

她连忙解释："那倒不是，只不过有些突然而已。您最近忙不忙？"

陶抒夜说完这句话后，忽然不知该继续说些什么，正好对方也沉默了，两人这才发现似乎并没有太多可以沟通的话题，静默了一会儿。

"不，我有个事今天要找你——"栾贺将一脸神秘地说，那声音轻得让陶抒夜恨不得开始怀疑自己的听力。

"好，您说吧——"陶抒夜正襟危坐，等候对方发落。

"倒也没那么着急——"栾贺将摇摇头，叹了一口气，站起身来，朝着落地窗的方向走去，"聊正事之前呢，有一个重要的活动要预热——"

话音刚落，哗啦一声，栾贺将自作主张将办公室的百叶窗拉了下来，外面能透视到里面人群的唯一方式被断绝了！他走到窗边，将窗户上的百叶窗也关闭了，房间内的光线刹那间就暗淡下来，更加匪夷所思的是，栾贺将还顺手反锁了屋门。

他这几个连贯的动作，看得陶抒夜内心莫名地一阵紧张，她完全不知道他要做什么。更过分的是，他居然还关闭了整间屋子的灯光！

黑暗中，她能够听到栾贺将的脚步一点点地朝着自己靠拢过来。一个屋子，一男一女，这会让外面的人如何浮想联翩？栾贺将总不至于光天化日之下要对自己……想到这里，陶抒夜不寒而栗，她下意识地抄起手机，一旦对方有企图，她得立刻拨给沈嫣，让她带保安冲过来！

即使身处数万人的大公司里面，陶抒夜内心依旧不免一阵紧张。

就在万分忐忑之际，她突然听到打火机打火的声音，火苗闪现又熄灭，紧接着，一道微弱但持久的光芒出现，只见栾贺将手里多了蜡烛和蛋糕。

烛光悠悠摇曳。

"这是一根从柬埔寨带回来的红蜡烛，许愿很灵，相信你的梦想一定会成真，这是一个什么都有可能的时代，你持续地相信，一件事是真的，它常常就会是真的。祝福你！"

他咧着嘴笑了起来："抒夜，祝你生日快乐！"

5

陶抒夜怔在了那里。

她惊诧于栾贺将为何会知道自己的生日，更惊诧于自己甚至忘记了生日。她睁大眼睛看着眼前的人，忽然，她想起栾贺将长期负责人力资源部门，想打听一个员工的生日，那并不是件太难的事。

"来，许个心愿，吹灭蜡烛吧——"栾贺将一脸认真地看着她，"抒夜，你要知道，我可没给公司的任何人过过生日，你是第一个。"

陶抒夜一脸受宠若惊，连忙点头谢过，飞快吹灭了蜡烛。

没想到三十三岁这年，她会在狭小的办公室里和一个比自己大二十多岁的男人度过生日。

吹完蜡烛，她立即起身去将百叶窗拉开，以及最重要的，将反锁的门打开，这时间一长，两人在里面做什么谁也说不清楚了，万一碰上沈嫣这种不开眼的冲进来汇报工作，那么她再怎么解释也于事无补了。

"我们聊正事——"栾贺将语重心长道，"抒夜，请记住，今天我对你说的一切都只在于你和我之间，不可以对任何第三个人说出去。"

不明所以的陶抒夜还是点了点头。

这位"皇叔"一向戏剧感十足，虽然集团内部很多人看不起他，但陶抒夜并不反感他，反而觉得他是这个时代难得的性情中人。只不过对于他那诙谐不靠谱的行径，也颇有耳闻。

"抒夜，明人不说暗话，你怎么看采购部门？"栾贺将单刀直入。

"您指哪个方面？"

"你别误会，我只是向你了解下，采购部门日常和公关、市场部门对接的流程。颗粒度最好再细一点儿，比如说竞标，毕竟你现在负责的这两个部门年度采购额度加在一起有十几亿人民币。所以，在竞标上，你觉得采购部门有什么不合理的地方吗？"

陶抒夜留了个心眼儿，她并不清楚栾贺将葫芦里面卖的是什么药，在大公司里做人做事同样重要，但是有时一句话说不好，得不偿失。既不能信口开河，也不能随意敷衍，她稍加思索道："采购部和我配合得挺好，繁文缛节挺多的，不过也可以理解，自从魏雪事件发生之后，采购政策与流程就进一步收紧了。"

"抒夜，我可当你是自己人！我知道你做过公关负责人，现在还是集团的新闻发言人，你看你，回答得就是滴水不漏，你可不要用这个公关口径来对待我。你要知道，前几天我们中秋家宴，老板还特意问到了你的情况——"

栾贺将脸上闪过一丝不悦，不过讲话的语气还是分外宽容，他只是特意将"老板"两个字咬得很重。

"我毫无保留地赞扬了你，我是这么说的——抒夜是一个非常认真的女孩，非常敬业，在反舞弊问题上也很干净，相信她在这个岗位上一定可以胜任，并且表现出色！"

陶抒夜立即表现出感激的神色，她知道栾贺将是真心的，于是连声道谢："您放心，我一定知无不言，言无不尽。您放心问就好了。"

对于陶抒夜的表忠心，栾贺将还是显得很受用。他继续循循善诱："采购部门嘛，当然，你和我心里都清楚，在老徐的领导下，尤其是在合规上面，自然是整个集团里面最清白的衙门。不过百密一疏，你们以往合作这么多单子，你觉得哪里有什么漏洞？"

她没料到对方是来套自己口供的，顿了顿才说："栾贺将，您……是在开玩笑吗？采购部门能有什么问题？他们是整个公司最廉洁的部门了，'灭绝老徐'坐镇，他们一定是最干净的部门，没有之一。"

"抒夜，这个世界上不存在百分之百的事，假设不大胆一点儿，什么时候大胆呢？说，尽管说！"栾贺将一板一眼地说，丝毫觉察不出来这里面刻板的说教成分，他笑着鼓励陶抒夜，眼神中却充斥着淡淡的忧色。

"您可能问错人了。"陶抒夜摇头，"市场和公关这类非标准采购，每次竞标都有法务、财务、供应商管理中心等多个部门打分，我感觉没有什么机会出舞弊问题呀！"

"哼，采购虽然定不了哪一家可以中标，但是——"栾贺将眼神收拢，神秘莫测道，"但是抒夜你千万别忘了，他们拥有提供供应商的能力！如果都是自己人中标，谁坐在这个位置，又有什么区别呢？对他来说，都是旱涝保收。"

"他？您指的这个他是谁？"陶抒夜一脸警觉，她再傻也开始明白他意有所指。

栾贺将自觉失言，硬着头皮说道："你放心，我们没有证据是不会随便怀疑人的，今天的话题就限于你我之间。"

她摇摇头，直截了当地回应："我不知道。"

栾贺将不泄气，继续鼓励着陶抒夜："你再想想。"

陶抒夜没说话，她能够想到的只有采购部的烦冗流程，但她明白自己今天必须说点儿什么，才能交差过关，要不然栾贺将一定不会放过自己。

绞尽脑汁，她的脑中兀自闪现出一个荒诞的念头，她决定碰碰运气："栾贺将，我实在想不出来自己能够提供什么线索。您找我来聊天儿浪费时间，倒不如去楼下找打印店老板，或许柳暗花明又一村！"

"打印店？"栾贺将不解。

陶抒夜点点头，笑着继续解释："您没听说吗？供应商之间有个玩笑话，如果你想竞标获胜，其实只要把咱们公司楼下所有的，从去年开始就如雨后春笋般出现的打印店全部收购了就可以！"

栾贺将越来越困惑了，他想起来楼下的确存在好多家打印店，他还觉得奇怪，这都数字时代了，怎么打印店的生意如此火爆？

"为什么？"他谦逊地追问着。

"因为打印店隐藏着每家代理商最后且最为倔强的秘密——"眼见着栾贺将那孩子般的求知欲，陶抒夜更是哭笑不得，"您知道吗？供应商之间时常开玩笑，如果你想串标或者打探竞争对手最后报价的价格，买下来他们楼下的打印店，就可以轻而易举实现了。"

"怎么说呢？"栾贺将试图在迷雾中寻找答案，"抒夜，你的意思是，供应商提交给采购的最终方案和价格文件，会在咱们楼下的打印店打印？为什么供应商不在自己的公司打印好再来呢？"

陶抒夜定了定神，不紧不慢地说："这就是徐老爷制定出来的新政策，我不太清楚别的业务采购需求，我只拿涉及市场和公关类的这种非要素采购举例——集团现在的竞标体系都是三轮竞标，第一轮重点是技术标，第二轮是商务标，第三轮是最后两家PK（对决）。采购部门提出的口号是'公平与效率兼具'，要求当天竞标当天决策出结果，不允许拖到第二天，否则会存在舞弊的嫌疑。因此，每次竞标结束后，都要求供应商必须留在原地不动。开标后，如果供应商有幸进入第二轮，一小时内就必须进行第二轮报价，要求封装后的纸质版正式提交，这样谁也没办法提前看到。供应商需要在楼下随时待命。这个时候，你作为供应商，总不能随身携带一台打印机吧？所以打印就是一个无法绕开的动作。也鉴于此，彻底带火了楼下打印店的生意。"

"打印店？"说者无意，听者有心，栾贺将眼前一亮。

"正是因为咱们公司所在的位置非常堵车，附近酒店打印又特别贵，您知道朗睿集团采购部招标养活了楼下十几家大大小小打印店的故事吗？"

正是由于徐弘推出来的全新采购制度，供应商在参与竞标之际不得不将提案的文件与报价一次又一次地打印出来。栾贺将这才想通其中的关联，楼下的打印店几乎都是二十四小时开门营业，因为生意实在太过火爆。

假象在左，真相在右。最意想不到的地方，才有真正的机会！

栾贺将没说话，双手交错抱在一起，暗自思忖起来。

没人知道，此刻，他办公室的抽屉里面正好有一整套竞标资料，它就是原梦指责徐弘在竞标流程上存在重大舞弊的那套。采购部门留存的竞标文档都在朗睿集团大厦的地下室秘密保存着。

不过，凭借着他"皇亲国戚"的特殊身份，栾贺将还是能够不费吹灰之力打开地下室资料库的大门，神不知鬼不觉地将那份文件取出来。过去这段日子，他翻来覆去翻阅这份文件，检查所有供应商的名称与报价细则，没有发现任何可疑的异常与漏洞。踏破铁鞋无觅处，倒是陶抒夜嘴里突然冒出来的"打印店"三个字，如同星星之火，迅速燎开了他脑子里的某处平原。

打印店，对，就是打印店！

连告别都来不及，栾贺将大彻大悟，逃也似的离开了陶抒夜的办公室。

6

终于把这位大老爷打发走了，陶抒夜顿感一身轻松。

栾贺将不按常理出牌，像个老顽童一样令人无可奈何。不过，他从不藏着掖着，要是真的怀疑谁，就会像当初对待魏雪那样单刀直入，弄得满城风雨，让其下不了台。从他的话音来看，他像是盯上了徐弘。可是……徐弘执掌的采购部门几乎是整个集团最为清廉的存在，"皇叔"这是吃饱了撑的？

就在她胡思乱想之际，手机上收到一条微信，是应溪野发来的。

"抒夜，我可能真的要做好两个人生活的准备了。"

"你又恋爱了？"

"有了喜欢的男人。对了，他的眼睛和秦澈很像，你会不会介意？"

"去你的。你和他上床我也不介意。"

"立字为证，说到做到，不辜负你美意。"

"你还能有正事吗？"

"生日快乐！Happy 18's Birthday！愿你永葆翅膀与想象；如痴如潮，迅涨恒朝。送给你的礼物，注意查收。"

"……好好说话你会死呀……你的礼物我笑纳了……别想着我能和你说谢谢……"

昨天晚上，一场初雪不期而至，将逐渐回暖的天气又强行地拉了回去。站在办公室的落地窗前，陶抒夜朝窗外望去，白雪皑皑，四处皆是蜿蜒不知所终的足印。

又是一年生日，唉，陶抒夜今年很明显的感受就是变老了。前两年还可以剪个齐头帘，也会有人很客气地说我以为你是"九〇后"。到了今年，她非常坚定地面对自己已经是个中年女人的事实。北京突然降温，从十五摄氏度陡降到零下七摄氏度，沈嫣穿着短裙丝袜一点儿没在怕，而她则是赶紧穿上长裤，再未动过在这种季节里露小腿穿裙子的念头。穿得暖和多好，舒服自在，想当年，陶抒夜也是不惧冬天的严寒，以不穿长裤为己任的。

中年感，终于这么结结实实地来了，并获得了自己的认可。应溪野说，陶抒夜你别皱眉，长皱纹。可是，皱纹不就是应该要长的吗？老了怎样，胖点又怎样，那就不是我了吗？接受自己老去，这太重要了。人都会变老的，这是没人能逃避的事实，又没有唐僧肉给你吃。但是，接受老去不代表自己从此缴械投降，对人生潦草交卷。"老"字从什么时候开始意味着不好呢？这只是个客观的形容词，而非贬义词，大概只有在这个时代的文化里，"老"意味着无能为力，成为负担，被嫌弃。

至于自由，当喜怒哀乐都不是来源于另外一个人的时候，自己就终于自由了。这种不被控制、不被影响的感受也不错，秦澈的离开让她懂得照顾自己的需求多过妥协和委曲求全。再老一点儿会怎样，想那么多干吗呢。

可怜的人。

陶抒夜的手上持着一张招聘启事的海报，那是猫角工作室的主理人贝贝给她的，今天，她答应对方要早点下班过去帮忙客串一下DJ（唱片骑师），暂时告别这个烦闷的现实世界。

这家老资格的摇摆舞厅就在东三环住总大厦地下三层，附近遍地都是北京城最繁华的国贸商圈高楼大厦，像是这个时代一样雄心勃勃。大楼的外观和大多数高端写字楼一样，看起来有些冷漠，也有些冷清。只是，顺着走道一直进入地下三层，通过一个拐角就可以看到铭牌：麦角。

第一则招聘启事：摇摆故事集散地

麦角吧台现招募更多爱跳舞、爱音乐、爱喝酒的有趣灵魂加入！成为麦角吧台志愿者中的一名，成为时光舞会欢乐夜不可或缺的一部分，为往来舞者提供最亲切的招待，为舞池中的舞步添加一点儿酒精的快乐，与各地舞者分享各自的摇摆故事……在这里，你可以获得：

——免费参加舞会的福利；

——更快结识更多舞者的机会；

——阅读神秘时光舞厅调酒秘方；

——学习麦角特调和晋升调酒师的机会。

PS：吧台内可以跳舞。有兴趣的小伙伴请联系：孔海底
（QQ：5055××××）

第二则招聘启事：舞会隐形掌舵人

Disc Jockey

唱片骑师DJ可谓Leader的Leader，远在dancers牵手前，早已打好腹稿，他/她为夜晚铺上属于自己的基调，并且期待，期待那些由舞者创造的，各种可能的未来。

这诚然是一种快乐，另一个维度的Call and Response。

混迹舞会很久的大家，一定感受到了顶级的DJ点燃全场氛围，让你鞋底生烟的高光时刻。

现在机会来了，麦角提供实习DJ名额，舞会的第一个小时将作为开放时段，任何人都可以向任意一名麦角驻场DJ提出预约并且得到指导，从而有机会晋升正式DJ。在数次考验后转正，在更多时段创造和展现你的可能。

May the Bounce Be With You!（愿快乐与你同在！）

有兴趣的小伙伴请联系：孔海底（QQ：5055××××）

陶抒夜收拾好东西，迅速驱车离开了公司。今天她可不愿加班，朋友们在麦角等着她。这是她的秘密基地，只要推开那扇门，另一个世界就出现了。

灯光梦幻，爵士乐一首接一首，人们互相招呼着走进舞池，随时可以开始一支舞。舞池里的男男女女脸上有沉醉的表情，不时爆发出惊喜的叫好和富有感染力的大笑。音乐中的欢洽情绪让每位舞者的嘴角上翘。

整个地下室的面积有两百多平方米，四周全是镜子，让人望不到

头。似乎由几个不同主题的小型舞厅组成，灯光并不复杂，但变幻莫测，幽蓝色、红色、橘色、紫色……随着音乐节奏变换成不同的色调。

小巧可人的贝贝为陶抒夜送上了一次特别的生日祝福。抒夜，生日快乐——每个舞者围绕在他们身边，给她送上祝福。

Birthday Jam（备注：在摇摆舞的圈子里，过生日、欢迎或告别的传统被称为Jam，在一首歌的时间里，所有人都会轮流上来和主角跳舞，和Swing一起的第一个生日Jam，许下一个能走能跳能摇摆到八十岁的心愿），真的太棒了！陶抒夜由衷地喜欢祝福型Jam，没有Show-off（爱卖弄的人），不会害怕跳错，不会担心出丑，也不会担心自己跳得不够有意思。你只是想要送出祝福，对朋友，或是对陌生人。

舞池中央的她，像一串珍珠项链一样，舞姿流水般灵动。灵动的舞步，纤瘦的手臂，一次次转身，在空中划出优美的弧线，每次抬手，手指都是并起来的，手臂每次挥舞都像是提前规划好了完美路径，被舞伴牵引转圈时的手臂舒展，翩若游龙。她脚尖切换脚跟叩击地板，循着节拍左右晃动身体，牵手、扶腰，快活地踢腿；摆肩、摇臀、送胯，动作小而圆，就像荷叶上晃动着的圆溜溜的露珠，透着一股逍遥天真和自在。

她肆意地享受着大家给予她的幸福，当她和一个人在跳舞的时候，会有下一个人出现在身边，等待着，就像接力棒一样，牵过她的手，默默地支持着、承受着，将幸福与祝福，承接到下一个人手上。

就这样，一直跳下去吧，陶抒夜陷入生日祝福的海洋中。

要是可以一直这样下去，该多好。

地下室信号不好，那天晚上，等她从住总大厦出来，已是晚上十点半。手机接触到空气，立即响起来一连串微信新消息进来的声音。陶抒夜吓了一跳，以为公司出了什么大事。赶紧一看屏幕，微信消息密密麻麻地进来，都是一个人发来的：

栾贺将。

第二章

天 命

1

"你……再说一次他的名字？"

"徐弘……"

楚歌不得不重复了一遍犯罪嫌疑人的名字。

空气登时凝住了，双方陷入沉默之中。栾贺臣显然不愿意相信这是真的。隔着电话，楚歌完全可以感受到来自他的那份痛心与震惊。

整个公司，栾贺臣最不愿意相信会中饱私囊的那个人，就是徐弘。

可是现在，偏偏他出了事。

"真的是他……目前一切证据确凿？你确认？"

"老板，我看过了完整的证据链，涉案金额保守估计上千万了。"

栾贺臣正要脱口而出"不可能，要不这个案子暂缓一下"，可是话到嘴边，又生生地自行咽了回去。他怅然若失，但不愿被楚歌感受到，无人知晓此刻他的内心是何种滋味。只见他缓缓起身，踱步到窗边，失神地看着落地窗外的车水马龙，以及不远处鸟巢附近高端住宅楼的万家灯火。

他再次深深地叹了口气："哦，不过我……这样吧，我还是希望你可以再调查一下，再给我……也再给他一点儿时间。"

"老板，您的意思是？"

他迟疑了，声音却有些高亢，像是在争辩什么："我们……给他留点面子？毕竟他跟着公司这么多年了！"

"您别激动，老板，您的心情我完全理解。"楚歌勉强笑了笑。

"楚歌……我和你商量一下啊……你看这样行不行……徐弘这些年来表现突出，在采购流程管理上有不少创新之举，在降本增效的背景下为公司持续地创造价值，所有人都看在眼里。论个人勤奋和严于律己，恐怕整个集团内能够与他相比的人都罕有……"

说着说着，栾贺臣的声音竟然渐渐低沉起来，平日里，作为集团董事长的威严竟然在那个瞬间消散了，语气中甚至夹杂着一丝丝微弱的央求意味："但是功不抵过，过不掩功，规则必须是严肃的，任何人都不例外！即使我们再痛心、再惋惜，马谡还是要斩！不过啊，楚歌，我就是和你商量下，考虑到徐弘的历史贡献，以及念在他并没有私发一分钱给他自己，我还是希望可以给他一个戴罪立功的机会。我的意思是——大事化小，小事化了，只要他认错，既往不咎。楚歌你看，是不是可以从轻发落？"

"……"

栾贺臣的话音落下，这次轮到楚歌陷入了长时间的思索。他没说话，这显然有违于他躬身入局朗睿集团的初衷和一向坚守的做事准则。

"楚歌，你还在听吗？"栾贺臣问。

"我在。"

"这次是特例……等你回北京，我见面告诉你原因吧。"

"好的，老板，早点休息，挂了。"

楚歌躺在浴缸里，默默放下手机，结束了对话。

他的脑子一刻也没有闲下来，又开始习惯性地运转起来，将整个事件的前因后果完完整整地回溯了一遍。

蝴蝶效应。这个被媒体过度使用，多多少少显得有些过时的名词，在朗睿集团反舞弊中心下定决心调查徐弘这件事情上，被发挥得淋漓尽致——一个毫不起眼的"莫须有"的开端，却引发了后来一系列的轩然大波。这次，还真多亏了栾贺将，原本没人发现这里的漏洞，只有他揪着不放，沿着蛛丝马迹顺藤摸瓜，才发现了最终的问题所在。

不得不说，这次一向不靠谱的栾贺将立了头功。

只是，这份功劳的成果充满了讽刺和黑色幽默意味——公司上上下下几万人的廉政模范和道德标兵，老板身边最为信任的人出了问题，该如何把握这个尺度？这个现实让楚歌极为头痛，尤其是陶抒夜的事眼瞅着要有眉目了，在这个节骨眼儿，却出了这档子事，着实令人费心不已。

即便坐实了证据，栾贺将也不敢自作主张，当即和楚歌做了沟通。身处深圳的楚歌自然也知道徐弘属于公司元老的特殊地位，第一时间就向栾贺臣进行了汇报。到底该如何处置，现在依旧悬而未定，他明显感觉到老板犹豫了。

相处半年下来，楚歌深知这位大老板的行事风格——不继续调查下去，难以服众；选择继续调查下去，他一定又舍不得将徐弘绳之以法。

起身时楚歌才发现浴缸里的水凉了下来，自己躺在水里的时长已经超过一小时，依旧想不通，一向淡泊名利的徐弘为什么不惜名节来蹚这个浑水。

他还就这个议题特意请教过李冉，作为前内审部的负责人，她听闻后也觉得不可思议。在她眼中，徐弘过着一种近乎淡漠的平静生活，外界日渐喧嚣和空虚，他都能够置之不理。因为，在他长期以来形成的意识里，甚至是日常每一个细微到骨子里的习惯，他还需要提着那口气去保持警惕，去守住眼前来之不易的一切。他是一个懂得珍惜的人。他时常挂在嘴上对李冉讲的话是"千淘万漉虽辛苦，吹尽狂沙始到金"。

墙壁上钟表的时间一点点过去。江律师已经帮他订了明天一大早回北京的机票，这也就意味着自己必须暂时放下眼下针对陶抒夜的调查。

楚歌内心闪过一丝犹豫，审时度势，他明白自己必须要选择性地暂时搁置针对陶抒夜的调查，反舞弊中心的资源与精力需要聚焦，现在证据确凿，必须优先解决徐弘的问题。他早已打好主意，因为顾及徐弘的面子，他会采取敲山震虎的策略，回北京后约他当面沟通，试试对手成色。至于问讯的理由，倒也简单——徐老爷手下的大将Tracy涉嫌职务侵占，看看他本人什么反应再说。

"叮咚——"

门外响起了门铃声。他没理会。

"叮咚——"

那门铃声不依不饶，像是楚歌不来开门就完全不会停止一样。不像是服务员，也不可能是警察查房，这么晚了……会是谁呢？

他不情愿地从浴缸里面走出来，披上浴巾，朝着门口走去。通过猫眼，他看到站在门口的人再熟悉不过。

是陶抒夜。

楚歌暗自犹豫之际，门铃再次如约般响起，与此同时，他的手机也响了。

外面的人一定可以听到。

没有办法，他只好打开了房门。

陶抒夜孤零零地站在门口，修身的职业西装内搭配着简洁的白色T恤，把原本埋没在外套下的娇媚曲线勾勒出来。

2

转眼临近岁末，又到了采购部门一年之中最为忙碌的时候。

身为负责人的徐弘更是忙得分身乏术，各种重要会议紧锣密鼓地排在一起，他就像是一只拨浪鼓，为琐事奔命于各大会议之中，每个会议他都要高度集中精神去应付，来的人要么是集团某个大部门的主管，要么是子公司的采购负责人，不可懈怠。

新财年到来之前，集团采购需要和各大业务部门确定来年的采购策略及备选供应商的准入准出制度，不能耽误业务进展。不到三小时，徐弘已经连续接见了来自技术、产品、研发等部门的十几位主管。即便如此，徐弘抽空瞅了眼日程表，还有一多半没见完。

作为代理市场部负责人，也是新晋的集团公关总监，陶抒夜一落地机场，就被徐弘抓来开会。刚从深圳出差归来的她，甚至来不及换上一身新衣服，就火急火燎地赶到徐弘的办公室。

已经熬夜一周的徐弘发现自己真的无法摆脱咖啡的诱惑，不算加班情况，他最近每天需要工作至少十二小时。早上九点到公司，半小时后他就困得想死。现在，他强打起精神，在工位上划开手机，打开APP下单，从二十楼坐电梯到楼下。经历在拥挤不堪的电梯里站立玩手机的短暂窒息后，他在楼下取到外卖小哥送来的热气腾腾的两大杯美式咖啡。

市场部几个月前因为出了魏雪事件，成了采购部门的重点整改对象，半数以上供应商被清退。新的供应商引入机制由徐弘亲自出马，指导麾下的高级经理Tracy设计出更为严苛的采购策略，其中，最为重要的一项改革——未来五万元以上的预算项目都需要招标完成。

徐弘内心其实也明白，这一采购新政对于日常展开工作是不利的。但是，没办法——"非常时刻必须使用非常方法"。所有人都得按照烦琐且复杂的规则办事，公司已经不允许再出任何差错了。他原本以为，陶抒夜会适度地维护一下部门权益，但实在没想到，她表现得异常平静，采购部门提出的各项苛刻措施都坦然接受，即便是一些严重影响部门利益——某种程度上能够讨价还价的关键点，她也都一一应允下来，这一点倒是深深地出乎徐弘的意料。

抑或是这位新主管城府颇深？道行相较前任显得更加深不可测？看着似乎不像，完全是一副人畜无害的职场老实人模样。

徐弘扶了下镜框，认真打量了一下眼前这位虽年轻并不气盛的女主管。记忆中的陶抒夜留着一头褐色长发，仪容整洁，习惯性地露出腼腆谦逊的微笑。这位三十三岁的"大器晚成者"看起来有股属于年轻人的青涩，一种含蓄的意气风发。难怪栾贺臣和林诗琪会看好她，自己也不由得对她刮目相看起来。对比她的前任身上闪现出来的急功近利，陶抒夜则显得更加隐忍和具有大局观。

事实上，他哪里知道陶抒夜早已"四大皆空"，这一切她都没什么所谓，反正也会随时放手而去。没有彼岸，没有终点，魏雪以入狱作为解脱，她则要背负着身份和记忆继续煎熬。背水一战，最终抵达的是她过往人生中不曾抵达的地带。那是黑白相交的灰色空间，是无人可以分担和共享的人生绝境。

"抒夜，你结婚了吗，还单身着呢？"

谈话临近结束之际，徐弘随口问了一句。

陶抒夜诧异极了，她心中的徐老爷向来都是一丝不苟，不近人情，这下居然和自己拉起了家常，顿感这与他平日里的形象严重不符。

"可能还没遇到合适的吧……不着急，再等等。"陶抒夜一时词穷，怔在那里，不知道该说什么好。

徐弘一副催促的语气："哦，你年纪不小了，自己的幸福要趁早掌握，别光顾着工作耽误了。"

"是，是。"陶抒夜嘴上连连答应，逃也似的溜了出去。

送走陶抒夜，徐弘暗自感慨自己真是老了。年轻真好，年轻就该有自己的生活。像他这个年纪，完全被家庭和孩子绑架了。在公司，时间是老板的，在家里，时间是老婆和孩子的，就是不属于自己了。看着年轻有为的陶抒夜，徐弘不由得感慨，公司未来真的需要越来越多这种精力充沛的年轻主管才行。当然，采购除外……采购还是需要自己这种老成持重的角色才能够把控得住。

不过，栾贺臣是否也是和自己一样想的呢？

去年的年会晚宴，老板多喝了几杯，满脸通红地再三叮嘱自己注意身体，希望他多休假出去玩，不要认为自己一天不在了整个部门就散了，不会的，不会散。那一刻，徐弘不知道老板是出于真心，还是暗示自己可以退休了。还有几年就到退休的年纪了，他坚持要站好最后一班岗。他倒也并非不愿放手，只是他手下最为倚重的Tracy，虽然工作能力不错，情商却不足，还需要历练一番才行。

徐弘把笔记本电脑重新打开，又仔细核对了一遍下属们发过来的各大部门年终采购总结，一一核对清楚，发送给顶头上司——集团首席运营官邝子钊之后，已经是晚上十二点多了。更为繁重的分公司年度采购总监述职工作明天正式开始，作为总负责人，他必须提前准备，要对各家公司的采购报告了然于胸，否则如何指导这些天高皇帝远的"封疆大吏"？

忙到此刻，他才想到自己还没吃晚饭，办公桌里正好有些Tracy送他的饼干，囫囵下咽算是填饱了肚子。

徐弘振作了下精神，决定再花一个小时把所有数据汇报提前看一遍，这样明天的总结会上他才能信手拈来。他很疲惫，五十多岁的躯体此时腰酸背痛，集团采购部负责人的工作并不轻松，年轻的下属们性格各异，带人越来越难。前阵子，那个不开眼的丫头——原梦，小小年纪，居然敢参自己一本。当时，在手机里看到那个文档，徐弘不由得惊出一身冷汗，以为这丫头片子真是手上掌握了什么要命的证据。

定睛一看，完全是胡说八道，他才心神稍定。只是，唯一令他感到不安的是，原梦居然准确地说出了这家公司的名字，他还特意打电话过去质问江圣杰一通，对方也是摸不着头脑，算是草草收场。

明天下午，反舞弊部门的楚歌还约自己聊天儿，不知道是不是为了这件事。退一万步说，就算是真的出了事，老板难道忍心让自己滚蛋或者进监狱吗？

徐弘认为答案是否定的。

这些年，自己大力推行的采购"价低者中"原则，虽然将集团上上下下弄得怨声载道，但也真金白银地为公司节省了数十亿元的成本开销，这些都是肉眼可见的功绩。

与他的兢兢业业相比，那个所谓的"瑕疵"，老板真的会看在眼里吗？

再说，他在公司的位置太过特殊，位居采购负责人这份要职，多少人盯着他，每年经手的流水就超过百亿元人民币。身为公司最资深的员工之一，董事长栾贺臣对他有知遇之恩，视他为道德榜样的风向标，两人交情颇深，在二十世纪九十年代偏安一隅的中关村破旧住宅楼里就并肩作战，这次要是真的有什么差池，他可没办法向老板交代。

这个丑，是万万不可出的。

他的难处，从没有对任何人说过。谁也不知道，三年前，他的老婆竟然迷上了P2P（点对点网络借款），赚了点小钱，却鬼迷心窍，结果把家里所有积蓄都扔了进去。最后P2P平台跑路，炒股又平仓……她彻底抑郁了，整日待在家中，哪里也不去，连接孩子小葫芦上下学这种事情都不能做，最近又疯狂地迷上了打麻将，流连忘返，整日不知所终。

老婆先前在一家外企当一个不大不小的主管。外企风光的时候，自然瞧不上朗睿集团这种当时艰难生存的民营公司，老婆因此对他颇有微词。但三十年河东三十年河西，如今，外企的影响力一落千丈，反倒是朗睿集团这种本土公司一点点做大，成了全球五百强企业，甚至还在五年前收购了老婆当时任职的公司。

失业之后，在怠惰情绪下，老婆迟迟没到市场上称称斤两，所以对自己的定位和估值一直没接上"地气"——这也导致了后来几年的连轴碰壁。她的重新求职之路，荆棘密布，感喟良深，仿佛回到了学生时代，日复一日改简历、找推荐、看资料、跑面试，周而复始地经历等待、准备、挨捶、幻灭。从起先的踌躇满志，到后来的迷茫失落，偶尔愤懑难解，最终还是与无力感和解，归于意阑气敛。

人到中年最为无奈的是——年轻时那些缤纷的可能性、成长性等，与未来有关的属性都已渐渐破灭。

徐弘也跟着苦笑一番，原来，人有未来是一件多么奢侈与幸福的事情。若不是当初跟着栾贺臣干，现在自己会在哪里，也很难说得清楚。人到四十岁，能力上限越来越难突破。

面前只剩冷冰冰的一条窄仄小路——扑腾至此，命运格局已大抵明晰，乱花过目，枯心无惑，需要的是务实、专注、坚持。

"那就安心在家里带葫芦吧。"

尽管压力不小，但是一直心疼老婆的徐弘还是做了这个决定。

夜已深。

微信里的家长群又有几位性格冲动的家长因为对老师的安排不满退出了家长群，作为家长代表的他还得私信对方早点回群，其中一位家长对徐弘抱怨："我要是有时间守群消息，我不会自己教吗？整天不是让我去报补习班就是让我帮忙批改作业，改完作业还要昧着良心说老师您辛苦了。说实在的，辛苦什么？教我教，改我改，是谁辛苦啊？！"

徐弘一怔，眼眶一红，各种心酸，想起来自己曾在半夜想起作文没改完，打着手电筒改，老婆醒来被吓一跳。为了辅导小葫芦的作业，自己的工作报告做到凌晨三点……但还得打起精神好言相劝对方，因为老师早早叮嘱他要把其他任性的家长拉回群才行。

不知不觉间，已经是深夜一点半。

徐弘揉揉发酸的眼睛，关闭最后一个财务Excel文档，合上电脑，他关了公司的空调，熄了灯，公司一片黑暗。他慢慢走出去，忽然感到身体实在不舒服，想到明天早上还要开车带小孩看病，就干脆叫了个代驾，显示司机师傅已接单近七百次。本以为师傅是个熟手，结果找停车场入口找了一刻钟，估计是看不懂英文字母，一直在A区转，他再怎么努力用电话指导对方，就是走不到百米外的E区，直到去接才跟着来，又耽误了十来分钟。

徐弘本来略有微词，走近一看，师傅年纪很大了，骑着一辆极古董的大号代驾车，基本是出来帮孩子开几天的那种。他想想白天沟通了很久的工厂工人，他们都急着回乡过年。在这加工资都没人干活的大环境，这种算是违规的代驾又是多么艰难，才愿意继续留在大城市，赚着别人不愿意赚的、披星戴月的辛苦钱。于是徐弘帮助他，好不容易把大号古董车塞进后备厢，再指导他如何启动，然后一系列更大的痛苦和不适接连而来。

师傅一身的臭味，确定不是异味，而是应该有几十天没洗澡加上没注意其他卫生的那种，熏得让呼吸都自动屏蔽了九成；又找不到停车场出口，指导着都能开过，兜几圈，快出去了，看着左边往右打方向，差点儿轧到一个女孩子；刚出停车场上路，就直行道右拐，差点儿撞上抢绿灯过马路的电瓶车；接着一直压着线行驶，被无数辆车双闪提醒，提醒后过了一会儿又开始，看来是以前的坏习惯；最吓人的是，他右拐直接开进逆行道，徐弘紧急提醒后，在后面车流呼啸而过的路况下，就在大路口倒车调整……

本来还有一点点困意，徐弘被一次次惊吓搞得提心吊胆，不敢合眼。

徐弘本想着给一个差评并注明理由，但看到对方吃力地搬代驾车的样子，想着他为了省钱不知道多少个晚上窝在什么地方，洗漱都不舍得，或是不敢、不能、不会的窘态，一次差评是不是就会影响他更多次不舍得最基本的吃和用？这个年关，又有多少像师傅这样努力挣扎在最低生存线上的人，唯唯诺诺、小心翼翼地努力活着。这样的人，可能会有诸多带给人的遗憾和困扰，但徐弘不愿意做的、让他的生活更美好的事情，又岂不是都是他们在做呢？

付完代驾费用，徐弘本来想提醒他技术不过关，别再开车，太危险了，可是话到嘴边，还是没能说出来。最后对他说了一句：今年都回乡得早，赶紧回老家吧，再晚没车票了。

看着他点头哈腰地推着车离开，徐弘假装看手机，其实在看着他的背影，久久没有挪步。生存的意义，活着的状态，也许并非在书籍和名人的嘴里。

其实，只要人们慢下来，低下头，就在自己的眼底。

3

"徐老师，我们接到举报线索，Tracy可能存在私下舞弊的问题。"为了最大程度上保全徐弘的面子，楚歌不得不采取这种声东击西的方式。

徐弘难以置信："我不太明白……你说什么？"

楚歌不得不重复了一遍："有人举报，Tracy涉嫌围标操纵供应商。"

"不可能！绝对不可能！采购部门没有腐败！"徐弘的目光很坚定。

楚歌反倒一怔，他从没见过像徐弘这样的人，在反舞弊部门头子主动找上门之际，对于自己负责的部门如此信任。这种人要么偏执自信到极致，要么就是心里有鬼。

"总有人说这不可能，那不可能。不可能的一定就是真的。其实，他只是不愿意相信有些人为了把这些不可能变成可能，花费了多少耐心和工夫。"楚歌话说得也毫不客气，刀光剑影，有来有往，"最近暴露出来的一系列问题，坦白说让我们吃惊、愤怒和痛心，我们部分同事，罔顾公司规则，胆子之大、路数之野，令人超乎想象，而且相关问题带有一定的普遍性，绝不仅仅是这个人的问题！"

徐弘对于他亲手建立的采购体系自信满满，如数家珍："为什么不可能？我给你介绍一下，我在设计采购体系的时候，为了最大化增加采购人员的腐败成本，采取了很多预防腐败的方式，比如采购岗位人员在岗三年，期满无论工作绩效如何，一律调岗；经理级员工，都需要签担保制；资深采购岗位招聘时必须有符合我们要求的外人来担保……"

"再完美的制度，也控制不住人心。"楚歌毫不客气地打断了徐弘，"随便一个环节没控制好都可能出现腐败，供应商准入、产品定价、合同下单、订单交付、检验入库、结算付款……防不胜防，否则怎么会出现魏雪事件？否则怎么会在公司查处了魏雪、谭耀明他们之后，还会继续有人铤而走险？"

徐弘没想到楚歌如此强势，平日里他早已习惯被人尊重，这种巨大的反差感让他内心产生了严重不适。

自觉专业领域的权威被冒犯，他的手指在桌面上敲了敲，不悦地说："Tracy跟了我很多年，我相信她的人品，请您给我具体说说，她到底哪儿出了问题？"

"具体情况我不方便说。"楚歌不紧不慢地打起太极，"不过，根据我们掌握的证据来看，Tracy在行政装修、设备采购这种谁都能看出来猫儿腻的项目上面，一向都奉公守法。但是对于某些难以衡量价格的项目，比如版权采购、代言人合作，她的开口比谁都大。她的舞弊手段非常隐蔽，造成公司的平均采购价格超过合理水平百分之二十，甚至一家供应商私下称她是公司的'兼职销售总监'。"

"如果她真有问题，我不会有任何袒护，但是……如果是供应商恶意栽赃，那可不行！"徐弘的声调忽地抬高了起来，当即话锋一转道，"Tracy平日里工作认真，得罪的供应商也不在少数。楚总，我相信您是一个正直的人，老板也信任您，我们不能让老实人——尤其是维护公司利益的老实人受委屈，对吗？"

"这个当然。"楚歌闻言一笑，"所以我们当然要先问一下徐老师你的意见。"

徐弘的脸色相较于方才缓和了不少："楚总，我只是一名普通老员工，不用特别照顾我的情绪，越是敏感部门，越要严格要求，否则，我怎么和老板交代？"

看着眼前徐弘的云淡风轻，楚歌不由得想起来陶渊明那句有名的诗——纵浪大化中，不喜亦不惧。楚歌明显感觉出来，徐弘的段位与修为比起魏雪，不知道要高出多少。

从假想敌的角度来看，他并不愿意与徐弘这样的人成为真正对弈的敌人。

然而，箭在弦上，不得不发。

"徐老师，我想我不用再向你强调了吧？公司这些年没出过大事，最近几年，国家大力反腐，监管越来越严厉，多少明星公司卷入丑闻。我们鲜有牵扯，是因为规范和审慎是我们一贯的原则。今天的朗睿集团，作为一家公众公司，更容不得半点闪失，战战兢兢，敬畏规则，每个晚上能够坦坦荡荡地睡觉，比什么都重要。我不希望看到任何一个同事去坐牢，毁掉自己的人生和前程！"

徐弘面色难看，撂下狠话："楚总，这种照本宣科的话，你就不用给我讲了吧。要是谈论到价值观问题，我作为003号员工，想必还是比你更有话语权吧。"

楚歌不动声色继续施加着压力："我们不希望最后闹得双方不愉快……作为老员工，公司是承认她的历史贡献的，所以老板希望她能够主动交代，这样，双方面子上都好看……老板说了，不用罚款，也不用发布公告，只需要把这些年吞下去的吐出来，就既往不咎，这已经是老板能够接受的最大限度了。"

楚歌的一席话讲得含沙射影，徐弘是个聪明人，他完全能够感受出来其中话里有话，他的每一处细微反应都没有逃过楚歌的眼睛，旁敲侧击开始起作用了！尽管对方的脸上依旧在努力保持平和，但这些话无疑像一颗颗子弹，打进了他的心里，让他一步步地走向溃败！

"我不太清楚你找我是什么意思？"徐弘依旧是铁板一块，不卑不亢，"如果事实确凿，该怎么处理就怎么处理，不能因为我是她老板，你就可以网开一面。"

楚歌身子向前一探："我和老板请示了，希望你去和她直接沟通一下。"

"我？"徐弘一怔，不解地问，"为什么？"

楚歌凝视着徐弘的眼睛，一字一顿地讲出来："徐老师，反舞弊部门一旦介入，就没有任何回头路了。今天，我代表公司重申原则：红线是非常清楚的，不管因为什么原因、什么理由，不行就是不行；破坏规则的人必须严惩，哪怕你的出发点情有可原，哪怕你确实没有把钱揣到自己的口袋里，但法无可赦！我希望她学会尊重规则，对规则葆有必要的敬畏之心；的确，有时候规则会让我们损失效率，影响业务，但是如果人人都可以无视规则或者随意破坏规则，往轻了说，这个公司会变成一盘散沙，往严重点说，朗睿集团迟早会从根子上烂掉！这是绝对不可以接受的！"

楚歌的话越说越重，直白到图穷匕见。

"不可能！"徐弘声嘶力竭地站起身来。

徐弘睁大了眼睛，用手指敲了敲桌子，高声地质疑道："我手头上没有任何证据，你要我怎么和她谈？"

楚歌的声音如此决绝，由不得对手抗拒："你不是我，你不需要证据。"

徐弘稍作迟疑，最后还是点了点头："有点突然，我考虑一下可以吗……"

"当然，这个完全尊重您的个人选择。"楚歌面色凝重，"不过说一句站在我的立场上不该说的话。Tracy现在有个孩子，还生病了，丈夫也多年不上班了，所以我们还是希望她主动承认错误……如果她矢口否认，错过了时间点，我不知道她以后的日子怎么过……"

如果说，刚才还是两人在互相试探的话，这一次，徐弘已经完全听出来了弦外之音。

　　Tracy虽然结婚多年，但压根儿就没有要孩子，哪里来的"孩子生病"？她的丈夫一直在国企上班，过着朝九晚五的生活，根本就不是楚歌描述的那个模样。

　　换言之，他口中描述的Tracy，分明就是自己！

　　楚歌对于自己的了解，远远超过了自己对于他的了解。

　　表面上，徐弘还得装作若无其事的样子："这个，我自然知道。"

　　楚歌压低了声音："徐老师，现在公司正处于风口浪尖，股价一跌再跌，外界本来就在关注我们，只要一篇报道，媒体就可以让Tracy出丑。她的丑闻成为公司员工之间的谈资，阳光联盟、行业机构带头封杀她，判刑至少四年。表现再好，从里面出来找份工作都难，她在同事朋友之间也无地自容，她的小孩甚至会在家长会时被人指指点点……我想，她一定不想闹成这样的局面吧。"

　　徐弘没有接楚歌的话茬儿，他淡淡一笑，不以为然："这些我想她会考虑到。不过你倒是有点推活儿的意思了，都让我去做，你可以直接享受胜利果实了。"

　　"放心，我不会让您为难。"楚歌的声音总是那样平静，"我会在全公司范围内统发邮件，配合您，您可以理解为——如果您是正面战场上的陆军，那么我们就是空军，投放炸弹。咱们可是统一战线，协同作战的伙伴！"

　　"哦？"徐弘看着窗外的烈日，不禁蓦然心凉起来。

　　楚歌打开笔记本电脑，主动向徐弘出示他已经拟订好的邮件：

　　　　各位同事，大家好！

　　　　在绝大多数同事辛苦努力工作的时候，却有个别人在贪念的驱使下伸手侵占公司资产，大肆挥霍公款，可谓穷奢极欲。我们本该分享给贡献者的回报就都这样被这些人偷走了，所以我们必须把这样的蛀虫揪出来赶走。

公司加大反舞弊力度绝不是一句空话。未来，公司将持续加大监管力度，对于触犯红线者，无论职位高低，一律严惩。

同时，本着最大的宽容与理解，对于提前交代自己问题的涉事员工，公司承诺不会诉诸法律，并且以最为宽大的政策进行处理。

本周五下班前为沟通截止时间。截至本周末，如果有问题，还可以主动交代。如果在规定时间之内不交代，被公司主动查出问题的员工，无论涉事金额大小，将会一律移交司法机关处理，并且会做全公司范围内的通报。

集团反舞弊中心

楚歌不动声色地观察着徐弘的面部表情，但见他原本带着笑意的脸上，嘴角上扬，微微抽动了一下，闪过一丝掩饰不住的慌张。

不过很快，他恢复了一如既往的平和。

人哪，嘴巴会说谎，但是嘴唇不会。就是那千分之一秒的变化，让楚歌确定徐弘心里有鬼！

徐弘显得有些激动了："楚总，你们要给员工机会，但是也不能放任一个知错犯错的人！"

"是的。今天真的感谢徐老师的支持。那接下来——"楚歌眨了眨双眼，笑道，"就等您和Tracy沟通后的结果了。"

徐弘轻轻地点了点头，算是应允了。

"不过，徐老师，关上门和你说一句，我其实挺不理解Tracy为什么要这么做……"楚歌推心置腹地说，"采购在公司地位高，薪资也是领先市场分位的。"

"我认识的Tracy，她一定不是这种人……"徐弘长长地叹了口气，像是对楚歌说，更像是对自己说，"不过，欲望这种东西谁能解释清楚。"

"您说得对，所以……以前培训新员工的时候，我就和大家说，没事千万别拿公司的钱。职务侵占罪量刑很高，一百万元就判刑五年起。"楚歌故意停顿了片刻，绷起脸继续说着，"当然了，职务侵占罪也给员工留了最后一条后路，就是公司决策举不举报她。如果她又贪钱，又不承认，那就真的是神仙也没救了……"

楚歌并不高亢的声音在徐弘耳边像是电闪雷鸣。他微微地颔首点头，努力在脸上挤出来一丝干涩的笑容。

4

尽管已经临近下班时间，位于朗睿大厦三十二层的集团采购部门外，依旧是门庭若市，人头攒动。年末，正值各色供应商扎堆催款结算之际，采购部的员工得打起十二分的精神才足以应付，不少公司业务部门人员甚至驻场督战。

Tracy上周累到生病了，在家里躺了足足三天，周五早上拖着刚刚痊愈的身体来到公司。等电梯时，她正好遇到了市场部的一位熟人，那人看到Tracy，激动得一个箭步冲上去拉住她，不住地诉苦。

"Tracy，求求你们徐老师高抬贵手，把我们的单子批了，广告公司崩溃了，再不付款他们真的垫付不起要破产了。现在有三家媒体已经把我们列入黑名单了，超过账期三个多月，还没走付款流程，咱们这么搞下去，明年没有公司陪我们玩了……"

Tracy反倒是一脸诧异："不会吧，邝子钊，你们的那笔单子我上周就已经审批通过了，老板最晚前天也该批复了啊。"

对方摇摇头，显得十分沮丧，道："并没有，我早上还看过，还是待采购负责人审批。"

Tracy一怔，心想一定是单据有问题，否则一向强调效率优先的老板不会拖着不作为。Tracy花了半天口舌才好不容易将对方劝走，回到座位，她打开OA（办公自动化）系统，赫然发现不仅是市场部加急的单子，数十个从几万到上百万元金额不等的单据，全部硬生生地卡在了徐弘的审批链上面。

明明他就在办公室，为什么对这些单据视而不见？

Tracy觉得有必要提醒下老板，她私下里问了徐弘的助理，助理小心翼翼地在微信上叮嘱她，老大最近心情不太好，什么单子都没批，心思似乎都不在工作上了，每天心神不定，若有所思。这些天，来自运营、销售、产品和市场的连续十几拨同事都来催，他都无动于衷。老板特别交代了，谁也不见。

Tracy想了想，这么僵持下去确实耽误业务的进展。新采购政策实施以来，各部门怨声载道，如果反对的声音过大，也不利于采购部门未来展开工作。

Tracy狠了狠心，来到徐弘办公室前，和他的助理打了声招呼，轻轻地敲了敲门，里面并没有反应，她缓缓地推开门，小心翼翼地挪动身躯，走入办公室。

一夜之间，他像是苍老了十几岁，蓄着胡子，眼睛周围裹着年轮般的鱼尾纹。说话间总是微蹙着眉，挤出眉心的褶皱，一双圆眼睛睁得大大的，似乎随时对周边保持机警。布满血丝的双眼暴露了他一宿没睡好，两鬓开始涌现斑白的迹象，整个人没精打采。听到开门的声音，他神色惊慌地望着Tracy，险些尖叫起来，好似惊弓之鸟。

直到看清楚走进来的人是Tracy，他这才恢复了往日充满威严的状态。

Tracy刹那间感到整个头皮发麻，后悔不该在这个时候打扰老板，但是，箭在弦上不得不发，她只好壮着胆子说道："老板，不好意思，打扰了。市场部有几张采购单据特别急，催我们审批，如果再不批复恐怕几个重要项目就要延误了。"

徐弘缓过神来轻轻道："你来我电脑看看，是哪几张单据，你直接批吧。"

什么？Tracy几乎不敢相信自己的耳朵，以往，徐弘恨不得所有事情都亲力亲为，今天却像是换了一个人似的，和他平日里的作风相比判若两人。

Tracy向徐弘投去征询的眼神："这个，不太合适吧？"

"没什么不合适的。你和我之间，没有那么多规矩。"徐弘朝她一笑，站起身来，望向窗外，默默道，"你是我最信任的人了，批吧。对了，年底了，我想和老板提一下，新一任的采购总监我希望你来担任。"

Tracy愣了十几秒钟，她凝神看了看徐弘的眼神，不像是开玩笑。她脱口而出："您这是要去哪儿？"

徐弘抿了抿嘴，硬生生地挤出来一句话："公司对我可能会有新的任命，你放心吧，我会全力支持你。"

听到这里，Tracy不知道该说点什么。一向严苛的老板居然这么随意地给自己一个大大的惊喜，她不由得受宠若惊，说道："谢谢老板，只是……我真的没有做好准备。"

徐弘摆摆手，神情淡定且从容："Tracy，我问你一个问题，如果你愿意回答，你就回答。如果你不愿意，就不要勉强，好吗？"

"老板，您说——"Tracy吓了一跳，她不知道老板在卖什么关子。

徐弘压低声音，他那有些憔悴的双眼紧紧盯住Tracy："你实话告诉我，你到底有没有私下和供应商做过任何交易，收受过现金或者礼物……"

"没有，我没有……"Tracy被徐弘这句突如其来的话问蒙了。

"真的没有？如果你现在告诉我，还有机会……你还年轻，我忘记了在哪本书里看到这样一个道理——"徐弘停顿了下，缓缓道，"个人也好，公司或者政府也罢，永远都不能逃脱会计学法则中最基本的一条——欠债总有一天要偿还。这正好与佛家所讲的'万般将不去，唯有业随身'深深地契合。自己做事，或指使别人做事，不管合理与否，总是会找出许多理由说服自己，或假装自己接受。有些事明明知道不可为，却还要去做，也许是因为内心的欲望，而欲望的诱惑有时就是走向不归路的起因。"

"肯定没有，简直是无中生有！"Tracy坚定地摇摇头，她想起来前阵子那个捕风捉影的举报，顿时联想到原梦事件，她忍不住气愤道，"难道又是原梦在四处造谣吗？如果她再这么做，我们可以请法务的同事起诉她！这不是明目张胆的诽谤吗？"

徐弘走上前，一下子拉住了Tracy的双臂，情绪激动道："反舞弊的人已经找过我了，他们手上有你的证据，只要你现在告诉我，把钱退回来，就保你没事，但是如果你不说的话——公司的邮件你没看到吗？今天就是最后期限了，错过了今天，你会后悔一辈子的。"

"老板，邮件我看到了，可是，我真的没有拿过公司一分钱。"Tracy只觉得后脊梁发冷，汗毛直竖，着急得快要哭起来，她不知道自己为什么要蒙受不白之冤。

徐弘松开了，他的脸色一刹那惨白，嘴角微微抖着，眼神中竟然流露出一丝失望。

"哦，你没拿……那就好，那就好啊……"

5

"往前一步是黄昏，退后一步是人生。"栾贺将派头十足，掷地有声，"作为我们公司合作了十年的伙伴，我还是希望你可以配合我们的工作，尊敬的——江圣杰先生——"

尽管已经成为职业律师多年，但是看到栾贺将这充满戏剧张力的表演，一向稳重的江律师实在忍不住用手捂住嘴，险些笑场了。

栾贺将一脸严肃地悄悄告诉江律师，当他得知徐弘涉嫌犯罪的确凿证据后，反而显得很失落，用他自己的话说，内心那根道德柱子坍塌了，他自己的心情五味杂陈。江律师听了后觉得莫名地搞笑，但又不好表现出来。

现在，栾贺将转过头看她，江律师只好拼命用咳嗽来掩饰这份尴尬。

这次来和江圣杰谈判，原本楚歌不愿意让栾贺将参与进来，但是实在挨不过他玩命儿地自荐。毕竟对方身份特殊，再加上整件案子的线索确实是栾贺将挖掘出来的，楚歌这才同意栾贺将一同陪着江律师前来和江圣杰谈判。

出发之前，他再三叮嘱江律师一定要盯住栾贺将，不要让他过度发挥。没想到，刚到现场，栾贺将就开始"摇滚"起来，弄得江律师啼笑皆非。

"两位，我是个性情中人，不懂得弯弯绕绕——"江圣杰的情绪有些激动，从脸到脖子根一片涨红，"你们要说别人有问题，需要调查，我都可以配合。但是徐总的为人，你们去打听打听，平时我请他喝个茶都难，怎么可能会出这档子事？"

江律师正要开口，栾贺将一个眼神制止了她。他不紧不慢道："江先生，我看你是不到黄河心不死啊，非得我揭开那伤疤的创可贴吗？"

江律师只好坐在一旁冷眼观战。

看样子，江圣杰是老鼠，栾贺将是小花猫。现在小花猫的心情不错，正在和老鼠玩欲擒故纵的把戏。

"栾贺将，您有啥就直说！我就一句话，我和徐总之间没有什么见不得光的事！"江圣杰叉着腰，喘着粗气，直接吼了出来。

栾贺将眼睛一瞪，开门见山道："事到如今，你还不承认围标的事实？就是去年四月份发生的，我们新上市的电动汽车在全国三十多个城市的试驾以及巡展活动，涉案金额三千五百万元，你还记得你在合同上签署过什么吗？我来提醒你一下——作为供应商，必须遵守我们的反舞弊准则，这个条例需要我给你念一遍吗？"

一听到这个细节，江圣杰的瞳孔顿时放大，显然他没有预料到这个隐秘的往事会被栾贺将挖出来。

"这个，这个，好吧——"江圣杰倒是爽快，没有做毫无意义的反抗，眼皮耷拉了下来："好，既然被你们发现了，我就认了！以后我不做你们朗睿集团的生意就得了！这都是我个人行为，与徐弘无关。"

"江先生，我想你对法律的理解是不充分的。"江律师平静地注视着江圣杰的眼睛，"这是当时你和朗睿集团签署的合同，协议上面清清楚楚地写着这一条，'一旦乙方出现组织围标的舞弊情形，除了退回所有款项之外，须向甲方进行十倍的赔偿'，这就意味着——你要赔付我们三亿五千万元的金额！"

"什么？"

江圣杰听到这个消息，简直就是晴天霹雳，他怔住了，一动不动。

"你唬我——"

"栾贺将，你弄错了，围标不是，但是假一赔十，是的。"江律师哭笑不得，连忙纠正道。

"不好意思——"栾贺将如梦方醒，长长地叹了口气，用充满惋惜的口吻道，"三年前，朗睿集团的能源分公司不是在重点推广卡车用的润滑油产品吗，在线下十五个经销商区域销售润滑油的时候，在货车司机卸货休息的物流园之中，你专门挑选那些看着不起眼的促销品下手，你是不是以为神不知鬼不觉，一切都能顺利过关呢？"

江圣杰的脸唰的一下变白了，还是装作云淡风轻道："我不明白你说的促销品是什么东西？"

"江先生，你和我揣着明白装糊涂是不是？就是那种对外售价是每罐八十八元的蜂蜜，你找的供应商报价是五十八元每罐。没错，从外包装来看确实是这个档位的产品，但是实际上，你却让供应商以次充好，采购了三十八元的廉价蜂蜜，这样你每一罐都可以和供应商分十元。那一单你就生生赚了两百万元，你真的以为没人知道吗？"

"我……不知道你到底在说什么……"

"一个月前，我们去找了一位道行更深的业内人士，找到了和你合作供应商的供货源头。发现你在给我们做的活动上面以次充好，导致促销品质量参差不等，但是你很聪明，因为货车司机这个群体的生活本身就很粗糙，并不关心蜂蜜里面装的到底是什么级别的产品。反正有厂商送，白送的为什么不要，白送的还要挑剔人家什么质量瑕疵呢，你以为神不知鬼不觉的，这一切都没人知道是不是？"

这次江圣杰彻底傻了，他做梦也没想到，这种蜂蜜足以以假乱真，竟会被对方揪出来。

"可是，可是你有什么证据吗？"

"废话，没有供应商和你们的合同，我能站在这里和你理直气壮地说话吗？"栾贺将气焰嚣张到极点，指着江圣杰的鼻子骂道，"我知道，疫情三年你们活动公司做生意难，可是以次充好欺骗客户这种行径是怎么回事？我和你说，这家蜂蜜供应商已经成了我们的合作伙伴！他们提供了合同文本！"

江圣杰面如死灰，一言不发。

栾贺将得意扬扬地看着眼前失魂落魄的江圣杰："江先生，忘记和你介绍了，这位女士是朗睿集团反舞弊中心的江律师，她可是身经百战，所以你这次死定了！你信不信？我再救你一次，坦白从宽，赶紧说！"

江圣杰一声不吭，其实那天徐弘主动来找他的时候，他就知道出事了。他不想出卖徐弘，他是个难得的好人。可是更为现实的问题摆在他的面前：自己身后有一百多张要吃饭的嘴。

面对眼前咄咄逼人的不速之客，他真的能够承担这种量级的损失吗？

这世界上真的有所谓泾渭分明的黑与白吗？

江圣杰垂下头去，陷入了痛苦的思考之中。

错了吗……

我，错了吗？

记不起……在什么地方出了问题……

半年前发生的秘密，只有他和徐弘两人知情，是谁将这个消息抖出去的……

就算变成这样……还有机会挽回吗……

我不能对不起徐弘……

6

一年前。

人声鼎沸，烟雾缭绕。

"十三"炭火烧肉酒场。

这是团结湖附近一家近期声名鹊起的烧烤店，还没到下午五点钟就已座无虚席，排号都要叫到一百多号了，食客们坐在大堂椅子上百无聊赖地玩手机打发时间。

这家店有三种炭可选，牛肉实在鲜美，有牛内脏、烤饭团搭配美味的手工牛肉酱，还有百种嗨棒、威士忌、清酒、精酿、调酒都有。店面招牌显得复古怀旧，"十三"两个字慵懒地躺在上面，字体拙朴却坚毅。

从远处能够清楚地听到里面不时传来的喧闹声、啤酒瓶碰撞声、催促老板再来一箱酒的吆喝声，闻到再熟悉不过的烧烤味道。

环视四周，这家烧烤店挂在墙壁上的一段段文案写得颇为传神：

没了烟火气，人生就是一段孤独的旅程。

几串烤肉、一杯美酒，深夜路边的那份诗意，平凡热辣的市井人生。

致那些食欲色欲交织的夜晚。把酒言欢，肆意江湖，当代风陵渡。

烧烤是一个美妙的返祖现象。从石器时代开始，几百万年的进化，人类的第一次快乐体验或许就是围成一圈用火烤肉带来的。生意太火爆，外面露天的环境也被店家简单改造成为临时烧烤摊，也有十多张零零散散的小桌子，每张桌子旁放置着小马扎供食客们坐下。

三楼最西侧靠近窗户的位置上，江圣杰给自己和徐弘的杯子里都倒满了酒，望着已经堆成小山的啤酒瓶，他吆喝服务生继续送上来一打冰镇啤酒。

"你知道我这个人，老徐，事态没有发展到万劫不复的地步，我不可能私下来找你的。我这个做活动公司的，今年都快过去了，一次大型活动都没碰到，大多数时间都是在居家办公，线上打卡。仅有上个月的一次暖场活动请了几个歌手，都是我叫不上名字的。"

说话的人叫作江圣杰，是一家活动公司的老板，他一扬脖子，轻松干掉了杯子中的酒。他原本生性好热闹，在北京的活动圈子，江圣杰以酒风浩荡闻名，他坐镇芳草地，拳打三里屯，腿扫朝阳门，酒肉穿肠，身无挂碍。

对面坐着的徐弘脸色冷峻，杯子里的酒他一下子没动，他抄起手上的纯净水，喝了一口："老江，我知道你是个专业的人！所以朗睿集团这么多年来一直和你们合作。还有，我尤为欣赏你的是，你从来也没有找过我。"

江圣杰拍了拍桌子，越说越激动："老哥，时至今日，我仍然相信线下体验无法被线上取代，但我再也不执着于劝客户做线下了。客户愿意花钱做线上、做直播，我就全力配合去筹备。那么多行业顶流公司都在做，那我有什么理由不跟随？现在难啊，我们团队也从一百三十六人缩到现在的二十五人，没有任何底气去选择客户。听上去是蛮悲哀的一件事，但其实客户也很艰难，门店陆续关闭，地主家都没余粮，又怎么有多余预算给到我呢？现在我甚至连几千块的暖场都会做。"

徐弘没动筷，伸手抓着小碟子里的毛豆，用牙齿咬去皮衣，吐到碟子里，唏嘘道："你说得对，大家都年轻过，也都有过改变世界、改变行业的想法，但现实的我们最多只能改变自己，降低理想值和期望，在这样多变和飘摇的市场环境下寻觅生存的空间，毕竟都要发工资吃饭。"

人过中年，都面临着家庭、事业的诸多烦恼，难免有些共同话题。两人沉默了会儿，谁也没先开口说话，只是看着酒杯中的酒，各自想着心事。

"上次老同学局，我没敢去，怕完事之后的大酒局，自己招架不住。"

"是啊，后来有一天，老胡叫我出去吃烤串，我也没敢接茬儿。似乎荒唐岁月都已经远去，但真的想想，醉酒浪荡的日子似乎最真实。酒后，我们倾吐理想和呕吐物，脂肪肝与胆结石相照，每一天都是'白天不懂夜的黑'。"

徐弘乐了："对，不是有人唱了吗：'清醒的人最荒唐'。"

"年末了，说白了，咱们也好多年没这么喝过酒了——"江圣杰显然内心有事，欲言又止。

徐弘愣了一下，立即听懂了其中的弦外之音，他没接江圣杰的话，而是望向窗外，又默默拿起酒杯，这是他今天第一次喝了杯中酒。

"我知道，是老兄我不对，这些年，可能对于兄弟们的要求过于苛刻了，我也不是在这个位置上就刻意冷落大家。没办法，你别怪我，谁让我坐在这个位置上面，每年上百亿元的采购额，我也是人在江湖身不由己啊。"徐弘自嘲了一下，拿起分酒器，自顾自地干了一杯。

"老哥，我找你是真的没办法了，这次生意上面实在是绕不开了。"江圣杰脸色涨得通红，他颤抖着手，也随口喝了这杯酒，"这些年我从来没求过你，生意上面从来也不找你。我知道你为人从来都是光明磊落，只不过，这次我资金回不来的。"

徐弘没说话，如果换作旁人，他压根儿就不会跟供应商吃饭喝酒，但是眼前的这个人不同别人，自己倒也没有拿过他的钱，一分钱也没有。

江圣杰定睛看着徐弘，等待他的反应，对方却像是视而不见，刻意绕开这个话题，抓了一把腥生的牛板筋放在炉子上，再用蘸着油料的刷子压住，仿佛想压住什么秘密。

"没有这笔生意，我的公司真的玩儿完了，到时候你弟弟的公司肯定也会受影响的，他是我们的下游公司——"江圣杰话说了半句，停留住了，没有说完，端起酒杯，又喝了一口。

眼瞅着火不足，江圣杰唤服务生端来新的炭火，铁丝篓子上的牛肉嗞嗞作响，仿佛仍有生命，在微微哀鸣。

"你这么说算什么意思？要挟我吗？"徐弘显然不高兴了，他的眼睛像是要冒出来火，"这些年，我在这个位置上面，他们用欲望拉拢我，用财富拉拢我，用我完全不稀罕的破玩意儿拉拢我，没有用！根本没用！我就是这种性格！对看不惯的事和人不依不饶！我再次很认真地提醒你，这笔单子，和我那个弟弟没有关系，没有任何关系。"

"你别误会，千万别误会！我，我怎么可能是这个意思——"眼瞅着徐弘发火了，江圣杰一阵紧张，冷汗也从脖子根流了下来，直接拖出了底牌，"我的意思是，兄弟我就求你这一次，这个标的对我来说太重要了，其实你也不用做什么，客户那边我也打招呼了。"

"你的意思是魏雪？"徐弘的眼神愈加变得警惕起来，"你搞定她了吗？"

江圣杰马上拉住了他的手肘，讳莫如深道："老哥，具体什么情况你也别问了，知道了对你也没好处，总之她也希望是我们来执行，现在的活动公司简直就是杀红了眼，有靠谱的大型活动，恨不得不惜一切代价来抢这笔单子……"

他嘴里一直嘟囔着，一直反反复复地嘟囔着。

徐弘沉下脸，甩开他的手，冷声道："就算我睁一只眼闭一只眼，你怎么能确定你可以中标？"

"老哥，没错，你说得对，你是没有决定的权力，但是你有可以提供子弹的能力。这样的话是谁中了都有机会，不是吗？"

徐弘眼神变得分外严厉，他当即打断，直问："所以你们要围标吗？"

"竞标的事我来组织，到时候老哥你睁一只眼闭一只眼就行。"

徐弘沉默半晌，没说话。

气氛陷入沉寂。

良久，他再次开口："谁来经手这个事？"

"你放心，我亲自经手，不会让第二个人知道。"江圣杰把身子前倾，他似乎看到了一线生机，双眼直冒光。

"所有事，所有细节……都是你亲自安排？"徐弘淡淡地追问了一句。

声音不大，却威严。

江圣杰简直喘不过气来，还是努力拍着胸脯保证，压低声音道："是，我亲自安排……你放心好了，最多……最多还有一个人知情，他叫王珏。"

"王珏？就是那个日常和Tracy对接的年轻人吧？"徐弘很是细心，记忆中他记得有这么一个人，话不多，为人低调，应该是江圣杰的心腹。

嗯，江圣杰点点头。

徐弘沉吟半晌，他相信江圣杰的为人。只不过，多出来一个人，就多了条秘密外泄的渠道，这一点，他拿不准。

江圣杰也明白这次是为难这位老朋友了，越是状况危险，他越是有必要信任和保护老友，于是推心置腹地解释："王珏是我自己人，跟了我很多年，打印标书这些事，不可能都是我一个人做。这些兄弟，都跟我有多年的交情，不会有人透露风声的。何况，你根本就没拿钱，有什么担心的呢？"

徐弘沉默了，他知道对方没错，就这么一次小小的请求，他实在很难拒绝。这是这些年他内心唯一的软肋，任何人他都不想去吐露的隐秘角落，就是家中的老二——自己的亲弟弟徐辰。

徐弘心里一阵难过，十几岁的时候，他很早就离开了家，因此，家里养护二老的责任就都塞到了他的弟弟徐辰身上。老二也挺争气，二话不说，就承担起了家庭的职责，大专毕业后也没去北上广折腾，没考上公务员，支起了个小装修公司，当起了一个快乐的小镇青年。后来，双亲过世，老二在家里待着，那几年装修市场竞争激烈，老二又懒得四处跑关系，生意就渐渐凋零下来，有一年，过年的时候实在是没什么营生，老二就和自己打招呼说想来北京做点事。这些年，徐弘赚的钱一半都给了老二，除了过年，他几乎都不着家，徐辰也没啥怨言，承担着照顾父母的责任，尽职尽责，没有出什么大的差错，如果说徐弘有什么软肋，那么就是他的弟弟了。虽然他在公司事务方面一直都是勤勤恳恳，但是在家庭上，这些年来他总是觉得亏欠，内心也感激这个并非什么精英的弟弟。来北京后，徐弘四处托人给他找工作，尝试了不少，也都做得潦草。北京不比小镇，节奏也快，徐辰自己做得也不开心。后来，有次同学聚会，老二认识了江圣杰，两人聊得不错，老同学正好开了一家活动公司，有做现场搭建的需求，两人一拍即合，就合作了起来。

那个时候，徐弘还没负责采购，就顺手将江圣杰介绍给了当时的采购负责人李冉。十几年前，朗睿集团只是个小破公司，没那么多硬性规定，没那么多严苛的条条框框，甚至没人记得这是他亲手引入的供应商。

再后来，徐弘也没心思去追问江圣杰和徐辰合作得怎么样。不想几个回合下来，老二在活动搭建领域颇有天赋，居然意外地做得有模有样，在江圣杰的扶持下，小公司很快上了轨道。江圣杰也是个有情有义的汉子，知道徐弘的为人，从来没有为生意主动求过他。

江圣杰用眼角的余光瞄了一眼手表，快晚上十点半了，这场酒局也渐渐到了尾声。他心里清楚，或许徐弘就是人一生见过的、少数的那几个不需要刻意拔高的人，不论是否在位置上面，他就是如他所说的普通人，怀着某种隐秘的英雄主义，某种黄昏后仍在心中延烧着平静火焰的普通人。真的好。

横下心来，他壮着酒胆豁出去道："老哥，我知道你不要钱。但是，我还是要提一句，就提一句，虽然很俗，但是如果不说，就是我不懂事了——滴水之恩当涌泉相报，事成之后，我还是要表示，你放心，不是向你表示——"

"不要再说了，我不要一分钱！也不要给徐辰任何钱！这是我的底线，请你尊重我，也尊重你自己！"徐弘摇摇晃晃地站起身来，语气却严厉极了，他麻利地披上羽绒服外套，不容江圣杰再有任何挽留，"今天的饭，我已经埋单了。你知道，我从来不和供应商吃饭……今天和你，已经破例了……不要再说这些混账话了！"

丢下这句话后，他头也不回地扬长而去。

望着徐弘的背影以及虚掩着的门，江圣杰双眼通红，扬起来脖子，举起来量酒器，一口气喝光了杯中剩下的啤酒。他再也难以抑制自己的情绪，喜极而泣，一边哭，一边笑得前仰后合，他自言自语道："公司有救了，公司终于有救了……"

方才，他从徐弘的眼神之中，已经知晓了最终的答案。这一次，这位徐老哥于情于理都再也没有拒绝他的理由了。

第三章
你不会了解

1

Q（问题）：朗睿集团大力发展电动汽车业务，去年收入涨了很多，可是亏损也扩大了百分之三十，现在的造车新势力，他们的业务一般都要五年之后才会收支平衡。那朗睿集团在这一方面，怎么看待电动车业务的发展，或者是，有没有更快的方法可以扭转亏损的状况呢？比如裁员？

A（回答）：电动汽车的成本控制，不是简单地裁员，不然，最后走掉的都是有能力的人；也不是预算一刀切，不然，最后产品质量受影响。Robert现在在做一项极其细致而重要的工作，他在带领技术团队对整个生产流程进行分解，只有深入流程和成本的细节里面，才能知道手术刀该切在哪里，这事实上是一个流程再造问题。我预计，明年年底，电动车业务会实现全面盈利。

Q（问题）：疫情三年给朗睿集团的多元化经营造成了许多影响，现在着手改变的事情也非常多，因此，从降本增效的角度来看，如何来看待接下来的竞争？是否也要采取类似于互联网大厂的打法？

A（回答）：我的答案，很简单，只知道省钱就没有未来。这么多年，朗睿集团就是一个观点，只知道省钱，只讲控制成本，不思考战略，没有发展眼光，一路惯性，不布局未来的增长动力。本质上就是一个守成心态，没有积极进取的状态。过去这些年是把利润做出来，表面看起来挺好，股价也不错，但内部已经老化、衰退了。只顾眼前，不顾未来，没有投入足够资金资源，去跟上发展的变局，就没有未来了，等到新的大风大浪一来，就会发现原来的动力系统已经完全跟不上了。我们今天面对的就是这些长期的历史拖欠，要我们重新去弥补，而且时至今日，留给我们的时间不多了，一点儿时间都不能再耽搁了。

Q（问题）：过去一年，朗睿集团各方面都改善了很多，十分是满分，五分是合格，如果你给它一个评分，它现在是几分？

A（回答）：这个我还很难说。

Q（问题）：你觉得要有多少年的时间才可以调整完整个方方面面？

A（回答）：我觉得不会花太长时间，要尽最大努力去调整到位，应该这一两年之内，这是必须的，不进则退，无功则过，不改则死，没有时间了。

——"抒夜，我一定要这么回答吗？"
——"是的。"
——"这个问题我是不是可以不回答？"
——"从PR（公共关系）的角度来看，建议适度回应外面的质疑。"

——"我必须要接受这场专访吗？Robert是否可以替我出面？"

……

栾贺臣耐心地翻看着媒体专访时用的Briefing Book（简报），不时向陶抒夜抛出一个又一个问题。看得出来，现身镁光灯下去应付媒体，于他而言并不轻松。他不时皱眉，这个过程他并不享受，甚至有些抗拒，远没有讨论业务时的兴高采烈与滔滔不绝。栾贺臣天性并不喜欢热闹，为人低调，抛头露面的活动都由总裁Robert出席。恰好年底有一档A股上市公司的财经电视采访节目，证监会要求必须是董事长本人出镜接受访问，栾贺臣不得不亲自上阵。

已是晚上十点多钟，栾贺臣当天会议排得很满，只有这个档口有时间接见她。陶抒夜暗自感慨董事长这个活儿不是人干的，他所享受的财富，他所承担的压力，完全不是普通人可以承受的。陶抒夜观察到，栾贺臣的两鬓悄然间又多了几根白发，这半年来压力巨大，外界一直盛传年内栾贺臣就要退居二线，只不过新任CEO人选一直悬而未决，众说纷纭，似乎就在Robert和刘建明两人之间徘徊，但最终会落在谁身上，无人得知。

两人一问一答，气氛倒是颇为融洽。尽管意兴阑珊，但栾贺臣问得还是颇为细致，对于这个亲手提拔的公关总监，他有点当作自己的关门弟子来看待。栾贺臣生性淡然，原本他对陶抒夜印象不深，以往遇到公关难题，都是JoJo亲来对接，两人相处的机会并不多。自从JoJo远赴日本之后，陶抒夜在艰难之中接手了公关部，做得有声有色。栾贺臣看在眼里，十分欣慰，也认定是自己慧眼识金，私底下与林诗琪商量了一下，也没有再去找其他候选人。

终于挨到这场媒体采访彩排结束，栾贺臣双手揉了揉脖颈，从沙发上坐起身来。

"老板，有人说你奇怪吗？"陶抒夜突然冒出来这句话。

他愣了下，道："奇怪？怎么讲？"

"我不知道，我觉得您和我认识的其他老板不一样。"

"抒夜，很多人会觉得我是个奇怪的人，有时候我也认可这个观点，大多数时候我喜欢一个人待着，一个人去思考问题，这个世界上还有很多我思考不清楚的问题。唯一的遗憾是，我不再像之前那样有那么充沛的体力了。"栾贺臣宽心地笑了笑，他像是对陶抒夜说，更像是对自己说，"我每天早上醒来都能感到身体机能不断退化，精力大不如前，每天都要适应新的自己，某种程度而言，也算是一种新鲜的感受。就像你站在海边看大海退潮，反而可以看清楚自己站在什么样的沙子上面。"

哦？陶抒夜一呆，老板这算不算是在开玩笑？她怎么也没想到栾贺臣居然会对她讲出这样一番话。

就在她诧异之际，有人轻轻地敲门，门推开了。

这么晚了，谁还会约老板开会？陶抒夜心里嘀咕。

是秘书Serena，她走了进来："老板，楚歌来了，现在让他进来吗？还是等等——"

栾贺臣点点头，示意她带楚歌进来。

听到这个名字，陶抒夜内心又一怔，这还是两人从深圳归来后的第一次见面。很快，楚歌走了进来，他一眼看到了坐在沙发上的陶抒夜，眼神中也流露出一丝不易察觉的惊诧，下意识道："老板，你们先聊？我一会儿再过来。"

"嗐，没事，快来——"栾贺臣热忱地招呼楚歌坐过来，"我和抒夜已经结束了，正聊点其他有的没的。"

楚歌脸上闪过一丝犹豫，还是留了下来，坐在了陶抒夜对面。

"抒夜，我一直和楚歌开玩笑，整个公司我最希望看到业绩糟糕的就是反舞弊中心！不过可惜，怎么可能？欲望这种东西折磨人，消耗人，它是没有尽头的。"看到两人在一起，栾贺臣一拍脑袋，随口问道，"对了，也一直没有顾得上问你们，这段时间合作得怎么样？"

四目相对，楚歌先开口了："非常感谢抒夜对于反舞弊业务的支持，无论是社会招聘还是应届生招聘，新人在进来公司的第一天都必须接受反舞弊的震撼教育——尤其是魏雪的片子，发人深省，从宣传的角度，起到了非常积极的作用。"

面对来自楚歌的夸赞，陶抒夜反而产生了一种严重的不适感，汗毛竖立，她从来没见过他这副面孔。哼，千万别当真，逢场作戏而已。

楚歌接过来Serena送上来的红茶，轻声谢过后，继续滔滔不绝："匿名举报的线索方面，相较去年提升了百分之一百四十，证据链的完整度也高了不少，可以说，反舞弊中心和公关部门的合作已经形成了非常好的局面。当然，道高一尺，魔高一丈，像魏雪这样的前车之鉴，也容易给后来的犯罪者启发，现在的商业犯罪趋势也朝着愈加隐蔽、愈加巨额的方向去了。"

说罢，他和陶抒夜相视一笑，彼此都心下了然。

栾贺臣听到这里，收起笑容，正色道："抒夜，防患于未然才是我们的目的，我经常和楚歌说，反舞弊只是手段，而不是目的——公司存在的意义是什么？是创造价值，是持续地创造价值，持续地创造更多的正向价值。反舞弊的意义正在于此，保持公平与效率！"

陶抒夜连忙点头称是，想着她还是及早脱身才是。不承想虽然已近深夜，栾贺臣还是聊意颇浓，似乎没有让自己先走的意思。

恰在这时，Serena再次走进来解了围，她面露难色道："老板，王董又打电话过来催了，要您今天晚上无论如何也得去一趟。我看是不太好推托了……您是不是考虑过去应酬一下？"

栾贺臣苦笑不已："我本来今天不想去这个局，但这帮老家伙还真是执着。我算是看透了，我要是不过去一趟，他们是不会放过我的，好，我去！"他面带歉意地对楚歌道，"不好意思，楚歌，我得出去一趟。那谁……的事，我和Serena说了，安排明天一早聊，你看好不好？"

楚歌见状也只好连声应允。

"你们再聊会儿吧，我先撤了。"栾贺臣一边穿上外套，一边连声叮嘱，和秘书Serena匆匆忙忙地一起出去了。

猝不及防，偌大的办公室里刹那间只剩下两个人，空气暂时凝固了。

"老板都走了，我们还是先回家吧，时间也不早了。"陶抒夜说。

"也好。"楚歌点点头。

二十八楼原本就人员稀少，两人从董事长办公室走出去，已是临近午夜。外面早已一片寂静，工位上空无一人，只有灯火通明。两人各怀心事，朝着电梯间走过去，谁也没开口说话。

电梯上来，默默地打开。

两人肩并肩走进去，楚歌按下大厦一层的按钮，电梯开始下降。

她看着他，他望着她，两人谁也没说话。

摩天大厦，狭小电梯，时间缓慢，惊涛拍岸，细雨飘飞，潮湿的雾气笼罩着两个人影。他们相距不过一米，电梯一侧是完全透明的落地玻璃，从陶抒夜的角度望去，远处那密密麻麻的万家灯火，像无数的孔洞，看不见头。临近午夜，这些孔洞逐渐开始关停，整座城市都平静了下来。过不了几个小时，这些孔洞又会重新打开，晨曦接替灯火，不知疲惫地将人们从孔洞中拉出来，光线立刻从缝隙中涌出，瞬间又复归耀眼。

从侧面来看，眼前这个男人消瘦中透露着些憔悴，哦，原来他也会疲惫。陶抒夜一直觉得楚歌就像个机器人，没有感情，不知疲惫，今天不知道为何，她感觉到他是个有血有肉的人了。

陡然间，她意识到自己就站在魏雪当时站着的位置，而这部电梯，是巧合还是注定，恰恰就是她们当时乘坐的那部电梯！而楚歌此刻则是冷冷的，像是一个局外人，注视着电梯落地窗外，那璀璨无度的城市夜晚。

玻璃外面，雪花纷纷飘扬，两人就在这不断下沉的电梯里面，身体距离如此之近，却互相看不见对方的灵魂。

陶抒夜清晰记得，当时魏雪的手机一下子滑落到地面上，发出沉闷的撞击声，尽管沉闷，却无比清脆地砸在她的心头。尽管魏雪还在强作镇定，但是陶抒夜能够强烈地感受到她身子一软，险些瘫倒在地上。

那眼神充满了惶恐、无助与绝望。陶抒夜怔在那里，久久没有挪地儿。事情发生得太过突然，以至于她都没有思考的余地。她看到魏雪完全消失在她的视野中，她的身子不由自主地跟随人流，朝着外面走去，即将走出大厦之际，她和一个穿着黑色帽衫的高大男人撞了个满怀。

"对不起，对不起。"她下意识里连声致歉。

奇怪的是，那男人连一句有风度的"没关系"都没有说，只是冷冷地望着她。

那目光毫不迂回，大胆、热烈、直接，毫无曲折地刺探着她。冷冷的、充满着攻击性、毫无遮掩、肆无忌惮的眼神，

一股被冒犯的不悦情绪袭上她的心头。

转念一想，毕竟是自己的错，她没言语，连忙低下头，冲了出去。

那男人没有转身，径直朝着电梯门口走去。

楼下三三两两聚集着看热闹的人群，望着头上湛蓝的天，陶抒夜回头，那个男人已经悄然不见。他是谁？他是谁？

现在楚歌站在她的对面，思路逐渐清晰，陶抒夜将那个男人和楚歌完全地联系起来，记忆像是潮水彻底打开了暂时关闭的闸门，全部回到了她的脑袋里面。

那份气息，那份味道，如出一辙，再无怀疑。

眼前的楚歌不就是当初那个撞在她身上的男人吗？原来他和那几个警察就在楼下守株待兔，等待着猎物自己走出来，楚歌面无表情，但是陶抒夜却分明感到他是在对她笑着，充满敌意的笑容，又像是某种嘲笑或者不屑，一点点在她内心渗透着。

安魂的钟声回响在天空。

后悔的钟声……

悲伤的钟声……

或许这些钟声……

在暗示着她的未来。

月光与阴影，在大厦一层下降的电梯设下了分界线，而楚歌和陶抒夜则面对面站立在光与影两边，良久一言未发。

而最终打破沉默的，是楚歌："需要我送你回家吗？"

陶抒夜愣了一下，说了句她自己也没预料到的话："我们去喝一杯？"

酒吧里头喧哗的音乐声　让她暂时忘了女人的身份

放肆摇动着灵魂　贴着每个耳朵问　到底哪里才有够好的男人

没有爱情发生　她只好趁着酒意释放青春

刻意凝视每个眼神　却只看见自己也不够诚恳

推开关了的门　在风中晾干脸上的泪痕

然后在早春陌生的街头狂奔　直到这世界忘了她这个人

"你知道吗？我常来这里喝一杯，有时候甚至白天也来——"

驻场的女歌手坐在角落里自顾自地唱着一首慵懒的老歌，陶抒夜抬起头来，望向楚歌，嘴里忽然冒出来这句话。

"白天来这儿喝酒？"楚歌心想没看出来她酒瘾这么大。

她点点头，不以为然："嗯，有时在公司待得特别闷，或者开完会不开心，就会来这里喝上一杯。等到心情平复以后，就会再回去上班。"

楚歌听得一愣，随口道："嗯，好主意。下次我找不到线索的时候，也试试这个法子。"

陶抒夜一脸率真："想喝点什么？上次咖啡你请了，今天的酒我来请，大家就扯平了。"

楚歌也笑了，没有拒绝，算是应了下来。

这家酒吧的吧台足够长，空间内的装饰材质用了不容易过时的水泥、金属、皮革和木质。它的主人显然文化修养颇深，灯具、吧台和座椅都有种恰到好处的舒适。整个空间都与文学和书籍有着千丝万缕的联系，灯光把图书里的文字摘选打在墙面、柱子和地板上，目及之处都可以感受到文字的力量。

文学为的是，使丧志的人重新燃起希望，使受凌辱的人找

回尊严，使悲伤的人得着安慰，使沮丧的人恢复勇气。（投屏的文字）

"三里屯附近所有书店'寸草不生'，通盈的'言几又'关了，南区的'PAGEONE'关了，脏街的'三联'也关了，以后能好好看纸质书的地方真不好找了。我家里有个小卡包，里面都是再也用不着的书店会员卡，如果说我喜欢的书店算得上精神故乡，这恐怕也是一种乡愁了。"

"你现在还读书？"楚歌问。

"对，不过读得不多。你先点酒——"她催促道。

楚歌端详了一遍酒单，原来每一支鸡尾酒都用一本书来命名。

"好，那我来点这杯酒，'人生海海'。"

"我喝这本，'平原上的摩西'。"陶抒夜显得驾轻就熟。

吧台内的调酒师，从冰柜里取出来一个尚未被造成形的冰球，开始用手凿。只见他娴熟地在几种酒之间徘徊着，选择着，调和着。

"随便用点儿冰块不就行了，你那么卖力去调制冰块，有什么特殊含义吗？"一向不懂酒的陶抒夜问道。

年轻的调酒师笑了："是这样，在我们行业里，有句话叫作——养冰千日，用冰一时。客人往往关注酒要比关注冰高。事实上，我告诉您，这是不准确的。冰的存在，能够让酒变成另一种味道。"

"什么味道？不就是简单地稀释吗？冰不管如何负隅顽抗，最终还是要被酒精化解掉，被人喝掉不是吗？"楚歌说完，耐人寻味地看了眼陶抒夜。

"您只说对了一半，冰的作用不止于此——"调酒师接过话茬儿道，"酒液的温度被冰快速降低，酒精的刺激度也会被冰块压制；另外，冰开始融化后，被冰过的酒液进入口腔会迅速吸收热量，降低舌头的温度，再然后，您的口腔会给酒液持续加温，在这过程中释放更多味道。换言之，冰有能力重新定义酒的味道。"

楚歌一怔，没有说话，陡然间感到喉咙痒痒的很不舒服，于是只好喝了口冰水，嗓子顿时得以缓解了。

陶抒夜问调酒师："你倾向于用老冰还是新冰？"

"肯定是老冰，它有足够的硬度，不像新冰容易化水。老冰最理想的状态是零下十五到十八摄氏度，至少冷冻一百六十八小时，也就是七天。这样一来，能确保冰的硬度及内部更低的温度。我还在美国大雪山试过用威士忌搭配纯天然的老冰，很棒的体验。"

说话间，第一杯酒就已经被调制出来，调酒师满意地看着自己打磨出来的作品，小心翼翼地递到陶抒夜的面前："你试试看——"

"漂亮。"陶抒夜举起来杯子，品鉴了一口，由衷地赞叹着。

很快，另外一杯酒也被端了上来，楚歌品尝了一口，那酒的味道干涩但是调性很足，余韵袅袅。

陶抒夜像是不经意地提起来："对了，楚歌，你们部门的栾贺将前阵子还专门过来找过我。"

"嗯，他来找你？"楚歌抬头看她，眼神中显得十分迷惑。

她呷了一口酒："对，他问了我许多关于采购部的事情，我也不知道他究竟想从我这里打探什么。不过，我把我知道的所有都告诉给他了。"

楚歌自然一下子明白了栾贺将的用意，他并不愿意和陶抒夜更加深入地探讨徐弘这个敏感话题，于是随口换了话题："'皇叔'是个很有想象力的人，很有童趣。他就是随便问问，你别放在心上。"

看对方没接这个话题，陶抒夜也不以为然，端起杯子径直喝光杯中的酒。

"楚歌，我们再来一杯？"

"那自然。"

"我问你一个问题。"

"你说。"

"你知道吗？你的外表特别容易欺骗别人。"

"嗯？为什么？"

"这世界上有一种人，天生拥有一种敏锐嗅觉，看到机会，就像是一条无比饥饿的鲨鱼闻到浓烈的血腥味一样，孤注一掷去抢夺、去冲杀、去获取，并且毫不在意表现出来一副同斯文外表完全不一样的杀手气质。"

楚歌一怔，她说的这番话，像极了自己。他没想到他们只见过几面，眼前这个女人却比他身边任何人都了解他，包括他自己。

他自嘲着解围："我是那种地摊上捡到十字架就会把自己当耶稣的人，那种总忍不住去思考生活意义在哪、存在意义在哪的人，所以我觉得向死而生也可以看成——好好活，做有意义的事情。"

"你喜欢草莓，你会毫不犹豫地买下它，你不喜欢香蕉，但考虑到香蕉助消化，你还是买了它。喜欢很纯粹，不够喜欢就会权衡利弊。如果你当我还算是朋友，当然，是同事也没关系，你可以试着松弛一些。"陶抒夜忍不住笑出声，"人有时候需要变得松弛起来，在我紧张和自卑的阶段，我可能没法那么笃定地展现自己。反而是在我最松弛的时候、最适配我的阶段，我遇到了我自己。"

陶抒夜讲述的声音异常平静，甚至还有点自我调侃的意味："想那么多干吗，我一直认为，真正的自由，是一种自我评价的能力；当然，现实并不容易，如果你打算从社会手中夺回自我评价的权利，那你现在就应该开始证明你拥有自我评价的能力，如果你没有这种能力，凭什么要求社会归还你的权利呢？"

楚歌没说话，沉吟半晌，默默饮光杯子中的酒。他只是想借大量灼热的酒精，压住嗓子里发出来的内心深处那句无声的叹息。

3

"人是永远追不上欲望的，它永远跑在你前面，后面是你的压力，你被夹在中间，很无力。一直紧绷的状态长期持续下去，身体会第一个出现问题，告诉你，这个肉身会支撑不住的。"

直到医生和徐弘说这段话之际，他才意识到自己的身体系统出现了即将崩溃紊乱的迹象。他只感到自己简直就是身处一座赤裸肮脏的斗兽场，在残酷血腥的场中央，想扛到最后，不单要面对凶猛的野兽，面对狡猾的角斗士，面对十万人目光的狂热扫射，还要面对自己。

左手生，右手死，不容退缩，更不管他此前赢得几何。

他的眼前浮现出一个人。

那个人的名字叫Tik，他是世界上最孤独的电影放映员。

在泰国普吉，有个不被人注意的"幽灵电影院"，那是一段异常崎岖的山路，在拐角处，很多车都控制不住车速飞了下去，或者直接撞击在山体上。后来，有人在经常出事的地方特地做了一个简易的露天电影院。每天晚上十二点都会准时播放一部电影，据说是给那些无处安放的灵魂提供的。

这里只有一个电影放映员，周而复始，Tik独自在那里默默工作了二十年。

徐弘问过Tik："你在播放电影的时候，看到过'他们'到来吗？"

放映员Tik默默地回答："僧人真正去超度的，不是死人，而是活着的人心；这里也不例外，你以为真的是给逝去的灵魂看的吗？不，不是，是给路过的、活着的、正在开车的人看的。逝者已去，珍惜自己身边三米之内的人吧。"

用别人的痛刺痛你，再用别人的好唤醒你。当地司机都知道这里的故事，人们会在这个拐角处高度集中精神开车，避免悲剧重演。

徐弘不自觉想起来在泰国旅行时认识的这位电影放映员，Tik的脸异常清晰地记忆在他的脑海当中。

佛教里没有神，只有觉悟的人；佛不在经里，佛在路上。

Tik告诉他，在泰国，再好的摩托车也不用上锁，因为佛说过，一旦要了不该要的东西就会迎来灾难，他们都信。

现在，轮到徐弘不得不信了。

与反舞弊中心短兵相接的第一次交手之中，他都挺住了。

楚歌找过他一次，事后，他就意识到：如果证据确凿，他直接走程序就行了，根本不需要问询。原来自己可以什么都不说。自从楚歌找他反映Tracy的问题之后，徐弘一遍又一遍打开搜索引擎，搜索着相关的关键词：

"硬盘损坏后是否能够恢复？"

"删除微信聊天记录是否能够恢复？"

"客户不拿钱但是放任供应商舞弊是不是犯罪行为？"

……

当他看到巨额财产来源不明罪针对的主体是国家工作人员的时候，他松了口气，但是他很快又搜索到非国家工作人员受贿罪，又屏住了呼吸，就好像过山车一样，辗转反侧，摇摇欲坠……

双眼盯着电脑屏幕看酸了，徐弘一看表，已经凌晨两点钟，明天还有一堆活儿。他说服自己穿着衣服躺在了床上，脑子里殚精竭虑，反倒令他翻来覆去睡不着觉。

近四年来的入睡困难，已经折磨得他十分难受，即便入睡，也是轻浅睡眠，有的时候凌晨三点多就默默醒了过来。硬生生地看着天花板，整天都是没精打采的状态。更为难受的是，一旦到了下午或者晚上，他的抑郁症症状就会一点点地加重，再加上葫芦的病，简直就是种煎熬。

他一度觉得他这辈子从来没有睡饱过。不工作的时候绝对是日夜颠倒，躲太阳的睡法。他最适合的生活是一天三十六个小时，没有工作的时候，常常可以二十四个小时醒着，但是睡十二个小时。睡不饱的感觉是，既疲累，又有一种错愕的茫然。

不知道过了多久，迷迷糊糊中，他梦到自己正在会议室里面开会，有警察直接闯进来，走上前冷冰冰地对他说："你是徐弘吗？请你跟我们回去协助调查……"然后，他被困在一间寒冷阴森的小黑屋里面，坐在一把审讯椅上，面对背后挂有"坦白从宽 抗拒从严"横幅的大桌。拷问工具都被放在椅子的右边，包括但不局限于锤子、凿子……甚至还有一个装有热炭的小火盆。他不住地乞求审讯者："我只求你们一件事，千万别告诉别人，我丢不起这个脸。我在这家公司待了整整二十年，我对不起它！孩子还小，我不想这个时候被千夫所指，戳脊梁骨！"

审讯室后面，有一排架子，和两个都上了锁的保险柜，各种审讯监听设备都存放在这里。徐弘从梦中惊醒，看着破晓时依旧黑色的寂静天空，宛若惊弓之鸟一般剧烈喘息着……

徐弘把自己死死按在床上，眼睛直勾勾地盯着天花板发呆。他突然浑身无力，眼前金星乱舞，似有千万根针刺入心脏。那种像岩浆一样爆发出来的绞痛撕心裂肺，胸腔哽咽得让人想哭都哭不出来。

所谓知天命，就是你看到了结局，仍为之。他关掉所有灯，无力地伏在床上。那哭声十分绝望，有邻居听到，都不由得觉得后脊梁发冷，汗毛直竖，谁也不知道隔壁到底发生了什么。

4

第二天上班的时候，徐弘在茶水间接水，一位熟络的同事在身后拍了拍他的肩膀，不想徐弘手中端着的杯子直接掉在了地面。

徐弘愣住了，那个人也愣住了。

"不好意思，徐总，我就是和你打个招呼。"那人有些尴尬地离开。

"没关系……"徐弘沉默着弓腰捡起杯子，心有余悸。

临近傍晚，从百叶窗里折射出来的阳光越发稀薄。徐弘坐在空荡荡的办公室里，平日里一向忙碌的他，已经足足花掉半小时去欣赏那光线。

夕阳无限好，只是近黄昏。

徐弘诧异于自己怎么会拥有欣赏夕阳的心情，原本他的心情已经陷入了万劫不复的糟糕境地，这才彻底体会到日薄西山的滋味。唉，现在的人们只认得奖项、职位、出名、挣钱这些成功的硬指标，不理解拿瓶啤酒坐在操场上看半个小时夕阳，每天做一件让自己开心的事也是成功不可或缺的组成部分。

徐弘什么都放得下，唯一放不下的只有六岁的儿子葫芦。

葫芦的病来得蹊跷而猝不及防。

一开始他和老婆都只以为是单纯的出鼻血，后来才震惊地发现，这么阳光、乐观、爱运动，完全跟重疾不相关的葫芦竟然得了鼻咽癌。

做全麻手术能解决坏死的问题。复查时，医生对孩子因为放疗产生的坏死逐渐扩大且开始侵犯左侧颈动脉的情况提出了治疗建议。那时最大的问题和苦痛就是放疗引起的，尤其是这么短时间经历了两次放疗引起的组织坏死、纤维化，以及各种神经受阻等，最后导致张口、吞咽困难，以及左侧声带麻痹，说话困难。

葫芦从去年十月开始不能吃喝吞咽了，这一年多的时间全靠鼻饲管输入营养液，正常的饭菜通过破壁机打成浆来注射输入。二十四小时留置的鼻饲管是直接的解决方案，但是长期留置让葫芦确实太难受了。一支管从鼻子进入，穿过鼻腔、咽喉、食道，直达胃部。除了越发强烈的异物感、摩擦造成黏膜损伤的疼痛等，还容易引发葫芦呕吐……

最难受的一段经历是去年年底葫芦因呕吐后出现误吸，险些窒息，之后，异物感与疼痛与日俱增，连呼吸都受阻，鼻腔和咽喉都感觉卡顿，有时候很难入睡，平躺基本不行，侧卧也没有一个姿势能呼吸顺畅。过去这段时间葫芦每夜要起来四到六次，咳喘、清理耳鼻喉，偶尔只起来三次，已经算是睡得最好的情况了。

除了二十四小时在身体里留置的鼻饲管，似乎没有什么别的好办法。

徐弘有动摇过是不是要这么做，毕竟这个选择可以让孩子摆脱鼻腔、咽喉和食道的难受，但是即使在身体上切开一个口，也依然会有新的问题。

看着葫芦很懂事地表示不痛，其实徐弘内心是异常烦躁和心疼的。

他比任何时候都需要钱，但是他不会打任何供应商的心思。毕竟公司给他的商业保险能够承担相当一大部分医药费，除了一些极其昂贵的进口药让他捉襟见肘。

徐弘的视线重新回到笔记本电脑上，他打开闭合的屏幕，眼睛死死盯着那封电子邮件，上面赫然写着：

近期，公司反舞弊部门在采购、运营、市场、技术等多个部门加大了内审的力度，发现诸多部门存在违规现象。目前，公司正在核实证据，为了有效惩处涉事人员，鼓励内部员工采取匿名或者非匿名的证据举报。一旦核实，证据确凿，公司会奖励举报人员人民币三十万元。如果发现朗睿公司员工有舞弊或违反职业道德的行为，欢迎联系我们进行举报。

对于能够主动交代自己的问题并且积极赔偿公司损失的涉事员工，本着宽大处理的原则，公司承诺不会诉诸法律，**本周五下班前为沟通截止时间。**

公司的反舞弊部门再次严肃申明，如果在规定时间之后，被公司主动查出问题的员工，无论涉事金额大小，将会一律移交司法机关处理，并且会做全公司范围内的通报。

朗睿集团反舞弊中心

2022年12月20日

徐弘看了下手表：十七点二十五。

还剩下最后五分钟。

嘀嗒嘀嗒……

那天，Tracy神色凝重地向自己发誓她没拿一分钱。那一刻，徐弘几乎可以确认楚歌的猎物就是自己。想到这里，徐弘好几次起身准备推门而出，但最终还是有一种莫名的力量将他强行按在了座位上。等等，等等……万一嫌疑人真的是Tracy，压根儿就不是自己呢，这么唐突地走出去岂不是飞蛾扑火、自取其辱？对，一定是她演技太好！对，那天Tracy眼神躲闪，一定是向自己隐瞒了什么。徐弘侥幸地想。

十七点二十八。

十七点二十九。

十七点三十。

……

嗯，到点了。

徐弘吁了口气，自己与自己相伴相杀，猛烈地搏杀了一番，还是没能战胜自己。他下定决心之后，内心反而变得愈加坚定起来。

剩下的一切就交给命运吧。要杀要剐，悉听尊便。

渐渐地，徐弘的意识处于恍惚之际，门外响起了敲门声。

"谁？"

徐弘没好气地问，他和助理交代了，什么人都不见，怎么又有人在这个时候打扰他。

无人回应。

门被推开了，徐弘定睛一看，楚歌一个人孤零零地站在门口。

5

徐弘的脸上没有一丝恐惧，神色平静中透着固执。

楚歌阴沉着脸，不由分说径直坐在徐弘的对面。

两人对峙着，谁也没率先开口，一种奇异的氛围充斥在这间不足十平方米的办公室内，肃杀静默但又流露出一丝无奈。

徐弘硬生生地挤出一丝笑容来，试图缓和变得凝重的气氛："找我什么事……"

楚歌冷冷地盯着他的眼睛："徐老师，已经五点半了，你考虑得怎么样？"

"什么怎么样？"徐弘一副神情迷惑的模样。

楚歌以更具有压迫性的语调重复了一遍方才的话："你考虑得怎么样？"

徐弘调整了下坐姿，露出轻蔑的笑容："明人不说暗话，根本就不是Tracy出了什么事。你就是怀疑我吧？我现在就可以回答你，我没有做任何违法的事。我在朗睿已经二十年了，我的青春都在这里了，我和栾贺臣认识的时候，你还在读书吧？"

"徐老师，我想你误会了。"楚歌脸上闪过一丝诧异，道，"我想问你的是——和Tracy摊牌这件事，您考虑得怎么样了？"

徐弘闻听脸上呈现出一丝尴尬，连忙解释道："我，我问过她了，她矢口否认，她说她一定没做过！"

"徐老师，其实你和我查的所有人都不太一样。"楚歌发自内心地说道，"我有点儿不太明白，你为什么要做这件事。因为，你是这家公司最不可能做这种事情的人。"

"所以，你到底是在说谁？"

话音刚落，楚歌腾地一下子站起身来，朝着徐弘厉声喝道："你到现在还不承认，你真的以为我说的是Tracy，与你无关吗？"

徐弘一下子脸色惨白，他没料到这反转来得如此迅速，他下意识地维护自己的尊严道："楚歌，你太无理了！还是那句话，如果你觉得我有问题，请拿出证据，否则我还有很多事情要做，没时间陪你玩。"

楚歌一脸正色，针锋相对道："徐老师，你这是逼着我念课本是吧，公司反舞弊条例里面早就有规定，业务人员不得以业务忙碌为由拒绝调查。明人不做暗事，你拿没拿钱，你和我都心知肚明，你到现在还没想清楚，我现在是在救你！"

"救我？"徐弘冷笑道，"请你告诉我，怎么救？"

楚歌停下脚步，站在落地窗旁边，他的脸庞被光线挡住，显得有些阴暗："徐老师，第一次救你，我用Tracy来提醒你，但是你装傻充愣；第二次，那封全员邮件，又被你完美错过了最后期限；第三次，就是现在，我来办公室亲自劝你。徐老师，麻烦你再想想，换作其他人，怎么可能有耐心和你玩儿下去，直接就报警抓你了！我们是在救你！我等了你一周时间，你都没有找我。我看了监控，你来来回回这么多次，走到我办公室的门口了，还是没有进来，我能体会你内心的纠结。听我说一句话，回头是岸，既往不咎。"

徐弘像是被人说中了心事一样沉默不语。

楚歌一脸真切地说："我和老板请示过了，只要你自己主动交代问题，我们既往不咎，甚至罚款都可以从轻发落。老板对你仁至义尽，我们给你第一次、第二次机会，还可以给第三次机会。但是，没有第四次机会了。"

"我可以理解为这是一种'精神压迫'吗？"徐弘笑了，整个人显得十分松弛，"连警察都可以给嫌犯保持沉默的权利。你这是算什么？"

徐弘微微别过脸，轻叹了口气，表情略显僵硬，坐在那里一动不动，对楚歌的话置若罔闻。

"徐老师，你有没有听过一个故事？"楚歌目光锐利地盯着徐弘，"从前有一位上帝的信徒，发洪水的时候执意不走，认为上帝会来救他。第一次警察开车来了，第二次小船来了，第三次直升机来了，都被他拒绝了，因为他相信上帝会亲自来救他，结果三次活生生的救援机会都被错过，他死了之后却到天堂怪上帝不亲自救他。"

办公室内陷入了比刚才更加令人抑郁的沉默中。

突然，抱着双臂的徐弘笑了起来，甚至可以说是大笑不止。

这次换作楚歌怔住了。

徐弘的双手交叉在胸前，恢复了往日清冷高傲的模样，他淡淡地说道："楚歌，你太傲慢了，你难道已经认为自己就是上帝了吗？你以为你是谁，可以来审判我？收起你的假慈悲吧！你就直说，是不是想搞邝子钊？就在一年多前，采购部向他直接汇报，明明你去了深圳分公司查王森，为什么一个回马枪来查我？栾总还有一年就要退休了，王森给了你多少好处，让你来搞我？通过把我搞下台来让邝子钊出丑对不对，其实就是你们的险恶用意吧？"

楚歌完全没想到徐弘居然在这个时候，莫名其妙勾勒出一幕公司高层的政治斗争故事。邝子钊是集团首席运营官，一人之下，也是徐弘的直属老板。至于王森，则是偏安一隅、财大气粗的封疆大吏，两人抢夺下一任总裁位置的传闻倒是有所耳闻，只不过被徐弘这个时候抛出，楚歌还是觉得十分惊讶。

楚歌没理会他的话，冷静地继续道："不好意思，邝子钊和王森我都不熟，我只向栾总一个人汇报。并且，我从来没想过要搞谁下台，那些跟我无关。"

"你们这种人……是不是热衷于精神折磨涉事员工，还是你早就习惯了虐杀猎物的快感？"徐弘一脸的不屑一顾，不咸不淡地说，"非常遗憾，你那一套在我这里行不通。楚歌，你找错对手了！"

楚歌见状稍加思忖，知道对方早已黔驴技穷，事到如今也不得不撕破最后的脸面了，他定了下决心，缓缓道："为了这家供应商，你煞费苦心。你被原梦举报的供应商招标中，一共是五家公司参与招投标，我们发现了一个疑点，那就是所有供应商投标的纸张，都是用一台打印机和相同纸张打出来的——全部都是六十克的A4打印纸。"

"这能说明什么？"徐弘不屑地反诘，"每家单位都希望标书做得精美，中标可能性大。有一些很讲究的企业，投标甚至不惜血本采用铜版纸。"

楚歌不客气地打断他："但是你也知道，就算是不用铜版纸，通常也会采用八十克的A4打印纸。两者质感不同，六十克比较薄，五家全部采用了低质量的纸张，这个概率基本就是不存在。所有标书制作习惯、语言习惯、字体、字号、行间距，甚至错别字也是一样，显然，五家都是一家做出来的，一定是串标、陪标。这个标的谁负责？就是你！"

看着楚歌过于冷峻的脸庞，徐弘的胃感到一阵阵刺痛，汗一点点渗透在并不光滑的脑门儿上。他下意识地扶了扶镜框，眼神刹那间黯淡了下来。

"但是，这又能说明什么？就算是碰巧一样了，谁能够证明是我操纵竞标？"徐弘的声音尖厉，突然间嚷道，"请你向我提供具体的证据！"

楚歌冷冷道："只要做过，就一定会留下来痕迹，你自以为是计算出了所有可能性，却偏偏忽视了一点——罗伊偏偏在做这件事的时候，为了省事，让手下人直接用公司楼下第三家打印店的打印机打出来，他已经供认不讳。"

咣当一声，楚歌将罗伊签字后的口供证据展示在他的面前。

徐弘怔住了，他看到了那个再熟悉不过的名字与笔迹。

"罗伊，这个人你认识吧？"

提起这个名字，徐弘刹那间脸色惨白，从那一秒开始，他明白了纸终归是包不住火。他的眼神中完全没有了方才的波澜不惊，神色立即变得慌张起来。

"罗伊……他为什么愿意配合你们呢？"徐弘无助地问。

"那得要谢谢江律师的努力了。"楚歌欠了欠身子，调整了下坐姿，想让自己坐得更加舒服一些，他知道徐弘的情绪已经到了临界点，再稍微推动一下，对方心态就彻底崩溃了。

"因为与供应商签署的合同有假一赔十的违约条款，罗伊不能为你一个人让整个公司的人丢掉饭碗。"

哦，原来是来自罗伊本人的指证，徐弘的双手剧烈地颤抖着，那份紧张让他全身上下的肌肤开始出现颤抖的症状。徐弘内心比谁都清楚，一旦罗伊承认，胜利的天平已经在朝着楚歌一方倾斜，他根本就没有任何能够和公司抗衡下去的胜算。

一切都完了！一切也都晚了！

"我知道了，这就是我的命，我认了。"徐弘握紧了拳头，那瘦小的身躯里似乎蕴藏着巨大的能量，"年后，我和栾总亲自交代。"

徐弘说这句话的时候，脸上毫无血色，但是那拼命挤出来的苍白笑容却十分真挚。

楚歌点点头，事到如今，这个事情就算是告一段落了。

都是聪明人，给对方，也给自己留点儿余地。

6

腊月初八，壬寅年，壬子月，丁巳日。

这是一年之中的最后一个工作日。

伴随着北京强烈降温的预警信号，湛蓝色天空映照下却是凛冽至极的冷空气。

坐在朗睿国际二十二层大会议室舒服的椅子上，刘彻却是如坐针毡。2022年，广告行业极其不景气，各路客户的预算纷纷大额削减，不少同行更是没有熬过现金流的寒冬，没有等到春天就已经接连倒下。幸亏有朗睿集团这个大客户撑着，刘彻的广告公司得以在风雨飘摇中硬生生挺住。客户这一年有数款战略级产品发布出来，虽然市场预算相较前几年已经削减了很多，但是依旧属于市场上屈指可数的大金主，年底算下来，也有数千万元的流水。

眼下到了年底采购部例行review（汇报）的沟通会，刘彻不敢掉以轻心。针对这场年末的谈话，毫不夸张地说，整个十二月他都在做各项数据准备。财务、运营、客户部门将过去一年发生的项目都再三核查，确认结算数据，避免现场让采购部门的徐弘挑刺儿。

几乎已成为惯例，每到年末，徐弘都会召集主要供应商的负责人开个碰头会，这个时刻成为每个负责人的噩梦，谈笑间，利润灰飞烟灭。刘彻记得，自己公司年景最好的一次流水破亿元，这是兄弟们努力一年的成功，都是老老实实按照框架合同的定价来服务，业务和采购全都邮件确认过的，可以说是板上钉钉。

结果到了徐弘这里，他把所有资料翻来覆去看了半小时，轻描淡写地吐出来一句话："我看了你们三家的数字，觉得还是有点儿高，结算的时候是不是可以表示一下，当然，你们也可以保持原价，路怎么选，你自己定。"

临走时，徐弘还对他笑了笑，那耐人寻味的笑容，让刘彻不寒而栗。

最令人感到绝望的碾压式竞价，徐老师是出了名的"刀工了得"，上到"达官贵人"，下到"贩夫走卒"，他都能够游刃有余地砍下价来。

流淌着鲜血的胜利算是胜利吗？当然，算！里尔克早就说了，有何胜利可言，挺住意味着一切。虽然年初签了框架，但都是开口合同，这意味着，到了年末结算的时候就得实报实销。刘彻思前想后，又向内线人打听了不少徐弘杀伐决断的往事之后，原本到了最后一笔需要提交的五百多万元结算单，愣是生生没有提交。

这条路，还得识趣地走下去，为了一时爽，断了自己的后路，那是无论如何也划不来的。

今天刚进会议室，刘彻就看到资深采购经理Tracy正在那里忙碌着，她手脚麻利，将年底review的各项项目数据都打印出来，供徐弘核对。稍微与刘彻寒暄过后，Tracy就趴在桌子上一遍又一遍校对着各项数据。室内空调开得很足，但还是可以看到Tracy额头上冒出来的汗，显然，她担心任何一个不小心的环节出错，都会招致老板的责怪。刘彻早就知道徐弘对于内部团队的严苛管理，在他的治理下，每个采购经理的压力都不小。

"最近老板心情不好，你们一会儿说话可得顺着他来。"Tracy好心提醒刘彻。

刘彻一怔，内心十分惶恐，赶紧应了下来。出发之前他就已经叮嘱好随行的五位同事不要随便说话，都交给自己来对付徐弘。

门推开了，徐弘走了进来，还是一如既往的干练，甚至比先前消瘦了不少，额头上的皱纹也增多了，眉宇之间没有先前那样舒展。

"你们聊得怎么样？"徐弘轻轻开口道。

"还没聊，老板，等你来。"Tracy回应着。

"哦，对不起，让大家久等了。"徐弘笑了笑，"数字我其实都看过了。"

刘彻随口逢迎着，他知道这一切的重点都不是现在。

徐弘针对项目的运营情况有一句没一句地问了半天，紧接着，他停顿了片刻，目光放在了整个项目列表的最后一排。

刘彻的心似乎都被提到了嗓子眼儿，这是他最为担心的部分，也是他的软肋所在。这是去年运营下来利润最为丰厚的部分。

奇怪的是，徐弘只是瞟了那里一眼，接着翻过这页，阅读起后面的数据。

刘彻讲的时候，徐弘一直紧皱着眉头。刘彻看出来，好几次徐弘都忍不住要打断自己，但是似乎能够感觉到他在强行抑制。刘彻看到他的脸色，把要说的话活生生地咽了下去。

讲完了，刘彻总算松了口气，但绷紧的神经一刻也不敢松弛，一板一眼地第一时间回应来自徐弘的问题。不过，今天徐弘的话格外少，浅尝辄止后笑着说"今天就到这里吧"。

"您有什么问题吗？"刘彻有些不相信自己的耳朵。

徐弘摊开手，笑了："都说完了。你还要我表达什么？"

刘彻壮起胆子来开了个玩笑："徐总，您就别卖关子了，每年您不都是在最后要对我们做一个折扣吗？"

"这一年你们做得不错，明年再接再厉。"徐弘看了看手中的表，脸上居然露出来笑容，"哦，已经快五点半了，早点回家吧，今天是十二月三十日了，家里人还在等你们，不是吗？"

所有人都噤若寒蝉。不知道徐弘葫芦里卖的到底是什么药。

刘彻几乎要哭了，他深知一个道理——如果徐弘给你的是打骂，那么你就还有救；但如果是笑脸相迎，下一步一定会有事情等着你。

"徐总，您看有什么我们做得不合适的，我们来改，利润方面我们也可以配合的。"就差"你可以直接砍价"没说了，刘彻已经很退让了——我们赚了钱，你们还是砍点儿吧。

"今年市场年景不好，你也不容易，留点钱给员工们发年终奖吧。"徐弘轻描淡写地丢下一句话。

刘彻感动得都不知道该说什么了，结结巴巴道："您忙了一整年了，到了年底也该休息一下。"

徐弘点点头，没说什么。

走到电梯之际，一向善于察言观色的刘彻才猛地发现，今天的徐弘似乎没有精神，显然最近没有休息好，整个人的状态似乎都沉浸在一种若即若离之中。

这时他忽然发现，合同上面他最担心的那页，居然被画了一个圈，这意味着徐弘看出了问题，但是并没有当众指出来！

为什么，这到底是为什么？刘彻百思不得其解。

仔细想想，其实徐弘虽然斤斤计较地维护着朗睿集团的利益，但是他从来不杀鸡取卵，总要给供应商一点点利润。这就是人家的道行啊，深，真深哪！想到这里，刘彻不由得对徐弘愈加感恩起来。

7

源于夏天确诊常规鼻咽癌后的一次复查，根据核磁共振成像检查，医生说葫芦的坏死组织不断扩大，开始要侵犯左侧颈动脉了，必须尽快处理。前年九月，葫芦先做了左侧颈动脉栓塞手术，然后突然出现吞咽障碍，几乎每一天都要经历剧烈头疼的状况。这使徐弘终于下了决心，给葫芦做了相对保守的坏死清理手术。

核磁共振的检查结果显示，跟上次没有什么变化，这是好事，说明坏死组织目前稳定，暂时不用继续清理，徐弘真心希望就这样稳定住，避免葫芦需要再次做全麻手术。之后，葫芦的日常就是努力做康复训练，争取恢复吞咽功能和解决说话问题（左侧声带麻痹），与此同时，和医生商量保持定期复查来看看坏死组织的情况。

经过了痛苦的思量，徐弘带着葫芦回家休养了。

住院那么久，葫芦和徐弘说一切还是那么熟悉。小孩说，唯一的差别就是走过熟悉的道路，路过以前常去的游乐场、最喜欢的甜品店，都无法再进去享受，只能在外面可怜巴巴地观望……葫芦很懂事地宽慰徐弘说"爸爸你别担心了"，他还特意打趣："加上左耳的听力障碍和说话的困难，似乎在开阔的街道与人群中，有截然不同的新感觉。"

楚歌那封"提醒"邮件让徐弘知道自己的大限将至。最后的决定对他来说，肯定不容易，但也没有想象中的那么艰难。来自抑郁症的反复折磨，再加上一旦罪名成立，给整个家庭带来的灾难性结局，没有让他太过困扰。

如果他犹豫不决，只要一篇报道，媒体就可以让他出丑——一丝一毫的面子也不给他留下。他自己也能够想到后续的剧情发展：一切无端的、粗鄙不堪的猜测都会准时出现，连老板和他之间维系了多年的信任也会烟消云散，嗜血的媒体毫不留情地将他披露出来；引以为傲的003工号将会从OA系统之中抹去；他的丑闻成为数万公司员工窃窃私语的谈资；行业机构带头封杀，以后找份工作都难；他在同事朋友之间无地自容；葫芦长大以后甚至在家长会被人指指点点……

他不想这样。

徐弘对于即将发生的事情不存任何侥幸心理，也没有任何怀疑。他有些疲惫了，这种猫鼠游戏让他内心早已不堪重负。他已经到了山穷水尽的地步，就像打游戏一样，现在已经GAME OVER了。

由于一场死亡，对自己的调查将会戛然而止。外界最多会评价朗睿某资深员工因为抑郁症而酿成万劫不复的悲剧。当然，自己的死亡也将让楚歌乃至整个反舞弊中心付出极其惨痛的代价。

死者为大，公司也将面临巨大的舆论挑战。即便公众知道反舞弊所做的调查并没有任何不当，他们也会将自己的死亡归结于他们。除了走人，这位风头正劲、深不可测的首席监察官别无他法。

想到这里，徐弘内心居然浮现出一种复仇的快意。

可惜，自己看不见这一幕了。

临走之前，他还是给葫芦做了最后一顿饭。自从葫芦得病以后，妻子倒是安分不少，也不再去打麻将了。这让他对于葫芦的未来稍感心安一些。最终做出这个决定，他内心反倒是豁达的，也多亏了楚歌，靠自己的那点力量是很难从当下世俗的欲望中摆脱出来的，也摆脱不了抑郁症带给自己的痛楚。徐弘对这个世界的眷恋并不多，他十分清楚，自己这一死，不仅免于给孩子的成长带来任何负担，他自己也得以解脱来自病症的强烈困扰。更重要的是，公司不会再纠结于此，至于老板，那是徐弘内心深处唯一感到对不起的人，老板会伤心吗？可能会，以栾贺臣的秉性，他会给家里一笔可观的体恤金。

这是他能够为这个家庭所做的最后努力。

孩子的直觉是最没有道理的，葫芦眼巴巴地望着他："爸爸，今天可不可以不上班，和我去一趟环球乐园？"

"不行，爸爸要开会——"徐弘拒绝了。

小孩懂事地同意了，两人相约周末有空了再去。

徐弘眼泪差点儿流出来，几乎控制不住自己的情绪。他想立刻就走，可就在驾驶着捷达汽车离开小区的那一刻，他没忍住，还是回头看了一眼，透过窗户看见孩子孤独地站在窗户下目送他离去，徐弘的内心不由得泛起阵阵强烈酸楚。

来到公司，他一头钻进自己的办公室。像往常一样，他打开笔记本电脑，悉心将里面的文件分门别类存储，便于后来人查询，每笔账清清楚楚，有依有据。做完这一切，他看了看表，时间差不多了，轻轻地合上电脑屏幕，他无意间瞥了一眼身后墙壁上密密麻麻挂着的个人荣誉，就那么一刹那，他的眼泪又差点儿流下来。这是照片吗？是，也不是，这是二十年来他在这里存在过的证明。这些年来，他一直都保持着敏锐、投入、从容不迫，就像一匹训练有素的赛马，随时准备开始比赛。徐弘轻轻抚过墙壁上的每一张照片，从桌子上捡起纸巾轻轻擦拭了其中一张栾贺臣与他的合影。那年他才三十岁，意气风发，鲜衣怒马。

他默默关好自己办公室的门，并没有和下属们打招呼，就走到中厅乘坐电梯。

顶层到了。门打开。

徐弘踩着极其沉重的步伐，朝着东南角走过去，对面就是董事长栾贺臣的办公室，无论如何，也要来和老板道个别。只是，他不知道老板是否在里面。

他踱步停留在门前。

"徐老师您来了？有事找老板吗？"秘书Serena连忙向徐弘打招呼。

徐弘连忙摆摆手，他努力挤出来一丝笑容："没有，没有什么大事。我只是路过这里。老板在吗？"

"老板下午出去了，约了重要的客人在外面开会。"Serena回应。

"好，你先忙你先忙。"

这个案子的细节秘书Serena自然不知情，她手头上正在忙其他的事。因此，她也没有主动做过多的问询，转而继续专注于自己的工作。

徐弘注视着那道门，他心里清楚，即便栾贺臣在里面，他也未必会进去。他不想未来老板心里有什么愧疚，抑或是什么心理阴影。

他不在，也挺好。

Serena抬起头来，瞥见了，眼神中有些诧异，不免还是关切地问了一句："徐老师，需要我和老板打个招呼吗？你们再约个其他时间？"

“不用，谢谢你了——”徐弘有些卑微地笑了笑，转过身子，轻轻地离去了。

　　朗睿集团总部是一座占地面积超过三万平方米的庞然大物，包括四幢不同高度的高耸塔楼，每一层都采用LOFT风格的设计。外观修建得气派非凡，中间由两座高低不同的独立锥形通道构成，其中连接的玻璃通道扭曲着，像一把双子利刃，狂怒不休地与苍穹作战。

　　全楼最高的一层并不能通过电梯抵达，他走到旋转楼梯的拐角处，这里有一扇不为人知的小门。这座大厦刚刚落成之际，那位蜚声世界的丹麦建筑设计师就像顽童一样告诉自己这个秘密。终于走到了这扇灰色大门面前，徐弘悄无声息地取出来准备已久的备用钥匙。

　　对症下药，紧锁着的大门自然得以轻易打开。

　　平日里，进入这里是不被允许的，钥匙只有寥寥数人拥有。徐弘悄无声息地把门打开，又重新轻轻地闭合起来，动作一气呵成，他的步伐坚定，不快不慢。在经过一处狭窄的通道，打开第二扇门后，就可以俯瞰城市的美景了。户外的空气真是新鲜，看着空中远远飘来的云，徐弘内心一紧，并没有停止向天台边缘走去的脚步。

　　越过提示警戒的地面边缘安全线，他完全感到自由了。

　　他望着地面，那处平台好像不再是水泥，而是变成了一个小黑洞，是的，还在移动的无数个小黑洞，那里正在聚拢成为一个巨大的黑洞——他凝视着它，它也凝视着他。那个洞他并不陌生，他从农村里出来的时候，少年时代隔壁的池塘之中似乎也有这么一个黑洞，非常熟悉，他曾经从那里爬出来，一步步从小县城来到城市，最后一下子来到了北京。

　　终点，终究还是到来了。他是穿过深深的黑洞回到自己来的地方。

　　他沿着天台边缘，不断寻找人烟稀少的地方，生怕自己一跃而下会伤害到别人，那就是伤天害理的事情了。好在这个西南角的区域人很少，而且四层的地方有着很大的阳台，或许他根本没有机会跌落地面。

　　这个时候了，自己还在为别人着想，这并没什么错，但不免有些心酸。

徐弘先是尝试性地将自己的手机抛下去，像是期待许久似的，他隐约能够听到手机落地时撞击地面的声音。

徐弘哆嗦一下，不由得后退了两步。

远处的万家灯火闪烁着，召唤着他去道别，等不及了，这个世界他真的一秒也不愿意停留下来。不知道哪里刮来一阵强风，他一个趔趄，双腿不受控地开始强烈地颤抖，像是大脑提前一步预知了接下来要发生的悲伤。吹吧，吹吧，把他吹离这个难堪的世界，吹到另一个他可以重新感知快乐的净土吧。

落日的余晖照耀着徐弘那张仍然坚定而安详的脸庞，它似乎要证明——直到最后他都做得对，他像一位英雄一样守住了阵地。

即将去哪里呢？

下一站的目的地又是何地？

他变得前所未有地松弛起来，像一面破了洞的旗帜，在风中飘扬。他仿佛看到自己先是走石头路，后来是水泥路，再后来是土路，最后过草地，仿佛走过人生的四季。一路见过不毛之地，见过碎石和古树，见过修行人搭的草棚，见过险境和花开。最后，到达山顶，风景极美，他能够冲群山呼喊所爱之人的名字……

短暂的寂静之后，一阵阵尖叫声从地面传来。

人生没有如果，只有后果和结果。

8

"徐弘是当初把我招进来的人！动他，你和我商量过了吗？"

朗睿集团首席运营官，脾气火暴，有着"太子"之称的邝子钊怒不可遏地指着楚歌骂道："告诉我，你到底要干什么，为什么偏偏盯着徐弘不放？早就听说你们去查深圳分公司了，为什么查了好几个月，王淼你们什么也没有查出来！反倒是兢兢业业的老徐，被你们揪出来不放！"

楚歌保持着克制，耐心解释道："邝总，我想你一定是误会了！"

"误会？非要我点破吗？我就问你——你不就想揪出来一条更大的鱼吗？是不是最终目的是搞我？"

尽管邝子钊脸上暴怒，但是第一时间得知徐弘出事时，他比任何人都感到痛心，这完全超出他的意料。他已经做好打算，不惜动用一切权力来"豁免"徐弘。

可是，现在公司面对的严峻局势也远远超出了他的预期，公司市值距离年初下降了百分之八十，房地产、金融、电动汽车等主营业务表现惨淡，短短的一个多月，公司经历了两次组织大震荡。此前，凡是朗睿集团重磅投入的业务，几乎都没有输过。但这次，在金融业务上，无论是现金流、时机、实际下的情况，还是在国际形势等方面遇到的困难，都远远超出朗睿集团管理团队的想象。

面对这次危机，栾贺臣把所有牌都打出来了。

就在昨天晚上，朗睿集团深圳分公司总裁王森被晋升为联席首席运营官。实际上，从今年一月开始，邝子钊主管的集团业务与深圳分公司王森所管辖的医疗业务板块就开始变阵，但直到现在，组织变阵仍处于激烈的讨论和变化之中。

王森是近年来朗睿集团内外公认的"常胜将军"，在内部得到评价颇高。朗睿集团过去几十年的发展中，多项业务都离不开他的推动，包括医疗、科技和电动车。作为一方"诸侯王"，他是邝子钊在公司升任总裁的最大制衡者。现任总裁吕游算是和栾贺臣一代的创始人，也是即将退休的人物，自然不会对年轻有为的邝子钊构成任何威胁。

尽管面对楚歌时表现出了强硬姿态，但是邝子钊内心也明白——反贪腐体现了董事会的决心，不是谁站出来随便"保释"就可以改变的事。从上一轮的调查情况看，朗睿集团内部的贪腐情况非常严峻。栾贺臣更是明确表示，内部的贪腐问题已经到了令人触目惊心的程度，很多创新业务做不起来，并不是因为战略方向问题，也不是因为一号位管理问题，而是贪腐漏洞太大，业务早已被掏空了。

楚歌冷冷地应对："邝总，我不是谁的人，我只向栾总汇报。"

"栾总是老板，这个没有谁可以质疑，但是朗睿集团也是个庞大的组织体，老板在做一个决策的时候，也要听取来自各方面的意见。"邝子钊脸色愠怒，显然在尽可能克制自己的情绪，"楚歌，我只是希望你知道，一家公司的价值观当然重要，但是徐弘是公司的003号员工，是公司的道德楷模，你这么抓典型，他坍塌了，员工都没办法相信公司了，你知不知道？"

楚歌沉吟了片刻，下了决心："邝总，请你不要误会，我不是针对谁，我也不是谁的卧底，我是来帮你的！"

"帮我？"邝子钊冷哼了一声，"你动我下面的人，也不和我打招呼，还口口声声说帮我。徐弘跟了我这么多年，就算有些问题，也轮不到你来管。"

楚歌没说话，他默默地注视着邝子钊，他相信他会渐渐地冷静下来。

"邝总，小时候我听过《庄子》里面的一个故事，印象特别深刻。故事说的是古时候有个书生要乘船过河，船开到河中央的时候，对面忽然疾驶过来一叶扁舟，朝着他所在的船头就要撞过来。千钧一发之际，书生急得破口大骂：'喂，你是不是不长眼睛？不会开船？'可奇怪的是，等到船撞过来时，书生却发现船上根本没有人。"楚歌无奈地耸耸肩膀，"原来，这只是一艘空船！就像是一个根本不存在的对手一样，得知真相后，书生无奈地摇摇头，为自己刚才一时激起的满腔怒火而感到可笑。"

"哼，你是在骂我，还是在笑我？"邝子钊阴沉着脸，"给我讲道理，你还是太嫩！楚歌，我欢迎来自你们的监督，但是如果你窝藏祸心，或者是别人想借刀杀人，我奉陪到底！"

"邝总，每个人的职责不一样，也请你理解，你的职责是为公司赚更多的钱，而我的职责是确保每个人必须符合规矩去赚钱，否则这种钱不会长久——"

邝子钊径直打断楚歌的话，强势地吼道："我就一句话，徐弘不能动！"

"老板已经决策了，难道你要违抗吗？那你去和老板说吧！"

这一次，楚歌针锋相对地掣了邝子钊，即便面对朗睿集团的三号人物，他也毫不退让！

"你以为我不敢？我和老板打天下的时候，你还不知道在哪里混呢！"

邝子钊恶狠狠地盯着楚歌的眼睛，指着鼻子不客气地骂道："你真的以为自己是锦衣卫了吗？我跟你说，这是公司，公司的根本价值观是什么，是赚钱活下来！你不要拿着老板说事！不信你试试看，到最后到底是价值观重要，还是口袋里的钱重要！我今天就把这句话放在这儿，徐弘你不能动，就算是他做错了事，我也要保他！是人，谁不会犯错，但是知错能改，善莫大焉。"

"所以我们只是警告，不会发通告，但是这个人，不能再用了！"楚歌也克制了下情绪，"邝总，很多时候，不能仅仅因为谁能够躺在功劳簿上面，我们就用谁，不是吗？我们还是要讲对错的，不是吗？"

邝子钊冷哼了一声："即便有一天我离开公司了，我和徐弘依旧是朋友。没错，你是立了功劳，你也会有一笔很丰厚的奖金。但是我想对你说的是——你这种人没有朋友，注定孤独一生！"

楚歌没说话，他知道骄傲如斯的人，内心一定是愤愤不平，但是他内心却升腾起来一种别样的情感。邝子钊是一位值得尊敬的高管，身处高位依然愿意为下属说话，难怪那么多人愿意跟他。

楚歌的内心非但没有抵触，反而升腾起来一种惺惺相惜的感受。

只见邝子钊趾高气扬道："楚歌，谁是我的朋友，谁是我的敌人，我心里和明镜一样，谁也别想来玩套路！所以徐弘不能撤职，继续用下去！"

"邝子钊，我这份工作的意义和价值，时间会证明一切。"楚歌站起身来发出最后通牒，"我今天来这里不是和你商量或者向你汇报的，我只是前来告知你结果！"

"你他——"邝子钊站起来用手指着楚歌的鼻子，他原本要骂出声了，到最后一刻，还是硬生生地把后面两个字吞了下去。

就在两个人剑拔弩张对峙之际，办公室的门被猛地推开了。

原来是助理Sabrina——

只见她脸色惨白，气喘吁吁，脸型都变了。

邝子钊没忍住，吼了一声："你进来之前不会敲门的吗？"

谁想到平日里习惯看他脸色行事的Sabrina完全忽视了他的暴躁。她的声音几近于颤抖地说道："老板，老板……出大事了，徐弘刚才从主楼天台……跳……跳楼了！"

邝子钊闻声颓然坐在椅子上，身子朝后仰靠在椅背。

楚歌也被死死地震在那里，一动不动。

第四章
谁也没想到

1

"出了人命，公司肯定万分遗憾悲痛，毕竟徐弘走到这一步，这是任何人都不愿意看到的结果——"多年职业习惯使然，负责法务的总顾问田斯龙还是忍不住争辩了一句，"只不过我还是要说一句，他错了，就是错了……公司必须公开真相，这是他个人的选择，与公司无关，不能让公司背黑锅！"

"徐弘对公司的贡献没有人可以否认，我们也会向他的家庭提供后续可能需要的一切支持。但是，这不完全是对与错这么简单。"林诗琪显然并不同意田斯龙的观点，她的态度难得强硬，"斯龙，公司不能承认调查过徐弘，这对媒体而言，就意味着反舞弊中心在调查期间可能采取了不当措施逼迫徐弘，才导致这个悲剧结果。这种傲慢会摧毁公司的声誉，这是无论如何我们也没办法接受的！"

作为集团的法务总顾问，田斯龙的性子一向沉稳冷静，在面对做错事的下属时，通常也只是含蓄地表达不满。此刻他的声调却一反常态，提高了不止一度："我的意见是，真相就是真相，我们必须将这一切公之于众，无论是楚歌还是公司，都不能承受这个不白之冤！"

"斯龙，'情、理、法'三个字，情字先行。死者为大，生前或许有对错，入土为安之后，一切都烟消云散了。"林诗琪眉头一蹙，反对道，"员工在成为一家公司的员工之前，首先是一个人，应当拥有基本的权利。现在公司内网也好，其他社交平台也罢，外面的媒体更是流言四起，都说是在公司反舞弊高压下，逼得徐弘畏罪自杀了。集团正处在港股重新上市的关键时期，一旦出现大规模负面新闻，就会产生一泻千里的连带效应，绝对不能有任何闪失。从PR（公共关系）和IR（投资者关系）的角度来看，都不适合公开真相！"

田斯龙脸色顿时一沉，这是林诗琪少有的在公开场合与自己意见相左，他虽然内心不悦，却隐忍下来，再不言语。

空气中凝结着一丝尴尬，林诗琪下意识地转头朝着陶抒夜望过去。

过去二十四小时里面，陶抒夜没有闭过眼，现在，她还需要打起十足的精神头去处理流言四起的危机公关。这次情况着实特殊，由于那个离职员工原梦在更早时间将徐弘涉嫌贪腐的举报信流传了出去，网络上关于徐弘的死因已经传得漫无边际，最为甚嚣尘上的说法是——徐弘被朗睿集团进行了长达一个礼拜的非法拘禁，当事人不堪其辱，最终选择了跳楼自杀，以这种极端方式来证明自身的清白。

她没有参与林诗琪与田斯龙之间的针锋相对，此刻，她内心充斥着一种难言的纠结，联想起来前不久自己在深圳的遭遇，脑子里居然冒出来一个想法——如果楚歌现在被"就地正法"，就再没人能够追溯到自己头上了。

在楚歌的"尸体"里埋葬过去！

不对，太危险了，自己怎么会有这种念头！

她诧异于自己的这份"邪念"——邪念没法被压抑，更不会被熄灭，邪念是一盆越烧越旺的柴火，用邪念来浇淋欲念，更是火上浇油。这份私心，就是让楚歌死无对证，只要他被迫离职，被迫离开这家公司，所有他与她之间的秘密，也就被一并带走了。

她内心不由得一阵窃喜，他顺理成章地离开后，就再没有人追着她不放了。

这个想法晦涩难懂吗？不，一点儿不。

正是这样，倘若抓住了这次机会，楚歌掌握的所有秘密或许都只是一道道虚掩的门，只需转动一些符号，就会轻易地打开，没准还能得到脑筋急转弯式的快感。玫瑰、分手信、咖啡、红酒、瀑布、旅行、做爱、深圳、飞机、加州、手表、北京……

一切被轰炸过的证据，弹片都陷在她和秦澈的记忆里，要么冒着危险拔出，要么带着隐痛生活。故事都是编造出来的，证据也一样，不过，接下来就是她一个人编——但是这个秘密只可以和应溪野说。是的，在编造故事的时候，陶抒夜会把秘密只说给她一个人听，我要想方设法进入她的记忆，让她感受到我内心的潮湿，体会什么是永不生锈的温暖。很可惜，我们都是人，我们有可能相信这不真实。

就像是梦里面一直浮现黑色的水，渐渐地在那个山头的路上把她淹没。害怕有一点点延迟，可能还卡在自己的情绪里。就在那失神的刹那，陶抒夜才恍然发现自己能够掌控这一切节奏，她已经不在乎楚歌了，她就是要他向自己哀求，她才是发号施令的人，暂时忘掉内心最深处不可告人的秘密。

她倒不是倔强，她自知没有资格任性，但她也深知，一味地容忍和退让，即便这样委曲求全，也没法挽回一去不返的人心冷漠。

人心哪，当时有多滚烫，这时就有多冰凉。

"抒夜，你在听我说话吗？"林诗琪不得不重复了一遍她的话，尽量让场面看起来不那么难堪。

"不好意思，我刚才一直在想一个问题。"陶抒夜凝了凝神，还是选择站在了林诗琪这边，一字一顿道，"对于公关而言，真相从来都不重要，如何传播真相才重要。从今天全网监测到的最新数据来看，很多人包括内部员工对徐弘的死表达了强烈的不满！"

陶抒夜的语速十分缓慢，却掷地有声："舆论将这一切后果，全部归结于反舞弊部门的强硬作风，以及最近半年来公司所实施的高压反舞弊政策，甚至连当年魏雪的案件也被拿出来说事了。我们在舆论方面非常被动，林诗琪说得对，公开真相，容易被不怀好意的媒体捕捉，一旦发酵出去，公关能够做的也只是杯水车薪而已。因此，我的建议是——息事宁人，答应徐弘家人提出的条件，私下里尽快达成和解。"

田斯龙冷哼一声，不再言语，他的情绪早已极度不满，但是碍于陶抒夜鲜明的态度，他也就不再坚持了。

这个时候，所有人的目光都凝聚在了栾贺臣身上。

他终于开口了，显然徐弘的死对他的冲击颇大。只见他的眼眶通红，尽量控制着异常悲伤的情绪："现在……徐弘的家人在哪里？"

"老板，我们已经派人第一时间去和徐弘的家人接触，进行安慰和后续赔偿。"林诗琪连忙说道，"现在遗体还在医院，徐弘的老婆和小孩都在医院，有同事过去，都被他的家属态度强硬地赶走了。捎过来话是——明天他们会来公司——可能是来讨个说法吧。所以老板，我们必须做好万全的准备，包括保安以及面对警方、媒体都要做好准备！"

"诗琪、抒夜，你们的意见我都支持……很多年前我说，要温柔地推翻这个世界。现在我觉得，可能没有那么大的力气去推翻这个世界，但是我可以做到，不被世界推翻。"栾贺臣声音低沉，他停顿了下，欲言又止，回头看了下楚歌，还是开口了，"不过，楚歌就别出现在现场了吧，避免冲突升级。"

栾贺臣的话音落下来，会场里沉默了几秒钟，楚歌坐在大会议室一隅，一动不动，就像一尊被风化掉的雕像，外面激烈的讨论，似乎一切都与他无关。

但见他神色黯淡，将头深深埋进臂弯，像极了一个做错事不知所措的小孩，双眼无神地躲在一个隐蔽的角落，只陷在自己的世界里面，与他人无关。

陶抒夜就那么看着楚歌，她心情极度复杂。她觉得平日里楚歌嚣张跋扈、咄咄逼人，却罪不至死，现在的局面并不是他主观可以预见到的。但她内心又有一种隐隐的复仇快感，这两种情绪强烈地纠结裹胁在一起，让她产生出一种莫名的心悸，她不知道为什么自己内心会对他产生这样一种感情。

"我必须出现在现场！"

话音刚落，楚歌腾地一下站起身来，他的声音缓慢但却坚定，甚至是前所未有的坚定。他的眼神虽然空洞，却在深处隐匿着一丝悲伤。

那么多目光汇集在楚歌身上，清晰地聚焦成了一个硕大的问号。

2

声　明

过去四十八小时，我们的内心陷入了无比的沉痛与煎熬。对于昨天发生在朗睿大厦总部的突发意外事件，我们所有人对徐弘先生的不幸离世表示深切哀悼。

徐弘先生是一位朗睿老员工，他为公司在中国的发展做出了重大贡献。悲剧发生，我们非常悲痛和遗憾。在逝去的生命面前，一切言语都苍白无力，但我们还是要郑重地向员工的家属表示，朗睿会按照公司的最高标准提供支持与帮助。

在这悲伤的时刻，我们唯一能做的，就是更好地去承担责任，争分夺秒尽所有的努力去解决问题，让初心回归，用这种方式表达一份哀思。关于徐弘先生的不幸离去，相关案件的调查也正在由警方处理，公司组织成立了内部处理小组，配合警方调查。在此期间，公司将全力安排徐弘先生离世的善后工作。

公司同时也注意到，网络上一些不负责任的媒体正在进行抹黑朗睿形象的相关动作。针对这些故意抹黑的言论，我们将保留进一步诉诸法律的权利。

朗睿集团

2023年2月8日

忙碌到凌晨三点半，陶抒夜终于字斟句酌地敲定了这份声明。但她内心也知道，这份声明态度上虽然诚恳，但是难以凭借寥寥数语摁灭来自网络上千军万马的怒火与猜忌。尤其是，一旦徐弘的家属质疑公司反舞弊手段不当，局面将不可收拾，政府相关部门一定会介入。

但是，公关从来都不是公关部的事情，而是整体公司意志的体现。

她回复了负责媒体关系的沈嫣发来的这一封邮件，敲下"确认"两个字，这就意味着明天一旦爆发危机，这封邮件就会第一时间投递到全国超过五百家媒体库中，与帮助她的媒体和那些猜忌、攻击的舆论一起，在网络上形成数量巨大的热搜话题。

陶抒夜服下一粒药片，她的嗓子已经嘶哑了，说了一天话，明天可能要说更多，她感到前所未有的累。她合上电脑，头往后倚靠着，轻轻地闭上眼睛。但是眼前的黑暗根本压抑不住脑子里的各种胡思乱想。

傍晚的会议上，楚歌坚持表示他一定要见徐弘的家属，他的理由是这个悲剧因他而起，他不能躲。即便矛盾激化，甚至现场出现徐弘家属非理性的粗暴行为，他都需要去承受。可是傻子都能想到，明天徐弘老婆一定不会轻易饶过公司。林诗琪今天亲自打电话过去问候，原本准备迎接暴风骤雨般的问责与辱骂，但是出人意料的是，对方只轻描淡写地说了一句"好的，我知道了"。

不在沉默中灭亡，就在沉默中爆发。

消沉而隐忍不发的火山，远比正在火力全开喷薄的更可怕。

一旦谈判未果，徐弘老婆出面指证，事态将前所未有地激化，无数自媒体蹭热点，各种新闻报道层出不穷地添油加醋，标题甚至她都能够想出来：

"朗睿集团动用反舞弊调查机构，非法侵犯公民个人隐私，逼死二十年老员工！"

"'职场锦衣卫'的丑恶嘴脸曝光，史上最可怕的'带刀侍卫'！"

"股价一泻千里，港股重新上市受阻，朗睿希望用自杀式公关止损，舞起遮羞布？却没想到越抹越黑！"

"心寒：五十岁朗睿老员工跳楼自杀，到底是人的心理太脆弱还是社会压力太大？"

"朗睿集团自杀员工身上的疑点分析，追根究底还是企业价值观的问题。"

"不许人间见白头，如何看待朗睿集团通报一老员工于主楼自杀离世？"

……

陶抒夜的脑子全在想象，明天翻开短视频平台，随手一刷就是徐弘老婆带着小孩的控诉。

"我完全不知道，他真的不是那样的人，居然还有人在指责他的职业操守！我知道他有抑郁症，可是他的抑郁症，完全都是公司逼出来的！楚歌，你今天做的这些事，就没想到有一天也会发生在你身上吗？徐弘生前兢兢业业，开着捷达汽车，这几年因为小孩病情，家里把所有积蓄都花光了，但是徐弘死也不会拿公司一分钱……"

……

能做的，陶抒夜都做了。

这场看不见硝烟的公关战争的对象只有一个：时间。

她一个个地和相熟的主编打好招呼，与多年来一直合作的意见领袖和"大V"逐一联系，再三叮嘱他们要尽量保持中立去发声。

朗睿集团常年合作的三家公关公司集体出动，如临大敌，一旦有任何风吹草动，将会第一时间进行干预。强大的公关机器已经正式开启，强大的全网危机舆情监测系统，二十四小时不间断地向公司管理层汇报这一事件的动态。

行政人员已经和物业部门做了紧急备案，现在公司大楼驻守的保安超过百人。他们如临大敌，昼夜不休，时刻提防着徐弘家属组织各路乡亲前来闹事、高举横幅，邀请媒体在镁光灯下关注。

连朗睿集团所在属地的派出所，负责政府关系与法务部门的田斯龙也提前打过招呼，一旦有人闹事，警方将会第一时间赶来制止。

甚至老板栾贺臣都被提前告知，近期出席的所有公众活动全部取消。

即便这样，陶抒夜也深知难以抚平网络上的愤怒与谩骂，以及任何突如其来的意外事件。凭借她的经验，她完全可以想到，从徐弘跳楼第二天开始，舆论会火箭式增长，几乎一水的负面舆论占据所有的头条，就连一向支持朗睿集团的媒体也噤若寒蝉，相对理性地表示朗睿并没有责任的媒体，刚一冒头就连连被炮火猛烈地压制住，被自媒体扣上帽子：收了朗睿的公关费，就得为嗜血公司说话。

公司股价继续断崖式跌落，今天已经再次跌停，距离上一周已经足足跌掉了百分之四十的市值。在港股的二次上市融资也很可能因此受到影响。

就这样吧，尽人事，听天命。

自己能够做的都做了，剩下的就交给时间吧。

她站在落地窗下，看着外面的黑夜十分安静。过不了几个小时，当太阳照常升起之际，这里将会重新开始一天的喧嚣。

朗睿集团总部的主楼是两栋塔楼连接在一起，中间的镂空过道构成一个直角，从陶抒夜所在位置的窗户抬头望过去，正好可以看到楚歌的办公室。

那里也亮着灯。

显然，楚歌也没离开公司。

陶抒夜内心还是犹豫了一下，要不要现在过去一趟。

过去做什么，安慰他？还是借着声明，问询一下楚歌的意见？抑或两者都不是，只是她有些可怜这个男人？

可是，分明他还在秘密调查自己！

这种亦敌亦友、若即若离的关系反倒让自己对他产生了某种异样的情感。

陶抒夜想起有一年去英国出差的时候，读了《五十度灰》的原著小说，故事讲的是一名纯真的二十一岁女大学生安娜塔希娅·史迪尔因为要为校报做一篇报道，便前去采访二十八岁的英俊企业家克里斯钦·格雷，两人之间擦出了爱的火花，但很快安娜就发现格雷的一个惊人的秘密——他喜欢性虐待。得知真相的安娜在爱与痛的边缘之间挣扎，结果不断发现自己不为人知的阴暗面……

想到这里，陶抒夜忍不住笑了起来，天哪，自己到底在胡思乱想些什么呢，楚歌是自己最大的敌人和对手，总不能自己对楚歌产生了感情吧？如果那样，真的是太可笑了吧。

笑过之后，她内心忽地一凛，每天在自己脑子里面出现最多的一个人，就是楚歌。由于时时刻刻担心、警惕、提防着对方，反倒是每天睡前想到的最后一个人，以及每天睁开眼睛想到的第一个人，恰恰就是他。

这像极了该死的爱情。

陶抒夜摇摇头，不会的，不会的，这个无趣又苍白的世界总不能魔幻主义到这个程度，楚歌一定已经授意赵伯倩、刘岩和图南几个人默默调查自己了。

这个时候，怎么会忍不住去想他，这种自作多情实在是太要命了。

奇怪的是，今天和赵伯倩聊天儿的时候，完全感受不到对方对自己的敌意，甚至还有点惺惺相惜的感觉。她知道她们这种人不会轻易和别人成为朋友。赵伯倩约自己出去逛街，那语气、那神情，没有任何怀疑的气息。还是她段位太高，已经做到了杀人于无形之中，自己这种小白完全没有被她看在眼里？自己在赵伯倩看来就像一只没有任何战斗力的小虾米，正在被她玩弄于股掌之中？

假设大胆一点儿，如果赵伯倩压根儿就没有对自己起疑呢？

但是楚歌在深圳的时候，已经通过在秦澈的地盘约她聊天儿，来提醒她对于她的调查早已开始了。

想来想去，时间又过了十几分钟。

终于，陶抒夜忍不住打了个寒战，只有一种可能性——楚歌在调查自己这件事情，只有他一个人知道，他甚至没有让反舞弊中心其他人知道。

不会的，不会的。那么真的是这样，他的真实用意到底是什么呢？

莫非他也喜欢……

陶抒夜不敢再想下去了。

3

陶抒夜轻轻地敲了敲楚歌办公室的门。

没人回应。

她又敲了敲。

过后好一阵，门悄然开了。

楚歌探出来半个脑袋，一脸茫然地望过来。

陶抒夜能够从缝隙之中闻到门里传出来的一股浓烈的香烟味。

楚歌脸色苍白，眼神黯淡："找我有事？"

"哦，没什么。"陶抒夜扬了扬手上那份刚打印好的新闻稿，"这是危机公关处理小组确认后的声明……你要不要看一下……"

楚歌眼皮都没抬，勉强挤出来一丝笑容："不用看了，你定了就好。"

"哦，好。"陶抒夜点了点头，随口问了一句，"你还不准备回家吗？这都凌晨三点多了。"

"刚和刘岩、赵伯情他们开完会，我让他们先回家睡一会儿，洗个澡再过来，都熬了这么多天了。"楚歌苦笑不已，"我家距离公司远，就不回去了，还有四个小时又要上班了，我就在办公室过夜吧。"

"哦。"陶抒夜站着没走，但也不知道接下来该说什么。

两人面面相觑。

奇怪的是，谁的心里也没觉得有什么奇怪。

陶抒夜鼓起勇气，率先打破了这份沉寂："我可以进你办公室里聊聊吗？"

楚歌神情短暂地犹豫了一下："当然，请吧。"

走进他的办公室，陶抒夜一眼望去，桌子上那用纸杯充当的临时烟灰缸里，密密麻麻堆积的都是烟头，还有一根没有完全熄灭的烟头正在袅袅地冒着烟气。

楚歌连忙将窗户打开："对不起，我违反公司规定吸烟了。"

"我不是林诗琪，我不管违反行政规定的罚款。"陶抒夜开着玩笑，但是楚歌却生硬地没有接茬儿，就像是用力猛击空气，完全没有回声。

凌晨的公司格外安静，整栋大厦只有几盏灯光在依稀闪烁着。

陶抒夜瞥见楚歌的办公桌上面，有一个相框，摆着一张洗出来的照片。

纽约，华尔街标志性的铜牛雕像对面的一座四英尺高的小女孩雕塑。只见她双手叉腰，扬起下巴，甩着马尾，毫不畏惧地面对几米开外那头气势汹汹的公牛。她想起来那尊雕塑的名称叫作《无畏女孩》。

短暂的尴尬后，陶抒夜还是礼貌地问了句："你没事吧？大家都很担心你。"

"我没事，只不过心里很乱。不瞒你说，我准备辞职。"

轮到陶抒夜错愕了，这个，是真的吗？

楚歌摇摇头："刚才栾贺臣还打电话给我。"

"老板怎么说？"

"他……还是希望我留下来。"

陶抒夜也不知道该说些什么来更好地去宽慰对方。虽然身为女人，但她从不觉得自己擅长宽慰别人，不够耐心，尤其是面对楚歌这样一个对她怀有深深敌意的男人。她有些手足无措起来，结结巴巴道："出了这么大的事，以老板的性格，他肯定不愿意让你背黑锅。毕竟……这都是他决策的。况且，'老臣'他一定不希望你离开的——"

"'老臣'？'老臣'是谁？"楚歌一怔。

陶抒夜吐了吐舌头，意识到自己失言，只好实话实说："从小到大，我都特别擅长给人起外号。小时候思维活跃，控制不住对人的形象和文字之间的关联想象，没少给人取外号，也没少被告老师。我知道乱取外号不好。比如栾贺将，他绰号是'八王爷'，林诗琪是'掌柜的'，老板呢，叫作'老臣'，因为名字是栾贺臣。"

"所以你给我起了个什么外号？"楚歌饶有兴趣地问。

"'二狗'。"

"为啥？"

"我老实说了，你可千万别生气——"看得出陶抒夜有些犹豫，最后还是下定决心讲出来，"因为你嗅觉灵敏，特别像我老家的那只看门狗。人还没到，八丈远就开始狂吠。"

楚歌听完哑然失笑："好，我不生气，还挺形象。"那语气有些自嘲，也有些无奈。"其实生离死别我不是没有见过，这个死了，那个跳楼了，我好像都很麻木，但是这一次，我不知道为什么，徐弘的死对我触动很大，有一种非常悲凉的感觉，它好像揭示了这个世界的一个角落，很冰冷、绝望、无助。这是人生的一种真相，最后的状态其实非常孤独，孤独到骨子里，一个人去赴死。"

楚歌一脸的沉寂绝望，那是陶抒夜没有见过的他。

"你觉得我错了吗？"

"我觉得你没做错。"

"不，反舞弊中心对他的调查一定是刺激到了他，加剧了他去寻求解脱的想法……"他喃喃自语，像是对陶抒夜说，更像是在对自己说。

"别把这么大的压力都给自己扛着，不管怎么说，徐弘确实犯错了。"

楚歌的手重重地拍在了桌子上，语气中充满了懊恼："我原本可以……可以阻止这个悲剧发生的……其实他找我来道别的时候，我是有感觉的，但是我没有劝阻他，这是我的责任。"

"你也没有未卜先知的能力，这不怪你。"

"老板是对的。我太纠结于黑白了，但是万千世界……人心怎么可以简单到用黑白两色来定义呢……"楚歌长长地叹一口气，"我以为我是在做正确的事，徐弘是存在问题，但是事出有因，情有可原。我问老板，为什么要网开一面，老板说，这么多年来，他为公司省的费用远远超过了这一千万元，如果没有这件事，他依旧是和供应商锱铢必究、死磕到底的'铁面徐爷'，他对得起这家公司的任何人。"

"错了就是错了。否则公司的反舞弊政策又如何贯彻呢？"

楚歌又长长地叹了口气，接着说道："一事一议，政策没有错，但是人是活的。他那么清高的人，也没有拿公司一分钱，以死谢罪太严重了。"

"我给你出个主意，就算是你下半生什么都不干，只在公司待着就有价值，你现在已经是'撒手锏'级别的人物了。"虽然话这么说，有些不尊重逝去的徐弘，但是陶抒夜实在不想让气氛沉重到令人窒息的地步。

"什么都不做，我受不了百无一用，这样还不如杀了我。"

楚歌神色孤寂地叹了口气："我读书时尤为欣赏ICAC。1997年香港回归前后，随着廉政形势的好转，贪污问题不再是突出问题，有很多媒体开始质疑ICAC掌握的权力是否过于膨胀，比如窃听、搜查、限制新闻报道等，有侵害公民人权的嫌疑。"

"最后……ICAC妥协了吗？"

"恰恰相反，ICAC没有放弃，反而针对多名高官进行了调查，甚至包括前任政务司司长。只有当一个廉政制度不依赖于任何人的意志，可以用同样的标准对待任何人的时候，才是健全、成熟机制的开始。你知道吗，ICAC甚至可以依照规则调查自己唯一的直属上级——行政长官。"

"不过，毕竟我们不是ICAC。'老臣'早就说过，朗睿集团就是个商业公司，赚钱才是第一位。"

"你说得对，我还是太幼稚，以为可以凭借一己之力来推动它的商业道德建设……"楚歌自嘲地笑了笑，掐灭了烟卷，变得垂头丧气起来，"现在看来是我错了，商业反舞弊，不是非黑即白，它应该是灰色的，和人性一样。商业舞弊的本质，不能单纯地讲究对错。就像……你看《火影忍者》，什么带土、佩恩六道，还不是为了创造和平生活，也不是单纯地洗白不洗白。现在，内网、社交平台上面骂我的人太多了，我也不想因为个人的一些行为让整个部门遭受骂名，这对大家都不公平。"

"你不用太担心，那些不实谣言，公关团队基本上都已经处理了。"

他摇了摇头，一脸漠然："我没事，已经是第二次见到这种生离死别了。"

陶抒夜看了一眼他："第二次，那么第一次是？"

"第一次是我未婚妻死去的时候。"他忽然意识到什么，连忙又补充了一句，"也不能这么说，严格来说是失踪了吧，不是那种'社会性死亡'，但她……在我心里已经死了。"

"哦，不好意思。"这句话彻底勾起了陶抒夜的好奇心，但她也知道自己不方便再过多追问。

楚歌又点燃一支烟，缓缓道："当时我在一家互联网公司，有一位高级别员工涉嫌利用公司的职务便利，违规为境外赌博集团引流，牟取了数亿元的非法利益。"

"问一句不该问的，他是怎么做到的？"陶抒夜实在抑制不住内心的好奇。

"那个嫌疑人负责流量分发，简单来说，就是哪个广告能投，哪个不能投，流量往哪里引，作为商业负责人，嫌疑人有决定权。"楚歌目光凝重，陷入回忆之中，"后来我们启动内部调查，嫌疑人被纳入审查对象，但其在被公司内部审查与外部司法介入的间隙跑路了，据说是逃到了东南亚的北缅一带。临走前，不知道是他还是他的雇主，雇了人想给我制造一起车祸。断人财路，他们当然恨透了我，非死即伤就是他们想要的结果。他们本来是想报复我的，但是那天，我的未婚妻开了那辆车回家。就在距离家不远的一条路上，车被撞了，高菲——我的未婚妻第一时间被送到医院。"

陶抒夜忍不住轻声惊叹了一声："她……人……没事吧？"

"坐在那辆车里的人，原本应该是我，而不是她，我连最后送别她的时间都没有。"楚歌显然不愿意提及这段往事，他语气中充满了悔恨，"更为蹊跷的是，她一直没有醒过来。过了大概一个半月的时间，我正好有事离开北京一天，等我回来的时候高菲就失踪了。从那之后，我再也没有见过她了。"

"没有监控？好端端的一个人彻底消失了？"陶抒夜感到不可思议。

"嗯，消失了。"

就在陶抒夜的思绪还处于万分震惊之中时，楚歌没来由地冒出来一句："你是不是恨过我？"

"为什么？"陶抒夜不解道。

"因为……我一直怀疑你……"楚歌似笑非笑地盯着陶抒夜的双眼。

"别人怕你，但我不会，抓我你要有证据。"陶抒夜笑着摇了摇头，"说实话，我能够感受到你来了之后，公司氛围的明显变化……因为你对于原则的坚持，尤其是重重压力之下，你坚持要调查徐弘。其实，你是有很多退路的，这一点上我真的很钦佩。不管别人怎么说，我都支持你。"

"面相能深刻地反映一个人内心的某些东西，我以前也不信，以为这是迷信，无稽之谈。后来经历的事越多越发现，'以貌取人'是一件无比靠谱的事情。这些年经历了这么多，见了这么多嫌疑人，我的结论是——我看男人基本不走眼，但是看女人就会差很多。"楚歌轻描淡写地自嘲道。

"比如我？"陶抒夜饶有兴致地指出来。

"我们还算是朋友，不是吗？"

"朋友？"陶抒夜反问。

"对，朋友。"楚歌笃定道。

楚歌看着陶抒夜的双眼，不知道为什么，他的内心平生出一份感动。陶抒夜这个时候来看他，动机肯定不是为了讨好自己不去继续调查她，而是出于对一个同事的关心。

楚歌颇为意外地看着陶抒夜，他知道人在职场，尤其是自己所处的特殊位置，其实很难交到真正的朋友。

大多出于利益、出于敬畏、出于世故或是出于场合，逢场作戏，而后再无纠葛。但是这个想法落在他脑袋之际，脑袋还是嗡了一下，身边的这个女人让他感到动容。他甚至想脱口而出告诉她自己梦到高菲的事，但是转念想想，两人关系还没有亲近到如斯地步，转念便放弃了。

"就算是有一天我们成了朋友——"楚歌笑道，"我也要查你到底。"

"那是你的职责，而我可以做的，就是成为让你信任的伙伴。"陶抒夜目光笃定，笑了，带着一份她特有的坚韧。

楚歌看着陶抒夜的笑容，一下子凝住了。她那笑意让他不由得想起小时候的一些往事。北方的冬天，树叶会掉光。诗人聂鲁达说过，当华美的叶片落尽，生命的脉络才历历可见。在楚歌的儿时记忆里，冬天是有温度的，像极了南方海边独有的天色变幻——风平浪静与波澜狂暴同时存在。

在北方的院落里，孩子们穿着厚厚的棉袄在外面堆雪人、打雪仗，玩得不亦乐乎，零下二三十摄氏度的天气并不能阻挠那种年轻生命力的张扬。等到玩儿累了，到饭点儿了，孩子们又像候鸟一般回归温暖的巢穴。

进门那一刹那，热气迎面而来。

像是迎接某种巨大的气浪一般，卷起每个孩子的幸福感，棉袄脱掉，帽子脱掉，外衣脱掉，甚至袜子也脱掉……热得仿佛立即回到了盛夏，妈妈早已准备好火锅，大家围在一起吃着热乎乎的炖菜，一口下去，胃和身体都得到了最大的放松。

看着她那份笑意，楚歌莫名感觉到掩埋在内心许久的、关于温暖的记忆，居然再次被陶抒夜唤醒了——那种空气与毛孔配合的安定感，只有在寒冷中生活过的人才会懂得。每个冬天到来之时，他的脑海之中还能浮现那热气的形状——一个男孩从冰天雪地横冲直撞回家的样子。

"谢谢你，抒夜。"他从嘴里挤出来几个字。

"答应我，别放弃……"陶抒夜望着楚歌，一字一顿认真道，"除了生病以外，你感受到的痛苦，都是你的价值观带来的，而非真实存在的。你有时也需要'欢脱'。"

"'欢脱'？"

"欢乐又脱线，就是比较单纯的快乐。你有些沉重、孤单。"陶抒夜一脸认真地说道，"你太理性了，你的思想需要一点儿流浪的力量。"

"流浪的力量？"

"就是……怎么说呢，我给你打个比方吧。比如我会带着好朋友一起去看凌晨三点的浅草寺，一起去银座的居酒屋吃串烧、喝啤酒，我们一起去做那些让人感到快乐的事情。只是追逐快乐，这甚至变成了最为奢侈和昂贵的东西。"

楚歌点点头，眼神中似乎又看到一抹希望。

很少和别人交流的楚歌，在陶抒夜的主动接近下得到了释放。陶抒夜的关心或者是某种程度上的窥探，缓解了他积压已久的阴郁，让他脸上有了些微的笑容。他看着窗外的天光渐渐亮起来，心境也开始舒缓起来。

"对了，我想告诉你一个秘密。"

"什么秘密？"

"徐弘的死，我也有一份责任。"陶抒夜说。

楚歌一下子被她这句话所吸引，凝视着她的双眼——你在说什么？

"你不用把所有的责任都揽在身上——"她继续解释，"其实我和你算是同谋吧——尤其是在徐弘的死这件事上。"

楚歌笑着摇摇头："别乱说，这种事情千万别乱说。"

"我没有乱说。是真的。"陶抒夜一脸认真。

接下来，陶抒夜说了先前栾贺将找她，如何从她嘴里得知了打印店的事，又按图索骥来到打印店，通过和店主聊天儿，最终发现了五家供应商围标的事实。

楚歌坐在那里，默默地吸着烟，并不着急言语，在他的脑海里面，一点点勾勒还原着这一切的拼图。

听完了，他叹了口气，虽然面色苍白，但脸上终于有了一丝笑意："这不怪你，和你没关系，都是栾贺将来找你，你无心之言而已。"

"但是，凡事都有因果，我这个人，信因果报应。"陶抒夜叹了口气，"命运无常，这个世界上又有谁能够真的掌握命运呢？"

楚歌听后默默无语。

陶抒夜忽然意识到原来是秘密，才让一个人真正区别于另一个人。成年人的记忆，成年人的秘密，这种秘密能否有人读懂、读不懂都不重要。重要的是，秘密的另一个名词，叫信任。

有了可以互相交换的秘密，就变成了朋友。至少陶抒夜这么看。时代于她，变幻飞速，稍不留神，就落伍了；时代于她，纹丝不动，铁打的酒局，流水的朋友，只有杯中物，并无物中悲。

陶抒夜忽然有一种预感——背后那双原先盯着她的眼睛，很可能要变成一种特殊的保护了。她明白，她和楚歌之间，从此有了不可分割的、把他们紧紧绑在一起的、另一个刺激的秘密。

陶抒夜与楚歌两人对于徐弘的死都有难以推卸的责任。虽不是主观故意，但是对赤裸裸的现实结果而言，就是不谋而合了。

他们，合力"谋杀"了徐弘，或者合力导致了徐弘的死。

"你还有烟吗？"陶抒夜问。

"你也抽烟？"楚歌狐疑地看着她，还是将烟盒递了过去。

"以前去酒吧的时候会，现在只有喝醉了，或者是特别无能为力的时候会抽一支解解乏。"

陶抒夜从烟盒里取出来一支烟，叼在嘴巴，娴熟地点燃，吸了一口，顿感轻松。她看了一眼楚歌，笑了："别这么看我，我也很久没吸烟了。我和别人不一样，别人是不开心或者思考问题的时候需要，我只有释然、没什么压力的时候，才会吸烟。"

她顿了下，自己上一次吸烟是在什么时候呢？嗯，上一次是在深圳吧，在应溪野家的阳台上，她和秦澈两人，一边看着远方，一边漫无边际地抽着烟，看天空的颜色一点点变化。

唯一的差别是现在她身边的人变成了楚歌。

那天临近傍晚，两人一起看着天色一点点地暗淡下去。

而今天，伴着黎明破晓前的所有静谧，他们却在看天空一点点变得明亮起来。

他们两个人终于可以拥有能够交换的秘密了。

两人各怀心事，不约而同望向窗外，时不时，楚歌会将双手抵在膝盖上沉默一会儿。她有时以为他消失了，在黑暗与明亮的交界处。她坐在那里，心里感到无比踏实。她也不知道明天有什么值得期待的，反正就是觉得踏实。有什么可问的？知道得越多就越没劲。什么都不期待，就什么都是惊喜。

她还是感觉到自己那种沙沙生长的状态，就像那首歌中唱的：相信世界会在你褪色的眼里，慢慢苏醒。

"执剑之人，背有反骨，身披逆鳞，至暗时刻，绝不言弃。"她像是对楚歌说，也像是对自己说。

黑暗中，他发出一阵轻轻的叹息，隐秘地消散于空气之中。

在心里憋了好久。

最后，从楚歌嘴里说出来的，竟然是这三个字：谢谢你。

4

第二天，意外还是发生了。

只是剧情的发展，一点没有按照陶抒夜他们原先预设的方向行进。

所有人担心的一切，居然完全没有发生。

一大早，林诗琪、陶抒夜与田斯龙等人就在总部大厦等待着，大家心里都很紧张，不知道即将迎接什么——人或许并不害怕旗鼓相当的对方的嚣张气焰，反而是弱者的每一步更能牵动每一个绷紧的神经。大家心照不宣故作轻松地聊天儿，但是谁都能察觉到彼此的那份心不在焉。

楚歌脸色苍白，显然一夜未眠。

他昨天没离开过公司一步，躲在自己的办公室里。尽管林诗琪和陶抒夜都不赞成他出现在徐弘家属面前，但是楚歌一再坚持，众人无奈，只好任由他出现在等待的队伍当中。

时间一点点流逝，陶抒夜看了看表，已经是早上十点十分。

徐弘的妻子刘美娜还是如约来了。只见她五十多岁年纪，清瘦模样，有些佝偻，穿着素色衬衫和黑色长裤，走起路来颤颤巍巍，让人忍不住担心她会被风刮倒在地。

和她一起来的，还有那个得病的孩子葫芦。

他被他的母亲用口罩和帽子将脸庞遮盖得严严实实、密不透风。当小孩摘下口罩的那一刻，所有人都倒吸了一口凉气——他脸色苍白，面无血色，嘴唇更是青紫色的，显然就是病了许久之后的状态。

那孩子眼睛哭得红肿，一看晚上就没怎么睡觉。

他们娘儿俩的身后，再无旁人。

林诗琪赶紧上前搀扶着刘美娜："刘姐，节哀顺变。"

"抱歉，让你们久等了。"

刘美娜轻轻吐出来这句话，轻得让人觉得她随时都会散架。

孩子懂事地站在母亲身后，一言不发。

"没有没有，我们应该的——"林诗琪赔着笑脸，"来，这边请，我们上去谈。"

两个人在整支队伍中的最前面，朝着电梯，默默走着，一群人紧紧在后面跟着，肃穆但又折射出一丝悲凉。

陶抒夜特意朝着门外张望了一下，再次确认——是的，只有他们娘儿俩而已。

咦，其他人呢？难道在后面躲起来了不成？

家属邀请的媒体呢？

莫非也在附近徘徊着，只有等到双方谈判不和，一声令下才会出现在眼前？

陶抒夜不敢放松自己紧绷的神经，她叮嘱沈嫣在大厅继续等候，一旦有任何风吹草动，务必第一时间和她联系。

"我们非常遗憾失去这样一位老朋友。朗睿集团失去了这样一位资深的老员工，现在任何话语都表达不了我们悲伤的情绪。刘姐，请您放心，徐弘的后事我们一定会处理好，老板栾贺臣第一时间得知了这个情况，也表示了沉重的悲伤和悼念，委托我一定向您转达——"

集团二十二层的大会议室里，林诗琪神情肃穆，一个人主持着会议。紧接着，她向刘美娜依次介绍了现场的与会人员。轮到楚歌，她还是下意识地停顿了下，咬了咬牙，没有绕过去，如实地进行了告知。

奇怪的是，刘美娜并没有表现出任何异样的神情。

作为一名退休已久的家庭主妇，平日里她很少接触这么多人。刘美娜显然有些紧张，能够正常去交流讲话已经尽她最大的努力了。只是看到这么多人在场，她有些结结巴巴："尊敬的各位领导，其实……其实，感谢公司这么多年给了我们这么多的帮助。今天我特意赶过来，就是希望澄清几件事情——第一件，虽然孩子得的那种病，得花掉不少钱，但是好在公司给徐弘办理了商业保险，所以我们其实……其实也没有多花多少钱。而且，徐弘这些年也多多少少攒了些钱。生活上我们还是可以支撑的，他一向节俭，我要告诉各位的是，他再难也没有过动公司的钱的主意——"

　　楚歌杵在那里，默默地听着，他麻痹的神经又被刘美娜的话牵引着，脸上没有任何表情，不知道此刻心里在想些什么。

　　"第二件事，是想告诉大家，徐弘的死和公司没有关系，他有很严重的抑郁症——"刘美娜喝了口水，接着说，"我也是最近整理他遗物才发现的。"

　　所有人的目光中出现了不解与诧异。

　　刘美娜没说什么，又断断续续哭了起来。原来徐弘一直瞒着她，她这几天收拾遗物时才发现，有好几只还没有开启的药瓶，以及医生开的诊断单，这些年他一直都在看医生，他尝试着各种方式去让自己解脱。

　　在林诗琪等人的安慰下，过了几分钟，她稳定了情绪。

　　刘美娜擦拭了下眼泪，继续开口道："徐弘的死，和你们没有关系，他出事之前就已经有一年半彻夜地睡不着了。我知道他难过，但是我也帮不了他那么多，只能眼睁睁地看着他痛苦。但是我这心里啊，就像被刀戳到一样难受。这样也好，对他来说，对我来说，也都算得上是一种解脱吧。"

　　楚歌走到她面前，开口道："刘姐，我是公司反舞弊中心负责人楚歌，或许我们阶段性的调查也给了徐弘老师不少压力。"

　　"徐弘的死，你别自责了，那是他个人的选择，不是你逼迫他的。但是你们一定要相信，徐弘没有拿公司一分钱！他真的没有拿一分钱！"刘美娜再三地强调这句话。

楚歌停顿了一下，显然这些话让他很难说出口："对不起，我们是真不知道他患有严重的抑郁症。所以，我们部门在这期间的调查工作，可能也在一定程度上加剧了他的症状，这个我们确实有责任……"

刘美娜径直打断了他的话："今天这么大阵仗，其实我心知肚明，请你们领导放心，谁也不容易，我和孩子不会闹什么事。也感谢公司领导这么多年的关照。谢谢你们。"

陶抒夜、林诗琪等人齐刷刷地怔住了。

楚歌也愣在那里。

"刘姐，您放心，徐弘为公司服务了二十年，这份感情公司也不会忘记的。老板特别交代我们了，徐弘给公司贡献了很多，公司接下来会为你们提供财物和医疗保障，以及任何必要的帮助——"林诗琪小心翼翼地说，"直到孩子长大为止，直到他大学毕业。"

刘美娜摇了摇头，喟然长叹道："看孩子造化吧，他能不能活到上大学，都是未知数……"

话音落地，所有人心头一紧，酸楚不约而同地沉浸在众人的情绪之中。

"其实……我还是有预感的，毕竟这么多年夫妻，徐弘一定是做错了什么事。他临走前那几天晚上一直都在跟我叨念，说他对不起孩子，对不起公司，对不起我。我知道他心里很苦，但是我无能为力……他是走是留，最后都是他个人的选择，你们只是做了对你们来说正确的事。算了，我不说了，总之，公司并不欠徐弘什么，我们也不会闹事，放心吧。"

说到这里，刘美娜起身向众人深深地鞠了个躬。

从头到尾，那孩子都怯怯地看着眼前的一切，他还不知道的是，他可能不会留在这个世界上太久。

陶抒夜内心咯噔一下，她选择了"正确"但是没有人性的做法——她原本以为的痛斥甚至打斗场面都没有出现，刘美娜本人淳朴，甚至表示理解的姿态都完全超出她的想象。她甚至觉得这一切防御做法都是那么无耻，现代化的商业思想是不是已经让每个人都异化了。

说完这一切，刘美娜牵着孩子的手，再三谢过，离开了，留下沉默的众人。

5

三月的深圳。

温度已经接近三十摄氏度，完全不像是初春的模样，空气分外湿热。

一家距离海岸城很近的酒吧。复式，面积不大，装修得有些《赛博朋克2077》的味道，皮质的沙发和座椅，搭配蓝色系的灯光，未来感十足。这家店的happy hour（酒吧的减价时段）十分有名，从下午四点左右就几乎坐满了客人。此时刚过五点钟，阳光尚好，均匀地落在地面，角落里一张腰果状桌子上响起应溪野一连串银铃般的笑声。她穿着一件黑色T恤，乳沟若隐若现，短裙配长靴，裸露出白皙的大腿，侧面看起来五官轮廓清晰精致。

她一脸嬉笑，朝着对面的秦澈说道："我同你讲，'活在当下'这破道理你我都懂，但要能控制情绪和压力，真的需要修炼。我也一直和自己说，来到地球的这一生，就当玩虚拟人生游戏嘛，不要太认真，太较真就输了。"

"我看你完全不像是较真的人，率性得很。"秦澈打趣道。

应溪野不置可否："很难，我昨天还崩溃到哭了，去慕尼黑前还很欢乐的。有一天在艺术馆，本来感觉感冒已经好了，踏进一个展厅的瞬间莫名其妙咳到连眼睛都睁不开，一出展厅又不咳了，相当邪门。仔细看了下那个展厅的艺术家是保罗·泰克，妈呀，果然是个很黑暗的人，弄些僵尸腿啊，类似邪教的东西，五十岁不到就得艾滋病死了，我大概体质敏感吧。"

秦澈一怔，他还真知道这位艺术家。

起初，秦澈其实对抒夜的这位大小姐闺密并无好感，初识印象不过是那种风风火火的存在，脑子似乎永远缺根弦。如果说陶抒夜是温润如玉，这位应小姐就是辣椒一般的存在。面容姣好，身材高挑，作风浮夸矫情，无固定职业，但是花费一向大手大脚。在秦澈的联想中，一直保持这种女人一定和某些有钱男人搞在一起，而且对方有家有室的刻板印象。因此，当秦澈发现她竟然浸染艺术圈多年，早先更是在香港做过画廊主理人时，颇感意外。

应溪野平日确实喜欢玩，住在深圳繁华地段一间两百平方米的大公寓里，出门驾驶一辆保时捷Targa代步。她混迹于各色艺术圈子，平时做人情商不错，没那么多花花肠子，对人对事只要认准了就掏出肠子来真心对待，因此关系网络也广。一些朋友难免有公关业务的需求，她惦记着陶抒夜最初的嘱咐，没事就把这些需求推给秦澈。

秦澈初来乍到，作为领仕公关深圳公司的负责人，除了稳定原有的客户群外，拓展新客户也是他必做的功课。

这一来二去，两人算是熟络了起来。

"溪野，还是谢谢你，前前后后介绍了这么多客户。我来深圳稳住了阵脚，有一半得感谢你。"秦澈一脸认真地表示感谢。

"别这么客气，你初来乍到，我就是左手倒右手而已，又没费什么力气，正好都是朋友，就顺势介绍了。"应溪野神秘兮兮地盯着秦澈，弄得他十分不自在，讪讪道："你干吗这么看着我——"

"不过你知道吗，很长时间里我都以为抒夜的男朋友是一个压根儿就不存在的人，直到那天见到你，我才确定'秦澈'是真实存在的，而不是她幻想出来的人物。"应溪野举起心状的漂亮玻璃杯，用吸管深深地吸了一口，脸上呈现出惬意的神情，显然这杯名为"菊次郎的夏天"的调酒颇为符合她的胃口。

"为什么这么说？"

"我认识抒夜整整十年了，她从来没有让我见过她男朋友，我理所应当认为她是为了骗我，才故意编造出这样一个角色来的。"应溪野凝视着秦澈的眼睛，停顿了片刻，"不过严格来说，我认识你的时候，你已经不算是她的男友了。我还是可以大言不惭下定论——迄今为止，我没有见过她的男友。"

秦澈的脸上呈现出来一丝迷惑："真是很奇怪，你们两个完全不一样的人，居然可以成为好朋友。"

"你只说对了一半，在有些事上我们还是非常相似的，比如对于男人的口味——"应溪野吐了下舌头，扮了个鬼脸，"开玩笑，千万别当真。我和抒夜，很多地方都不一样，甚至我们感兴趣的东西都不一样，但是呢，反而会比较吸引对方。表面上看，她足够理性，我超级感性，其实，完全是相反的。我是非常理性的一个人，尤其是在物质上面。而她呢，在很多我看重的事上都可以做到随缘、无所谓，是个感性且淡然的女子。"

秦澈点点头，内心同意了。

"我一直很好奇一点，你的职业是什么？"从小规规矩矩读书，毕业后又忙于生计的秦澈顺势问。

应溪野笑了："我时间都比较随意。我呢，天生就是一个自由散漫、不慌不忙的性格。如果生在战乱年代，估计也属于第一拨殉国者，求生欲很低。小时候有家长管着，学校统治着，在这两个势力组织之间，我尽可能地在最大范围给自己争取自由空间。申请不上早自习、不上晚自习，居然被允许。所以，现在彻头彻尾地成为无组织、无纪律的自由职业者。时间对我来说没什么意思，虚度光阴才完美，我比任何人都热爱时间由我自由支配，用来睡懒觉、发呆、散步、晃荡、散落、流淌……有一种小时候逃课的窃喜与惊慌，挺好。"

秦澈没说话，他也有深深的同感，他没有告诉过任何人——礼拜一是他最厌恶的日子，似乎所有人都在忙碌。城市所有道路上拥挤不堪，好像自己也是这个高速运转机器上不可或缺的环节。

他只是厌恶自己成为一个被卷入、被安排的社会零件，可他没得选择，他没有这个资本。加入领仕公关之前，他曾经有几年过着自由职业者的生活。可是没有固定工作的单身生活有时宛如一剂毒药，让人慢慢地大脑麻痹，身躯反应迟钝，接着会蔓延到四肢，有些像宿醉后的精力匮乏症。他只感到饥饿。他对于今天自己取得的某种成绩依旧心有余悸，对于自己能够在社会机器里面存活下来心有怀疑和恐惧，有一种死里逃生的庆幸。

应溪野见他没说话，似乎在空气中捕捉到某种信号，眼神变得敏锐起来："你是不是有什么偏见，没敢说出口噢？"

秦澈缓过神来，他有些错愕："你指的是？"

"我知道你们男人怎么想的，靠着花男人的钱或者……告诉你，我还真不是——"她冲秦澈扮了个鬼脸，显得不服气，"我自然有我来钱的路子，不过我不会告诉任何人的！"

"你和抒夜完全不一样，你一副什么都无所谓的样子，她不管拥有多少，内心始终被一种不安全感笼罩着。"

应溪野嬉皮笑脸地瞅着他，忽而半是认真半是玩笑地对他说："哼，你不如说我傻呗，就算明天是世界末日，我也要和我喜欢的男人一直做爱做到死为止。我废人一个，有时候觉得自己和这个世界格格不入。在深圳，你不上班、不去赚钱、不去努力，就好像脱离了这城市的主流一样可怜，可是在我看来，还有什么事比追求自己喜欢的生活更重要呢？"

"可是没有钱，你追求得了吗？"秦澈倒也问得直接。

"那你还是不了解我。"

应溪野将杯子中的酒喝光，似笑非笑地歪着头看他的反应。

秦澈笑而不语。应溪野是那种很容易招男人喜欢的女人，她天性里没有太多被束缚的东西，这样的女人对于男人而言，也同样危险而迷人。

应溪野招呼年轻的服务生上一杯冰水："大学毕业前夕，抒夜和我在楼道里闲聊，她问我：你毕业之后打算做什么？我毫无头绪。我从没投过简历，也没找过工作，我说：我还是希望能有机会回到艺术舞台上，可能是五年之后或者十年之后，然后就这样生活。这大概就是我的终极目标了。"

秦澈说："人的欲望是会变化的，之后你还会有别的想法。"

"不会的，这就是我最理想的生活，我很清楚。不过当时我没在意她的话，因为觉得实现这个愿望还很漫长。王小波有一段很著名的话：'那一天我二十一岁，在我一生的黄金时代。我有好多奢望。我想爱，想吃，还想在一瞬间变成天上半明半暗的云。后来我才知道，生活就是个缓慢受锤的过程，人一天天老下去，奢望也一天天消失，最后变得像挨了锤的牛一样。可是我过二十一岁生日时没有预见到这一点，我觉得自己会永远生猛下去，什么也锤不了我。'这和我在楼道里的大言不惭是同时期同心理吧，那时候，我认为什么也锤不了我，可我渐渐明白'受锤'是什么意思，其实什么都没发生，不曾有大风大浪，一切正常、和谐，我只是觉得自己老了，不是外表，而是心理，'作'不动了，矫情的欲望也淡了许多，甚至怀疑自己对绘画艺术的热爱。

"忽然之间，我明白了很多事，很多关于人、关于生活的事情，甚至理解婚姻，理解为什么即使是不理想的婚姻关系人们还是不分开。生活比我想象得更复杂、微妙，大概就是被锤累了，不再反抗挣扎，两人一起受锤好过一个人，孤独对于人来说似乎比劣质的两性关系更恐怖。尽管我没结过婚，也不曾有过长久的恋爱，更没有同居过。

"我从来没有走进过常规的生活。生活的暴击不单是大灾大难，还有慢性毒——生活琐碎的毒。为此，我尽量远离生活琐碎，基本上不做饭，不做家务，只谈热烈的恋爱，只要热恋，不过日子。这么说来，我还是没被锤到。"

应溪野自嘲般地又自顾自干了一杯酒，她的眼神中暗含着一种闪烁不定的秘密，以及某种看不透的迷惘与无谓。

"怎么和你聊着聊着，就感觉'作'的念头又回来了。我对答案还是明确且坚定的，生命在于折腾，突然又觉得很自由且对未知的事物依然兴奋。今天好奇怪，让你听了这么多有的没的。我是一个倾诉欲很多变的女人，和倾诉对象没有关系，我怀疑自己是有固定时态的，即便我和抒夜在一起，有时也无话可说。我们就一起瘫倒在沙发上发呆，一杯一杯地喝酒，喝下去，喝下去。仿佛喝下去，这个世界，明天就会好起来一样。"

听着应溪野独白式的絮絮叨叨，秦澈并不感到闷，反而觉得有趣亲切，平日他就是机械、重复地应付客户，利益交换赤裸裸地长在每个人的脸上，丝毫不加掩饰，直白枯燥到毫无生趣。

有应溪野这样的朋友，偶尔见面喝酒聊聊天儿，对他来说，不失为一种放松。他转头望向窗外，五棵生机勃勃的绿萝似乎染绿了明媚无瑕的阳光。

"不管怎样，我欠你一句道歉。"

"哦？"秦澈有些诧异。

应溪野的脸上呈现出来一丝歉意，甚至有些羞赧在里面："有次，我和抒夜借钱，她手上没那么多现金，都买基金股票了。后来抒夜告诉我，还是你仗义出手。没想到那三十万元的往来账户记录给你们惹了这么多麻烦，实在不好意思。"

秦澈内心暗道不好，隐隐觉得不妥。心想，女人之间果真没有秘密，内心最深处的秘密被对面这个并不熟悉的女人掌握，又气又恼，又不好发作，只好劝自己说毕竟她是"绝缘"的，属于和自己所有圈子都毫无联系的孤岛。

他表面上依旧保持得颇为淡然："你们是好朋友，这又不怪你。不用谢，都过去了。"

应溪野从随手带来的包里拿出提前准备好的礼物塞给秦澈。他看了一眼，一瓶山崎2016单一纯麦威士忌。

"别和我客气，没多少钱，一点儿心意而已。"应溪野坚持着，"万一将来落魄了，我会找你帮忙的。虽然你和抒夜分手了，但是我真的不希望你们分开，我觉得你们蛮搭的，你们还可以做朋友，朋友不成还可以是炮友吧……我实在是不太会安慰别人，我到底在说什么，哈哈哈，你就将就着听吧。"

他只好笑纳，举起杯来："应小姐，我敬你一杯。"

"好。"

两只漂亮的杯子碰在了一起，发出清脆的响声。

"你知道吗，其实在深圳找个酒友不容易的——"应溪野随口感慨了一句，"以后无聊的时候，我是不是可以找你去喝酒呢？"

"随时奉陪。"

秦澈客气地笑着，嘴角洋溢起一抹温暖的笑意。

应溪野忽然意识到什么，吐了吐舌头："我逗你玩的，你们做公关的平时那么忙，哪有时间陪我。来的路上我还和抒夜说了，我去见你分手的前任。"

秦澈脸上挂出来一丝不自然。

应溪野自顾自地叹了一口气："你和抒夜刚分手，然后我们又私下约着见面，总觉得怪怪的，虽然说我们之间也没发生什么……但是，那种别别扭扭的感觉，你是知道的吧？"

繁华的广场，天光渐渐散去的傍晚。

夜幕中的酒吧门外，也笼罩着一片温暖的色调。

秦澈搀着她摇摇晃晃地走出酒吧。茫茫大路，车牌一角站着小小的两个人影。应溪野熟络的驻店代驾一声不吭地将她的车子开了过来。秦澈扶她上了车，看到这辆红得像火一样的保时捷Targa，一如应溪野蓬勃的生命力。

"男人女人，那么多问题，有什么可问的，知道得越多就越没劲……什么都不期待，就什么都是惊喜……我和你说，互联网炫富确实能以最快的速度吸引流量，豪门少爷唱个歌都能上热搜。他住在均价千万元的豪宅里，一堆月收入几千块钱的人上赶子给他打赏。当年全网骂某富二代出道的那个劲儿呢？口口声声说自己不愿意出门给资本家打工赚工资，回家再把工资送给资本家的女儿，怎么换成'少爷'就可以了？我真的不想拿性别说事，但这个社会，对男性真的更宽容。"应溪野不满道。她像哥们儿一般地拍了拍秦澈的肩膀，笑吟吟地望着他，道别："我现在就是头疼，感觉脑袋里有个带平衡装置的炸弹……我一动头就炸了，不过还是……谢谢你陪我。"

月光从车窗外映射到应溪野的脸上，尽管她醉意蒙眬，眼眸却明亮。她不自觉地眨动眼睛，目不斜视地望着秦澈，欲言又止，然后奋力扭回头去。再一次，她缓缓转头看向他，充满渴求地望着他……而此刻在秦澈眼里，她亦像个孩子。或许再强势独立的女人，一旦喝醉，都像个要被保护的孩子。

"对了，秦澈，忘记告诉你一件事，我今天在星巴克看见一个男人，没拿手机，没带平板，也没摆笔记本电脑。他就坐在那里喝咖啡，像是个神经病。"

秦澈扑哧一下子笑了："你想表达什么？"

"当混浊成了常态，清澈就变成了罪过。"她淡淡地说，"去他的这世界。"

夜色如雾一样聚拢，从海边吹来的风夹杂着夜晚的迷离和湿润的海水气息。月色是天空的画笔，用淡紫色的味道挥洒盛夏的气息。那拉风的车子沿着海滨大道飞速疾驶，在道路一侧的地面上投下长长的影子，转个弯，刹那不见踪影。

送走应溪野，秦澈看了看表。二十一点三十分。

他还是个无家可归的人。

6

从咖啡馆独有的棱形玻璃望下去，这栋老旧建筑物所在的马路并不算宽阔，路旁的建筑也颜色素朴。这里树木繁多，让那些兴建于二十世纪上半叶的低矮小楼大多只显现出木质的低斜屋顶。阳光、树影和起伏的黄浦江，合为一组恬静的风光，透入百叶窗的缝隙中。

"你也喜欢电影？"

"电影没什么用，但它能分散注意力。"

"从什么里分散注意力？"

"从现实里，现实很糟糕。"

原梦今天的打扮险些叫王珏认不出来：体态妖冶，轮廓清晰，海藻般的长发，宽松的白衬衣；外面是烟熏紫的针织毛衣，紧紧的牛仔长裤勾勒出美丽的女性曲线；咖啡色的马丁靴更显得野性十足，时刻洋溢出满满的活力感，和上次王珏在会议室里目睹的职场女性形象判若两人。

"今天听出差回来的同事说了一事，我还挺感触的。"王珏接过来服务生送上来的咖啡，啜饮了一口。

"怎么？"

"他们在广州参与一个项目提案，同时去的还有一家上海公司，规模不大，女小老板亲自带队。最关键是这姑娘腿摔折了，是坐着轮椅去的。他们在做方案前亲自去客户的门店观察了两天，把发现的问题全部落实到了方案中。不但感动了客户，甚至也感动了我们这些友商。"

"所有生意都遵循这个底层逻辑。"原梦点点头，"客户首先在乎你有多关心，其次才是你有多了解。"

王珏一脸真挚："其实吧，今天约你来这里，还是感谢你在朗睿集团给我的关照，有你在，那种感觉不一样。"

"是什么感觉？"

"就是有一种底气在，内心的底气。"他举起杯，对她笑着说，"祝你有一个新的开始。"

"谢谢。"她笑了，显得很受用，她的眼神飘向了窗外，"虽然现在这边累一点儿，但是比之前在老东家那边还是好很多。更重要的是，没有像徐弘这样烦人的老板。"

"换个地方重新开始，总是一件好事。人总是要向前方看的！"

"嗯，来到新的环境，人会开心许多！"她低头抚弄着杯子，脸上的神色显得有些不自然，"其实我也想谢谢你。虽然这么说很矫情，不过遇到一个合适的乙方，配合我们的工作，也很难得。"

傍晚时分，一道阳光打在她的脸庞上，她的眼神在那昏黄的光线之中显得格外突兀。一种莫名的默契流动在两人心间。

原梦难得笑了起来："改天再约时间一起吃饭！对了，上次喝多了，我记得我们在那间日料店里存了瓶清酒，改天再去喝。"

王珏脸上顿时呈现出一阵惭色："甘拜下风，甘拜下风！你可千万别再提这事了，我这也算是浪迹江湖多年，没想到却败在了你这个小姑娘手下，回去吐得天昏地暗，第二天的会议全部推掉。下次还是和你约茶比较好。"

原梦发出来一连串银铃般的咯咯笑声："'酒委会'的会长不过如此嘛！我还挺喜欢和你喝酒的，听你讲了很多有趣的故事，还有一些猛料——"

王珏的嘴角微微抽动了须臾，半开玩笑半认真地摆出一个"嘘"的表情，吐了吐舌头，示意她不要再说下去了。

女孩倒也识趣，心领神会地扑哧一下笑了，换了个话题："不说了，就当什么也没发生过，也别光庆祝我，你不也是去了新东家。怎么样，你过得还行吗？"

"我刚过来，先熟悉下环境。但肯定和先前是没法比了——"王珏显得有些黯然，不住地摇头，自嘲地笑了笑，没有继续言语下去。"曾振宇的公司也是没办法，我跟了他三年，他项目掉得也差不多了，由盛到衰。刚入行那阵子，做活动还是能赚钱的，我也有幸见识了这个行业极其兴盛的几年，甚至哪怕是别人家的项目，也会由衷地为行业感到荣耀和自豪。可惜这几年蹉跎了，依旧是整个大行业里极不起眼的一个小人物，刚刚燃起的斗志就被突如其来的疫情迎头浇灭。浑浑噩噩过了三年，没做啥项目。在其他同学成家立业的时间里，我一直都在做活动，家里给了最后通牒，明年一定要带个女朋友回家，不然就不用回去过年了。如今想得更多的是好好做事，争取不被裁员，多学点儿东西，以便失业后可以快速找到新东家。我现在就和那个谁似的——祥林嫂，苦口婆心，劝说客户不要轻易转线下为线上，亲身体验带来的价值永远不会被取代。"

听着听着，原梦的情绪有些被他感染起来："你也别急，新公司这里也要年度供应商比稿了，采购政策没有徐弘那么变态，业务很尊重采购的专业，到时候我一定来找你！"

"谢谢你，不急不急。"王珏笑笑，倒是一副无所谓的样子，"这行业摧残人的身体和意志，却又奇迹般地保护着人的倔强和天真。我再坚持看看。"

原梦听着有点怅然："给你一句忠告，让一个人走下去的力量，更多的来源不是理想，而是欲望，大部分欲望远远比理想真实而更有力量。"

王珏仰着脸庞，心情渐趋平静，似乎听进去了。"不聊这些了，聊点开心的吧，快新年了，我送你个新年礼物。"说着，他从包里取出来一个包装精致的褐色小盒子，脸上有些局促，还是朝着原梦递了过去，"怕你误会，但是……我的顾虑太多了，也不太懂你喜欢什么，送你个实用的东西……还请收下吧。"

"这是？"原梦一脸疑问。

"这次来得匆忙，也没太多准备，这是四季酒店的SPA卡，你有空可以去，距离你的新公司也不远，没事了或者累了可以过去休息一下。"

原梦怔住了，脸色一变，下意识地摆手拒绝，嘟囔起来："你当我是什么人呀，这个肯定不行，你是不是想让我犯错误？我刚举报完徐弘，你是不是想着未来我被人举报？"

"怎么会？我们是好朋友，不是吗？你我之间又不是什么普通的甲方乙方关系——"王珏脸色涨得通红，着急地解释着一切，"再说了，我们现在也不存在任何的商业利益关系呀，朋友之间送个礼物太正常不过了吧。"

瞧着对方那副焦急的样子，原梦也是一怔，她睁大眼睛仔细想了想，觉得是不是自己过度谨慎，反而伤害了朋友间的感情，不由得脸色一红，内心怪自己太过大甲方思维了。她连忙道歉："对不起，是我想多了，你的心意领了，东西你拿回去吧。"

男人看出来了她的犹豫，默默低下头，像是一个犯了错误的小孩，嗫嚅道："没有别的意思，你可千万不要误会。"

"先不提这张卡了，其实我应该谢谢你才对——"她嘴角尽是暖意，乌黑的眼睛看着他，"你知道吗，很长一段时间里，我厌恶自己，尤其是那段短暂、儿戏的婚姻以后，再加上我被徐弘开掉那段日子里，无事可做，不断内省，知道自己不招人喜欢。其实，从小到大，我都不是个招人喜欢的女孩。但是你一直鼓励我，还帮我看机会，说实在的，我挺感谢你的。"

原梦没有对任何人说过，但她今天想说，尤其想对王珏说。

绝望感一直伴随她成长，从小觉得自己格格不入，住校的时候，晚自习温书，她默默爬到天台，对着暗黑的天和几颗星星，呆看半天。她不知道自己为什么跟别人不一样，心里有一个洞，风呼呼地刮进来，凉飕飕的，孤单单的感觉一直不去。她在白墙上留了一句：Are you there？

不懂，不被理解，也说不出。很多年了，她太熟悉了。

她着急得只能哭，也不敢大声，缩在一角，抱着被子睡着，白天醒来，眼泪干了，脸上的皮肤都紧绷绷的，却跟没事人似的，依然笑盈盈的。认识了王珏，晚上她会和他打电话讲这一切，他不是那种她会喜欢的男人，一定不是，可是她笃定他是个值得信任的人。或许是因为他有着和她一样的年轻，有着和她一样的焦虑吧，他说他为了钱整宿整宿不睡，抽很多烟，但是见面闻上去还是很好、很干净。

"客户很多，聊得来的没几个。多个朋友，挺好的。"王珏眼神中闪现出来一丝无可名状的关切。

原梦仰着脖子望向王珏，声音愈加温柔："现在，我不断向内探索自己，努力去了解自己，然后喜欢上自己，一天比一天更爱自己。今年我要二十六岁了，变得比二十五岁的我更好了，好太多了。我真的觉得没白活。我只明白了一件事，当孤独成为一种最为内在的精神，你就不再会轻易被世界的多重变化和纷乱干扰。我当时是彻底厌倦这望不到头的孤独，但我还是感恩这缓慢、悠长和寂静。因为接受它的那一刻起，恐惧就像衣橱里的妖怪一样彻底消失了。"

"陌生并不存在，因为我们都有同样的孤独。"王珏发自内心替她感到高兴，他也听到一些关于原梦的风言风语，但是就他与她接触的这段时间而言，他并不认为她有错，只是有些偏执而已。"起码现在，你已经平静了。恭喜你，已经走出了自己的困境。"

原梦低下头，若有所思，许久没说话。

那天的下午茶，两人聊了许久。临别之际，王珏趁着原梦去洗手间的档口，还是将那张SPA白金卡悄悄地塞进了她的包里，就像是完成了一项神秘任务一样舒了口气。

上海的小雨淅淅沥沥，地上都是积水，原梦从嘉里中心出来，穿一件深灰色的风衣，这灰色很阴沉，酒红色八孔马丁靴踩着水，手揣在口袋里，大步走。南京西路灯火通明，空气又湿又香，路过的爱马仕橱窗里有一只猫。

嘿，那里居然有一只猫。她心里想着。

在上海出差的几天她都睡得很晚，不知道为什么，会偶尔感到一丝心悸，路过的成群外国人推着宝宝车，热情地对路过的人说"Merry Christmas"。她不知方向地走着，路过一个非常小但又温暖的意大利餐馆，她记下来，以后可以约朋友来吃。

巨鹿路，重庆路，成都路，威海路，一路的地名数过去，不知方向、不知疲惫地走。有一阵子，她忽地感到累了，便叫了辆网约车。

坐上了车，原梦从包里找口红，意外发现了那张卡的存在，心里顿时咯噔一下。她给王珏打电话，对方却一直占线，她吁了口气，只好拿在手上端详了半天。这才发现，哦，原来不是丽思卡尔顿酒店，而是四季酒店最高端的日式SPA卡。这个王珏，真是粗心呀。不对，不是粗心，王珏一直都是个细心的人。哦，对了，似乎是上次喝大酒的时候自己无意吐露给他的。这种被人重视的感觉，忽地袭上她的心头——她不缺钱，不缺消费，但是，这种感觉，并不让她感到气恼，反而很受用。

手袋里面还有配着这张卡的说明，不是常见的普通护理，他们家的招牌是深层明肌SPA。前年生日她曾经去过一次，装修风格是自己喜欢的，吸嗅的香氛最爱尤加利和甜橙味，感觉瞬间打开了呼吸道，整个身体都通畅了。印象最深刻的是脸部喷雾，天然的香味，烟雾弥漫，仙气飘飘，六十分钟的深层组织按摩下来直接进入深度睡眠。太舒服了，她在那里可以舒舒服服地睡觉，她的心情忽地变得好起来。像自己这样的工作，每天都要对着电脑疯狂码字，一天下来，最惨的就是腰部、颈部，是时候宠爱自己一次了。在沐浴舒缓的过程中，可以直接享受全身奢养体验，搭配用的精油还是英国雅容玛香薰之家，还有昏暗得刚刚好的灯光，从视觉来清空大脑里的琐事，按摩师的手法、力度都刚刚好，会在肌肉微微感觉到酸痛时立刻放开，顿时舒爽，疏通经络的手法也很专业。

想着想着，她不由得心动起来，身上的困顿疲惫一扫而尽，她心血来潮对着司机说："师傅您好，我要换个目的地。"

"您修改一下地址就行。"司机声音低沉，看着前方。

"好，师傅，我已经修改了。"她放下手机。

周五傍晚，上海的道路有些堵塞，并不强烈的阳光照在身上，却是暖洋洋的。她想着心事，忽地内心一动，软软的，好像冰激凌融在阳光里，既甜蜜又无望。她轻轻地倚在玻璃窗旁，斜视着太阳落下的远方，藏蓝的云厚厚地挂在高楼大厦的顶层。

恰在此时，一条突如其来的短信安静地躺在她的手机里面，望着窗外发呆的她，对此毫无知觉。

　　原梦你好，我是朗睿集团反舞弊中心的高级专家栾贺将。先前你对集团采购负责人徐弘的实名举报，我们保持高度重视，也希望可以尽快约你见面，和你沟通具体了解举报材料背后的完整证据。请放心，我们会对本次见面高度保密，希望可以尽快得到你的回复。

　　　　　　　　　　　　　　　　　　　　　栾贺将

第五章
每次醒来

1

三年后。

位于上海陆家嘴CBD的普茂环球大厦，融汇了中国古典塔楼风格与西方现代建筑艺术，是浦东租金最贵的写字楼之一，现在已经成为朗睿集团在华东地区的大本营。

电梯门打开，陶抒夜从里面走出来。她穿着修身的香奈儿套裙，小V领展露脖颈，踩着一双亮眼的Rene Caovilla红色高跟鞋，马尾发型简洁优雅，双眸明亮，轮廓清晰，浑身散发着一种明亮但不刺眼的光芒。

路过公司前台的时候，两位前台人员立即停下手头上的工作，向她打招呼。

陶抒夜点点头，穿过三个大片公共办公区域，径直向自己办公室走去。她推门而入，助理就殷勤地端上了一杯她最爱的摩卡咖啡，同时以最快速度告诉她今天的所有行程安排：

09:00—10:00　　朗睿集团高管组薪酬改革与组织架构调整
　　　　　　　　会议

10:00—11:00	集团新能源电动车K2的品牌策略与创意预算视频会议
12:00—13:30	同英国战略合作伙伴午餐会
13:30—15:00	牛津大学Future First Project合作事宜
15:00—18:00	浦东机场飞东京，参加2025财年朗睿集团（海外）市场业务年会

"Cissy，行程我都知道了，不用再briefing我了。帮我叫沈嫣过来一下。"陶抒夜一边示意助理可以离开，一边打开了笔记本电脑。

没过多久，花枝招展的沈嫣开门走了进来。来上海半年，沈嫣的妆容愈加精致，深得上海女人的修养之道，品位也有了大幅提升，只是性格并没有多大改变，那大大咧咧的北京大妞气质一点儿都没变。

沈嫣亲热地挽着陶抒夜的手臂："老板，你什么时候到上海的？怎么没通知我过去接你啊。"

"接我？别跟我嘴甜了，就你那车技接我，我还不吐死算了？"陶抒夜啜饮了一口咖啡提神，道，"坐今天最早的一班航班过来的。"

沈嫣赶紧端坐，一板一眼地说道："老板，向你汇报一下，年度代理商竞标的事情我已经准备得差不多了，下个月就可以正式启动了。"

"嗯，很好。这次效率不错。"陶抒夜予以鼓励。

沈嫣眉飞色舞地继续说："老板，这次参与竞标的公司我可是邀请了业界最有名的博朗睿仕、O.P.E等几家广告公司。预算我已经和Tracy磨过好几次了，她原本想着手起刀落……还想砍预算来着，我就跟她一再强调这个案子是老板你最看重的，品牌年正是要做出成绩的时候，可不能在预算上面掉链子，你说是不是？最后，她只是象征性地砍了一点儿！"

"哼，你别老拿我当挡箭牌！"陶抒夜的眼睛不经意间快速扫完所有代理商的名称，微微点点头，"你都和Tracy对过了吧？所有广告公司的资质都不能有问题，一定要保证这次竞标的公平公正。"

沈嫣拍着胸脯大包大揽："老板，放心吧，这次是年后我调到市场部以来第一个案子，我肯定会做好的！"

陶抒夜语重心长地说："沈嫣，其实林诗琪并不是特别同意你出任这个位置，她觉得你毕竟是媒介出身，对于市场的理解、数据分析能力可能还有欠缺……"

"我知道，这都是老板你帮我据理力争的结果。"沈嫣充满感激道，"老板，我也要进步嘛，不能一辈子待在公关部！何况，现在公关部有那个苏拉占着——"

"你呀你，真是人心不足蛇吞象——"陶抒夜无奈地摇摇头，"我和你说过多少次了，要团结，不利于团结的话千万不要说。无论在哪个部门，都是要发光发热才对！"

沈嫣露出谄媚的笑容："老板，这次你把苏拉提上来，下面的人都有口皆碑地称赞，说老板你有格局，不拘一格起用魏雪的人。但是她们看不到的是，苏拉四周全部是你的人了。"

陶抒夜抬起头来，一字一顿地说道："沈嫣，你知不知道你以后是怎么死的？"

沈嫣用天真的大眼睛望着陶抒夜，懵懂地摇摇头。

"话多，被连累死的。"陶抒夜没好气道，"我不想像当年JoJo那样，一直空着这个位置。人要舍得放权，别眷恋，你带不走的。我给苏拉这个位置，就是一定要用她，你明白我的意思吗？还有你已经是这个位置的人，就得像这个位置上的人才行，做出来成绩，好吗？这样我才有底气去和老板谈，你总是摇摇晃晃的状态，我是没办法的。"

沈嫣这才明白老板有意让她独立负责华东市场部，立即笑逐颜开起来。

"你呀你，什么都喜形于色！"陶抒夜叮嘱了一句，"没别的事情了，你先出去吧。"

沈嫣如释重负，正准备离开，又突然被陶抒夜叫住。

"老板，有什么吩咐？"沈嫣转身问道。

"你脖子上的吻痕太明显了，光天化日，你这是给你男朋友的嘴巴做广告呢？去我柜子里面取粉霜盖一盖，你是多渴望向所有人宣布你有性生活啊？"陶抒夜责怪道。

"好的，老板，我错了，保证下次不会了。"沈嫣不禁感慨老板的眼睛太尖了，自己特意把平时绑的马尾放下来做遮掩，还是被她的火眼金睛发现了。

"好了，你也不用那么紧张，至少能够说明一点：你男朋友还算爱你。男人的嘴巴会说谎，可是嘴唇不会。"

沈嫣听着听着，忽然冒出来一句："老板，你说有一天我老了，男人还会像现在这么爱我吗？"

"我只说事实，结果你自己判断——你想象，当你老了，皱纹从脖颈慢慢爬上嘴角、面颊和眼睛，皮肤越来越松弛，最后变成薄薄的一层，在骨头上来回滑动；骨骼也变得脆弱，无法自如地奔跑、跳跃、行走，你逐渐变得不自由，出行必须依靠拐杖或者轮椅；再往后，你意识到，自己真的老了。"她半开玩笑半认真道。

沈嫣暗自叫苦不迭，她吐了吐舌头，逃也似的离开了陶抒夜的办公室。

沈嫣离开后，陶抒夜娴熟地打开笔记本，今天是她三十六岁的生日，她依旧保持着每年生日当天写给自己一封信的习惯。

2026，保持对生活的热爱。Crush on new year.

往年都没有给自己做年度总结的习惯，2025年是特殊的一年，我决定好好做个回顾复盘。

如果用一个词概括2025年，我的年度词是CRUSH。CRUSH是破碎、压垮，是面对压力的反作用力，也是怦然心动、乍见之欢，我更喜欢这样的解读。我想CRUSH是在面对生活、工作、疫情……种种压力和困难后依然保持一颗纯粹与炽热的心，依然拥有爱的能力。

想想这一年，自己其实已经超越了过去的自己。勇敢做了很多决定，尝试了很多不曾敢做的事情，也体验到了从未有过的新乐趣。从生活多年的北京搬到充满未知性的上海，在面对深夜高强度工作后又遇到了一场多年来躲不掉的阴影袭击。

这一年收获了很多技能，学会了游泳，重拾了画画，体验了陆冲[1]、飞盘、腰旗橄榄球等群体社交运动，实现了做一位浪漫城市骑行者的梦想。这一年感受了不同地域的生活方式，在上海享受《爱情神话》般的精细，在大理感受阳光的明媚和自由的呼吸，在香格里拉看雪山绝美的风光，在沙溪古镇享受村落里的娴静与淡然，重回北京时又获得乍见之欢，感知到曾忽视的"北平浪漫"。每个所到之处的影像都令人着迷。

过去的一年，或许大家都过得不容易，承受了很多考验。但所有的遇见、获得、失去、成长、释怀，都已化作坚强的力量让我们继续勇敢前行。

感谢2025年给了我涅槃的勇气，试图打破生活的边界，遵从自己的内心，在不断尝试和试错中发现自我、认识自我、了解自我。既享受和自己的约会独处，也享受与朋友的谈笑风生，看花看海，也享受厨房、昼夜和爱。

愿2026年依然是令人心动的一年。快乐出发，向阳而生，拥抱温暖，感知生命馈赠的礼物。既能不断向外看世界、看山海，也能不断向内探索真正自我，能从容面对生活的无常与告别，也能依然保持对生活的挚爱。

对比三年前的自己，我现在的头发更短。随着年纪的增长心智也更成熟，心态比较平和，但是如果遇到那个人，也许我还是会一秒变小孩，眼里的对方发着光。

希望人生下半场可以取悦自己，对人、对事，松弛一些。这一年来，工作繁杂，倒也要感谢它收留了自己的时间，让我少了胡思乱想，生活变得层次短浅单薄，翻来翻去并未有太多有趣的事情发生，有趣的人停留很短，来了又去。不能把对着外界的窗口紧闭，依赖有限的人提供额外的生活体验，我心里

1　陆上冲浪板。

很明白。

人是一种最奇妙的动物——人总是要快乐，如果不快乐，人就活不下去，但人也总感到痛苦，人活着就是无法慰藉的痛苦，人很勇敢，也很懦弱，人很成熟，也总是幼稚。

多谢你们，孤独的大多数，互不相识，一起活着吧。

2026继续生长，成为更好的自己。

2

从制作人位于东京表参道附近的工作室出来，楚歌一反常态。他手里拿着签名版的游戏《艾尔登法环》，爱不释手，一改往日冷静的面孔，居然像孩子一样兴奋。一位穿着黑色风衣的高个子女人跟在他的身后，两人一前一后从大厦走出。

"真没想到，你对游戏这么热爱？"女人抿唇笑道。

"JoJo，这次谢谢你同学的关系，我得以参观他的工作室。"楚歌再三感谢。

说话的人正是JoJo。

三年前，受魏雪牵连的她，像是被"发配"似的，从北京远赴东京，负责朗睿集团日本分公司的日常运营。人们都以为她会销声匿迹，找个台阶顺势离开公司。不承想，也该是她时来运转，原本没有起色的消费品业务在她的领导下竟然做得有声有色，日本公司居然在栾贺臣收购的大部分海外业务普遍低迷的情况下，依旧保持着亮眼的增长。

半年前，从总部空降过来的楚歌全力协助JoJo负责日本公司的商业道德与反舞弊工作，取得了立竿见影的成果，两个人意外地合作融洽，相处下来颇为默契。还有一个礼拜，楚歌就要结束这段海外工作经历，回国述职。

"现在才四点钟，距离晚上去吃料理的时间还早，我们去附近的公园里逛逛如何？"JoJo看了看腕表，随口建议。

"好啊。"楚歌爽快地答应了。

两人径直走进一座古朴的公园，此时正值樱花盛开的季节，千株染井吉野樱和山樱夹道而开，场面格外绚丽。两人沿着绿道漫步，抬头就能看到樱花竞相开放，仿佛进入了樱花隧道中一般，浪漫无比。春风吹过，下起阵阵樱花雪，散落在散步道及河面上，优雅壮丽，令人陶醉。

"即使你没玩过游戏，应该也听说过'魂系'的名头，这个由宫崎英高创造出的独特游戏类型，几乎是'受苦'的代名词。不同于大部分游戏，这个游戏在难度上极端不友好，打个比方说，玩家需要在危机四伏的世界中生存、战斗，外加无数次的死亡。稍不留神，路边的'小怪'就会置你于死地，更别说游戏中的'BOSS战'，往往要花上数小时乃至数天才能通过。但'受苦'却令人痴迷。"楚歌努力向JoJo解释这款游戏的好玩之处。

"这和你们平日里的调查过程是不是相差无几？"JoJo反问。

楚歌斟酌了下，顿了一顿又说："差不多，都是自讨苦吃，自讨没趣。"

JoJo缴械投降般败下阵来："我可不行，累了一天之后，我只想回家里躺着，一动不动。天气好的时候，我会骑行往返二十千米来到清澄白河，坐在清澄庭园里，把最美味的黑松露鹅肝面包悠哉地干掉。"

"这可不像我认识的JoJo。"

"有时候，化简为繁不是能力，删繁就简才是真本事。那个时候太年轻，真是想不开。别说我了，你也变了，都快不像我认识的楚歌。"白色的衬衫松松垮垮地披在JoJo的肩头，露出精致的锁骨，"我不是一个善于表达的人，下个礼拜，你就要结束在日本公司的这段旅程了，这半年来，谢谢你的支持。"

楚歌有些不大好意思地笑了起来："都是我应该做的，其实这半年来，我就和休假差不多。我也没做太多的事。'白色鸦片'真不是浪得虚名，我在北海道完全上瘾了，无限放飞又极度控制的矛盾融合，带来体能发挥到极限和状态打开能量满满的双重体验。下山腿打哆嗦，然而痛并快乐着。"

JoJo眼神中毫不掩饰欣赏之意,说:"哪里,现在日本同事都私下里管你叫'灭绝楚桑',下手稳、准、狠,让他们也看到了来自中国老板的决心。"

楚歌淡淡地说:"你我之间就别互捧了,未来你什么打算?"

JoJo看着他,眼中闪着奇异的光:"二十二岁来到东京读书,四十岁一切重新开始,我始终觉得每个城市、每条街道都自有它的气质。涩谷热闹,代官山洋气,目黑川闲适,六本木艺术,表参道时髦,下北泽复古……东京某些看上去显得杂乱无章的地方,我却觉得正是无意识中最美的地方。"JoJo意识到自己所答非所问,又自主将话题带回来:"我还是挺喜欢这边环境的,短期内不打算回去了,毕竟我这个人挺寡欲的,日本这种禁欲系性冷淡风挺适合我的。再说了,陶抒夜在国内做得挺好的,看到她这样,我就放心了。"

"你也有功劳,她也是你的兵,都是你培养的结果。"

"你可千万别这么说了,这么说下去实在是惭愧,太惭愧了。我当初既看错了她,也看错了魏雪。"

JoJo摇摇头,感到追悔莫及。那段日子是她的人生在四十岁前的一段至暗时刻。作为管理者,她的判断力出了严重的问题,她实在想不到,同样是女人,美丽、傲慢、狡猾、聪明、多变、能干、过激、贪欲、虚伪……那么多特质是如何体现在同一个生物体上面的。

"不过,陶抒夜,真的超出了我意料,做得非常出色。对了,我这次还特意准备了一个礼物给她,请你带回国内,送给她。"JoJo一脸真挚。

"是什么?"

"一本书,日本作家渡边淳一的书,《失乐园》。"

楚歌忍不住好奇地问了一句:"为什么是这本书?"

"你觉得……她是一个什么样的人?"JoJo反客为主,抬眸望着楚歌。

"陶抒夜吗?"

"对，就说你心中的她……是个什么样的人？"

楚歌低头想了想，眼前浮现出来陶抒夜的一颦一笑。他的脑子里再次闪现她的笑容，温暖纯粹。她和他都只能在漆黑一片的世界里观望对方，内心不由得一动，嘴巴上刻画出来的，却是另外一番景象："陶抒夜在职场上属于大器晚成的那类人，身上也有鲜明的两面性——她可以温柔妩媚，和人打成一片，也会有雷霆手段，让下属对她心悦诚服。"

他温和的声音中，透着一如既往的锐利。

士别三日，当刮目相看，这还是她认识的陶抒夜吗？楚歌这番话说完，JoJo半天没缓过神来。可是事实逼得她不得不承认——有的人，似乎总会在某一年爆发性地长大，爆发性地觉悟，爆发性地知道某个真相，让原本没有什么意义的时间刻度，成为一道分界线。

"你认为呢，作为她的伯乐和老板，她与魏雪又有什么不同之处？"

JoJo稍加思索，回忆道："很长一段时间，我以为她和魏雪两人像是双子座的两面——一个内敛，一个张扬；一个似冰，一个如火；一个是消极避世，一个是积极入世；她们……就像是八卦的两侧，一阴一阳，一正一邪，棱角分明。不过，后来我意识到我这种认识的局限性，随着魏雪的离开，以及陶抒夜这些年的平步青云，我推翻了之前对于这两人的判断——"

JoJo一边踱步，一边欣赏着一旁的樱花树。花瓣落在她的手心，她轻轻地抚平，鼻尖轻嗅它的芬芳，再托到水面之上，任它随波逐流。

"抑或她们两人之间的关系，更像是天平的两端，互相牵制，互相影响，互相制衡，当时由于我错误的判断，让这座天平失衡了，完全倾斜到了魏雪这一侧，也打破了职场生态的平衡，结果惩罚来了——"

楚歌点点头："冰山之雄伟壮观，是因为它只有八分之一在水面上。凡事太尽，缘分势必早尽，月盈则亏，你给她那么多，她承接不住，就会反噬她。"

JoJo的语气中充满了自责："后来我想了她的结局，我也必须承担一份责任，我没有起到监督作用。那天，我和一个作家吃饭，我问他是怎么做到每年坚持写一本书的。他和我说，很多人对于创作的理解是错误的。对于芸芸众生或者世界上绝大多数人而言，创作不是由才华与天赋构成的，而是由煎熬与牺牲拼凑出来的。这对我触动很大。"

"雄心的一半是耐心，韧性远远胜于才华。"楚歌忽然话锋一转，"你有没有发现，老板这些年尤为倚重她，甚至在许多人看来有些偏爱她呢？"

JoJo笑了："这个问题我也遇到过——'为什么老板对JoJo如此偏爱？在魏雪入狱之际，JoJo负有不可推卸的责任，不仅能够全身而退，还能去东京捡了个肥差？是不是老板和JoJo之间有什么不可告人的秘密？其中又有什么玄机呢？'"

"你们之间真的有关系吗？"楚歌一脸认真地望着JoJo。

"难道你也这么认为？"这下轮到JoJo惊诧了。

楚歌看似开玩笑地点点头："现在，我没有这种疑惑了。但是当时，坦白来说，我也有这种想法——甚至刚来公司的时候我还为你的调任与栾贺臣有些分歧。如果当事人的上级有着不可推卸的监管责任，即便她不受牵连，至少也不能全身而退，这样让我、让反舞弊中心也非常难做。所谓不破不立，这又如何让别人信服呢？"

"现在……你想通了吗？"JoJo开口问他。

面对昔日种种争议，她早已泰然处之。

楚歌没有直接回应她，但心中已有答案，以日本分公司的经营状况来说，毋庸置疑，老板选对了人。

楚歌埋下头，淡淡地说："这也是我最钦佩栾贺臣的一点——论个人财富，他或许比不上互联网的新贵；比人脉，他也比不上房地产那些呼风唤雨的大佬；比聪明和智商，他一定也比不上与他同期出来创业的那些IT教父。但是偏偏在多样化经营领域，他成了国内数一数二的大佬。我认为他身上除了韧性之外，最重要的一点是他能够在极其有限的资源内，不拘一格找到最好解决方案。"

JoJo孩子气地笑："直截了当来说，就是不拘一格降人才。"

楚歌看着她点点头。

"其实这么多年我一直对一个问题感到很好奇，老板当初是怎么找到你的呢？"JoJo神秘兮兮地盯着楚歌，"坊间沸沸扬扬可是颇多传闻，有人说你是'官二代'，背景深不可测，想查谁动动手指就可以做到；有人说你原先是某省会城市刑侦大队长，侦破过无数命案、悬案，后来，因为不小心得罪了达官贵人，才被迫离开了体制内，脱掉警帽；还有人说你是律所的合伙人，你太太也是创始人之一，结果离婚打官司闹得不可开交，最后一气之下出走了。"

楚歌听着，忍不住笑了起来，只不过那笑容颇为无奈："这都哪儿跟哪儿，完全道听途说，一点儿边际也不着——"

"呃……你也别怪人言可畏，谁人背后不说人，谁人背后无人说。谁叫你的背景那么神秘莫测？"JoJo眨了眨眼睛，似笑非笑地打趣道。

当初她可是找了圈内资源最好的猎头，翻天覆地全世界找了一遍，都没有合适的候选人能够让老板满意。"结果，你就这么横空出世，谁能想到你的任命通知出来的时候，就是魏雪她们处置结果昭告天下之际。而且连一向消息灵通的林诗琪都不知道你的来路，关于你的传闻甚嚣尘上也就不奇怪了。"

楚歌低头喝了口冰咖啡，唏嘘道："JoJo，我也认识你很多年了，一直觉得你清心寡欲，对人完全没兴趣，结果也这么八卦啊。"

JoJo脸色一红，说："所以说，'人设'真是害死人，我只是不大喜欢与人交往，但也不排斥。最后人云亦云，弄得自己也下不来台。"

楚歌笑着回忆说："其实我和老板之前也不认识。只不过后来有个朋友引荐，我们一起喝过几次酒，相互间觉得投缘。Timing这件事情真的重要，当时我休息了很长时间，然后也正好想着做点事，就答应过来了。"

"哪个朋友，方便说吗？"

"没什么不方便的，很多人都知道。"楚歌在JoJo的耳边悄悄说出一个人的名字。

那名字如雷贯耳，JoJo早已在各种财经媒体上见过，几乎成了中国过去几十年最有影响力的财经人物之一，只不过这些年早已退出江湖，不问世事。

楚歌与JoJo相识许久。调查魏雪的时候，作为她的顶头上司，JoJo身上的嫌疑也极大。当时，刘岩坚定地认为JoJo一定是背后的操盘手，也投入了极大的资源进行了专门调查与取证。在与她进行了一番深入地沟通后，楚歌断定了她一定不会参与这种非法勾当，这类人压根儿看不上这点小钱。JoJo本人的家庭背景非常好，她根本就不会为了几千万元钱铤而走险。当初两人还有一番对话，令楚歌印象深刻。

　　——对魏雪的所作所为，你完全不知情？
　　——是的，我完全不知情。
　　——你这种对于工作这么严谨的人，这让我很难相信。
　　——平日里我太忙了，我也做不到每一笔支出都亲力亲为。

后来，两人成了无话不说的朋友，尽管见面不多，却彼此信任。

两人说话间，即将踏出樱花大道。楚歌蓦然抬头，看见阳光在沉沉烟霭间慢慢退去，心中忽地有些感触："JoJo，这段日子你给了我很多启发。我和你，恰恰相反。先前我自己就像住在一个洞穴里，每天从家里再到公司，朋友都是同事，久而久之对一切都怠惰，连胡子都不想刮了。有一个固定的位置，可在生活里似乎缺席了。让我怀疑自己的生活，看到的、感受到的究竟是真实发生的，还是篝火投射到洞穴墙壁上的影子。"

听到这话，JoJo心中忽然冒出一个问题，她脱口而出："楚歌，我有个问题，如有冒犯，你别介意。"

楚歌笑道："知无不言，言无不尽。"

JoJo逆光而立，半边身体隐藏在阴影中。一道夕阳的逆光照过来，她的脸庞都被暖黄色的光芒所笼罩："你们这个行当，如果啊，我只是说如果，如果有一天，你爱上了你的犯罪嫌疑人，那你会怎么办？"

咦？楚歌愣了一下，她这算不算是在开玩笑？

他完全没料到一向严谨，甚至有些不近人情的JoJo，会抛出来这样一个颇为敏感的问题。

也来不及多想，他脱口而出地回应："我没办法替别人回答这个问题，如果是我，首先我不会做出这样的事。退一万步，就算是天命来了，难以抗拒——"

他顿了顿，接着说："世间安有双全法，不负如来不负卿。那我只好辞职走人了。"

JoJo会心一笑，也无多言。

她内心隐隐升腾起来某种预感，原本想着提醒下楚歌，想了想，还是忍了下来，随口插科打诨了一句，便匆匆结束了这个话题。

两人肩并肩走出公园，朝着东京银座的灯红酒绿走去。

3

"客户现在的意思很明确——就是不希望我们继续服务下去了。两个亿的单子，丢了的话，欧阳全组的人就必须在春节前被裁掉了……"

电话的另一面，洋太的语气十分消沉。他停顿了下，又试探性地问道："这些人都是你的旧部，全军覆没，一个不剩。没办法，今年的经营压力太大了，砍预算的砍预算，品牌倒下的倒下，实在不景气。不过，也不是完全没机会，周末我和沈嫣一起吃饭，言语中她常常提起你。她的意思是，如果想要续约，只要你肯答应回来牵头负责这个事，就有很大胜率。"

"我？"秦澈有些哭笑不得，"我有那么重要？"

"秦老弟，咱们都是自己人，有什么我就直说了。我给你打这个电话，也实属无奈之举，这个事没你还真不行。这笔生意的三个关键人，沈嫣、陶抒夜和Tracy，你都是老熟人了。这次出马，你再认真考虑一下？"

这场景，这对话，这需求，怎么有种莫名的熟悉感？

这笔单子，秦澈再清楚不过了，四年前，面对数家竞争对手的虎视眈眈，就是他带领团队兵不血刃，通过激烈的竞标拿下来的。转眼间，一个服务周期结束了，现在领仕公关又到了捍卫这笔生意的关键时刻。

洋太的顾虑没有明说，但秦澈心里明白，这笔生意的决策关键不在于沈嫣或Tracy，而在于陶抒夜——这几年他虽在圈外，但亦有耳闻。自从陶抒夜成为新的话事人之后，领仕公关的业务就日渐衰落，一步步被其他竞争对手吞食掉。她的用意别人看不出来，他心里却是明镜似的——

凡是当年秦澈留下来的痕迹，她会不动声色地一点点铲除掉！

洋太现在低声下气央求他出山，用意只有一个——陶抒夜即便不赞同这笔生意花落领仕，但也不会投反对票。贵为市场一号位，她想用谁或许未必能够一手遮天，但若她想否定谁，对方再是手眼通天也绝无半点儿希望。

若是放在几个月前，秦澈定会拒绝洋太的提议。

理由倒也充足，他离开领仕公关两年多时间，当年的恩怨早已一笔勾销，他不欠洋太的，洋太也不欠他的。只不过眼下这当口儿，正是他缺钱之际，如果他帮助洋太顺利拿下这笔单子，按照行规，一笔可观的顾问费是跑不掉了。

他的内心不知不觉间松动了。

远在千里之外的洋太是何等的老江湖，纵横国内公关圈数十载可不是浪得虚名，秦澈一个短暂的犹豫，就让他听出来了弦外之音：这里面一定有戏！

完美的机会稍纵即逝，洋太知道自己必须开出一个令秦澈没办法拒绝的筹码："秦澈，我知道，这次真是难为你了。你放心，事成之后，我会把整个项目预算的三个点，算作你个人的感谢费，税前。当然了，即便是没成，我也会付给你五十万元劳务顾问费用——"

他没听错，两个亿的预算，三个点就是，六百万！

他现在太需要一笔钱了，实在没办法拒绝这个条件。

电话中，秦澈的语气斩钉截铁："老大，什么也不用说了！你是我老板，也是我大哥，这些年你一直照顾我，包括从北京调到深圳办公室的时候。你放心，你交代的事情，我一定尽力。不过陶抒夜那儿，我们也好久没联系了。她还能不能买我的面子，我没底。不过，我来想想办法吧。"

洋太一脸诚恳，像是秦澈能够看到似的："我知道你有顾虑，尤其是那个最麻烦的反舞弊中心，会不会一波未平一波又起？你放心好了，我仔细考虑过了，这件事毕竟已经过去三年多，人们都是健忘的，而且根据我的观察，自从徐弘出事以后，楚歌就收敛了很多，没有太大动静，我们会做得很谨慎，不会让你再次出现在他们的视野里……保证安全，这也是我的底线所在……更何况，你现在也不是领仕公关的员工了……"

"老大，这个你容我再想想。可以吗？"

洋太动了动眼睛，视线落在办公桌上摆放着的庞大的竞标文件资料上面，这一枚棋看来自己下对了，他自信地点点头："好，你再好好想想。我等你的回复。"

"好，老板。"

"对了，你结婚了吗？"原本就要放下电话，洋太猛地冒出来这个问题。

"还没。"

洋太调侃道："你小子，情债不能欠太多啊。"

秦澈突然不知道怎么作答，随口敷衍几句便草草了事。

应了下来只是几秒钟的决定，放下电话后，秦澈这才发现自己陷入了两难的境地。

他已有三年半没有同陶抒夜联系过了，低头翻看了下手机，与她的微信聊天记录完全是空白的。就像一场看了一半的电影，黑暗中，银幕上突然凝固的是他们分手时的画面：在应溪野家的阳台上，两人肩并着肩远眺着近在咫尺的海面。深圳特有的亚热带季风气候，雨热同期，远处的海面阴云密布，似乎在酝酿着一场暴雨。然而，近在咫尺的南山区的天色却呈现出截然不同的一面，伴随着阵阵轻风渐渐消停。两人不约而同望向远方，天空是电影中常运用到的霓虹色，深红，浅紫，一弯月牙，一颗星。

四周高楼林立，唯有眼前这一方海面，波澜不惊。

远处写字楼的外立面，灯光亮了又灭，变换各种光束。

风静静地吹着，一切都很美好。

只是这部影片，毫无征兆地被院线经理通知由于技术原因撤档，何时放映、还能否放映，全部未知。

没有说完的对白，没有做完的道别。

那记忆若是有气息、有味道，那它就像是海水，生涩难忘。

陶抒夜于他而言，是一个既熟悉又陌生的存在。曾经厮混在一起的两人，再亲密不过了吧。在太阳落下之际亲吻对方，在太阳升起之前拥抱彼此。这或许是大学时代过后，最接近爱情本质的一次交往了吧。每一次的四目相对，每一次的一举一动，似乎都可以精准地捕捉到对方的情绪，以及脑袋里面究竟在想些什么。

他偷偷留下来的，保存在他手机里最隐蔽位置的，是他和陶抒夜的一张旧照，在纽约中央公园。他用手扶住她的颈部，在她的唇上烙下温柔的一吻。夕阳的余晖洒落在这对相拥而吻的恋人身上。她头发凌乱地搭在前额，高高扬起的下颌如天鹅般细长的颈，眼眸中闪烁着清澈的欲望，如山脉般连绵起伏的曲线，以及如泥土般柔软而温暖的身躯。

天色渐晚。一位摄影师意外拍下这张照片，送给了他们。

秦澈后来看过一次探戈表演，精彩极了，两个舞者贴在一起，尤其是那女郎勾在男伴身上的时候，若即若离，轰轰烈烈来，潇潇洒洒去，一直风靡、一直唤魂、一直叫座、一直欢快、一直跳下去。

懂阿根廷探戈的朋友边看边向秦澈讲解：探戈的节奏与步伐讲究的是蟹行猫步，狐步鹤行，男女舞伴的配合更要环环相套，步步有点，摇摆如银蛇乱舞，晃动如火光四射。

双方在躁动的鼓乐声中贴面伸腰；肚皮要似贴非贴，脸和脸要侧看有缝，正看无间，紧跟着是正旋正转，女士的最后一转正好要是男士反身相转的承接点，且要半卧半仰，踢腿伸腰，仰头挺胸正在男士的双臂之中，每个动作都要在瞬间完成，犹如快门定格般利落，令人目不暇接，心潮澎湃。

场内场外皆是人声鼎沸，热火朝天，爱情游戏就得全情下场。那一对探戈舞者之间的关系像极了曾经的秦澈与陶抒夜，在亲密无间的触碰与暧昧的眼神中忘乎所以。

就像亲密无间的探戈，一旦抽离，再难醉倒。

秦澈也听到过一些关于陶抒夜的传闻，昔日下属欧阳冰接替了他的位置，还在继续服务着这个大客户。有时候他去北京，抑或是欧阳冰来深圳，都会或多或少提及她。

酒过三巡，在对方的叙述之中，陶抒夜的职场之路极其顺利，扶摇直上九万里，一路成为执掌大权的首席营销官。

以秦澈对她的了解，那些并非陶抒夜真正想要的东西。即便有机会让她站在舞台最中间，享受掌声的快感，亦不是她索求的全部。她要去的那个地方，只靠世俗的欲望是去不成的。她一直是个不那么有安全感的人，甚至觉得当生活进入某一种舒适状态的时候就意味着某种停滞。所以，她一直努力在找寻着，予人自在，无中生有。

以前，两人在一起时，她失眠的时候会和他讲，自己总能听到内心有一个巨大的声音在嘶吼。她知道，她的心还没有睡着，它还需要去探险。她是个很奇怪的女孩，有着与世无争的一面；但有时候，又似乎绝境逢生，迸发出来无穷无尽的想象力，她能够在酒吧让抽烟的动作熟练而妩媚，也能够在多方势力角逐的办公室里左右逢源……

可是，再见陶抒夜能说什么呢？

或许，什么也说不了吧。真相？算了吧。

在她面前，难以启齿的事实是——他和她最好的朋友在一起了。

更为糟糕的是，他要和对方分手了。

4

秦澈就这样突兀地出现在陶抒夜的面前。

让她猝不及防。

那场景像极了某个过时韩剧的旧桥段：两人，四目相对，足足有三十秒或是一分钟，谁也没先开口。背后是模糊了形象与声音的路人与街景。

彼时，两人已经是三年多未见，其间也毫无联系。

最熟悉的陌生人，不过如此。

前一晚的十一点钟陶抒夜刚从香港开会归来，醒来后在家里洗了个澡，简单吃了点沙拉，直到下午一点钟才匆匆赶回公司，司机家里的孩子去医院，自己只好打车。到了目的地，下车朝着门口走去，临近大厦之际，不经意间看见一个穿着一袭灰色风衣的男人正伫立在风中。

那人仿佛也在看着自己，走近看清楚了，竟是秦澈。

还是秦澈先缓过神来，他的解释有些语无伦次："抒夜，你好，我不是刻意在这里等你……我路过这附近，就想进来看看，毕竟之前服务了客户那么长时间……当然，我这次回来也想约你见面来着，只是没想到是今天。所以，也没什么准备。我估计你也很忙。真的是太巧了。"

陶抒夜心想，秦澈这个开场真是烂到了家，想来他一定也是懊恼不已。

她目光一闪，问道："秦澈，你还好吗？"

"我还行，这几年一直在深圳，也没有机会来北京。你呢，怎么样？对了，我看到关于你的新闻了，恭喜你又升职了。"

"……"

陶抒夜不知道如何接他的话，是好是坏，是捧杀还是嘲讽？她勉强地笑了笑，也随口客气道："都是运气而已，误打误撞，见笑了。"

来来往往的不少同事都向他们投来好奇的目光，秦澈看出来陶抒夜眼神中的那份不自然，连忙改口建议："抒夜，你有什么事就忙你的，我真的没想到会在这里撞见你。"

陶抒夜顺势看了下腕表，趁着这机会找了个台阶："好，我两点钟约了一个会，其他人还在会议室等我。"

秦澈连忙道："好，你先去，我再约你。你看最近什么时候有空？"

陶抒夜短暂地想了想，道："下午五点钟，望京凯悦酒店大堂咖啡厅，一起坐坐吧。"

"好，没问题。你先忙。"秦澈的态度既拘谨又陌生。

她立即意识到自己在习惯性地发号施令，没有容对方商量的架势，连忙补充道："当然，也看看你今天的安排，要是有事，我们就再约时间。"

"不会，不会。我没问题。"

于是，陶抒夜道别，匆匆赶往大厦正门。一阵风吹来，她紧了紧衣领将自己严实地包裹住，这变天带来的秋意并不友好。乘坐电梯行色匆匆地来到自己位于二十七层的办公室，来不及将外套脱掉，她还是没忍住，走到落地窗边，透过锃亮的玻璃，看到楼下方才秦澈伫立的位置早已没了人影。

她觉得方才发生的一切，就像是在做梦一样。

再次见到秦澈，他身上压根儿没有了昔日那种意气风发，整个人看起来消沉极了。年届四十，虽然勉强保留住了那副还算得上俊朗的轮廓，但是身体发福却是遮挡不住的事实。或许是长期熬夜导致的，黑眼圈和眼袋尤为明显，连前额的头发也稀疏了不少。

这些年他的身上发生了什么，陶抒夜并不知情。更坦白地说，她已经缺乏足够的兴趣去了解他。时间是个奇妙的东西，可以洗刷掉一切——刚分手那阵儿，半夜睡不着时，她总是习惯性地抓过手机想找他，反应过来又默默放下，抱着枕头强制自己继续睡觉。她不断提醒自己，任何人的忽冷忽热、渐行渐远，都会发生，这世界上没有一成不变的东西。

时隔三年半，再次相遇，秦澈变成了一位不知所措的中年男人。他似乎经历了很多，或许只有他心里知道，但是女人的直觉告诉她——无论是谁，倘若一旦接近他，就像进入了一个迷宫，到处是岔路和镜子一般吊诡的幻想。

反过来，秦澈看着陶抒夜，内心感慨三十年河东，三十年河西，回想起昔日那个位高权重、不可一世的JoJo。时过境迁，这个遥不可及的CMO（首席营销官）位置上面，坐的人竟然变成了他的前女友。不，应该是青出于蓝胜于蓝。陶抒夜比起JoJo，似乎更加接近朗睿集团这个巨大组织体的权力中心。

酒店楼下有一家咖啡店，叫作"白活"。

有梦就不要白活一场。

很小的店面，装修简单，陈设走的是复古路线，有一些很有意思的小摆件。菜单有black和white手冲，还有一些特调。今天阴雨天，来这里喝下午茶的人不多，稀稀拉拉地涌来几个客人，低声交谈着各自的私事，不时传来阵阵爽朗的笑声。

西南角落里，坐着一对男女。

女人戴着一副墨镜，漫不经心地翻看着菜单，白色长袖衫搭配着黑色长裤，搭配链条腰带，白衬衫松松垮垮地披在肩头，露出精致的锁骨，尤其是那漂亮的银色腰带掐出的腰身不盈一握，明媚动人又不失端庄大气。

坐在她对面的男人，一副正襟危坐的模样，手中擎着一杯刚刚冷却的咖啡，不时装模作样啜饮一口，向对面望望，他看起来有些心神不宁。与表面上的平静相比，他的内心戏却多得像一个热闹的戏班，生旦净末丑轮番登场——

有很多东西没变。她还是喜欢美式咖啡，还是喜欢班尼迪克蛋里的藜麦，还是喜欢白色衬衫，还是喜欢烫染褐色，还是喜欢倚着窗有光的位置，还是喜欢蒂芙尼的手链，她……手上没有戴着戒指。

最重要的，她还是喜欢让自己等她。

但似乎又有很多东西变了。她说话的语气冷淡又客气，她的眼神凌厉，动作干练，她的气场强大又有压制性，她手机里新邮件的提示音频次变了……

陶抒夜一脸浅笑，显得十分客气："秦澈，咱们都有三年多没见了吧？这些年还好吗？"

秦澈不由得感慨："是啊，时间好快，好像上一次见面还是昨天一样。"

"你结婚了吗？"

"我没有，你呢？"秦澈的语气沉了下来，消沉似乎早已成了他身体的一部分。

陶抒夜十分自然地回应："我没有，单身。"

她的表情并非刻意为之，只是她在不知不觉间流露出了慵懒。

一道阳光投射下来，在她的脸上投下斑驳的树影。

他忽然感到眼前这个不再熟悉的女人，有种蓬勃的美。那是当初在一起时，不曾感到的另外一种东西。

秦澈笑得有些干涩："那也挺好，自由自在。"

他向前探了探身子，双手放在桌面上，有些谦卑地说："不过我有时候会看到你出现在发布会上……或者'今日头条'客户端推送的专访新闻。"

陶抒夜向上捋了捋头发，笑了："那都是公事。你知道的，以前在公司遇到这种事我是能躲就躲。现在没办法，没有退路了，总要站出来说说话。"

这番话说得似乎不妥，尤其是自己没弄清楚秦澈这次见面的真正来意之前，到底是叙旧还是有什么其他目的。这个世界上没有无缘无故的离别，也没有突如其来的造访。秦澈的突然现身，让陶抒夜下意识里觉得对方找她一定是有什么缘由。

"朗睿集团这些年的发展确实不错，股价也节节高涨，尤其是新能源电动车业务，外界评价都说你们找到了第二增长曲线。"说到这里，他的语气又高昂了起来，像是回到了自己最熟悉的领域。

陶抒夜点点头，道："老板在战略上的考虑还是非常有远见的，走对了关键的几步……对了，秦澈，你不是一直在深圳吗，这次来北京是出差吗？"

秦澈迟疑了下，决定还是把事实第一时间讲出来："我可能……接下来这段时间都会在北京吧。"

这句话在陶抒夜心中还是掀起了一丝不大不小的波澜，她略微显示了一丝惊讶："哦，你不在领仕公关了？"

秦澈苦笑一番，又喝了口咖啡："都离开两年多了，其实我在领仕深圳公司待了不到一年吧，市场大环境不好，客户丢得厉害。华南的客户以游戏和高科技为主，我也不太擅长。原先那个负责人，你也见过，就是唐伟，不断地把客户和团队带走。到了这个地步，洋太肯定要换人了，我就主动离职了……嗯，想去甲方吧，又没有太好的坑，深圳那边的公司更是追求年轻化，觉得我没有甲方背景，面试到最后一轮基本不过……我一气之下，就干脆不上班了，和朋友一起开个店做做生意，闲时炒炒股票。"

陶抒夜注视着秦澈，眼眸中闪烁着清澈的关切："那自由自在的，也挺好……干吗回北京？"

"嗯，这几年股票基金环境不好，疫情三年，实体店面生意也是越来越难，价格低到没利润，脱底裤啊简直。"秦澈自嘲地笑了笑，那抬头纹分外明显，"前些年看人家赚钱，我们也投了私募和P2P，结果赔得一塌糊涂。没办法，想来想去，我也不知道我这辈子除了广告还能做什么，我这个年纪也没有什么甲方可以去。"

陶抒夜的双手轻松地插在风衣口袋里："别担心，你在这个行业是有天赋的那种……我认识不少新冒头的广告人都是四十岁才成名的！"

秦澈一脸沮丧，显然他最近已经碰过不少钉子："不行了，几年不碰这个行业，变化太快了，我去给头条系的公司提案，给在线教育的互联网公司提案，心态真的崩了一次又一次。客户，尤其是客户负责人，全部都是'九五后'的小姑娘了。你跟人家说创意，结果人家有数据；你跟人家提策略，结果人家有数据，甚至都已经做出来了。现在公关部也好，市场部也罢，都下沉了，我们过去的知识结构都过时了。"

陶抒夜听到这番言论后略作迟疑，还是耐心劝慰着："没人永远年轻，但永远有人年轻。现在是一个年轻人的时代，我们部门现在主力同学全部都是'〇〇后'的年轻人了，就是这么现实。不过没关系，年纪大也有优势——"

"没错，前提是你得按时升到这个年龄该升的位置上——"他笑着打断了她，"时代变了，乱拳打死老师傅，'广告狂人的时代'一去不复返了。"

陶抒夜暗自思忖自己这些年来出入各大商业论坛和营销峰会，倒也结识了不少品牌的负责人，这些资源或许可以派上用场。她一脸真挚地说道："秦澈，有机会的话，我给你介绍些客户吧……"

"谢谢你！"秦澈充满感激地点点头，"不过——"

"哦？"陶抒夜疑惑地望着他。

秦澈欲言又止，经过一番短暂的思想斗争，还是鼓起来勇气道："我的前老板洋太找到我，说请我帮个忙——就是朗睿集团品牌形象的年度合作伙伴，他们到了四年一续约的关键时期，他找到我，希望我可以帮帮忙，和你打个招呼，不知道……实在太冒昧了……不知道，你是不是方便？"

陶抒夜额头的发际线一麻，冷汗出来了，秦澈话中有话。她的神情一下子恢复成了平日里的姿态，像一座坚固的堡垒，折射出一丝大甲方的傲慢，即便她很快就收敛起来这副神色。

"哦，有什么需要帮忙的你就说，别客气。"她云淡风轻道。

"你别担心，如果你强烈反对的话——"秦澈看到陶抒夜绷着脸，顿时紧张地抿了抿嘴。他希望把话尽可能说得得体一些，不显得过分功利，他也知道，对于陶抒夜这样聪明的女子，不用过分兜兜转转，她不会蠢到这程度，自己千里迢迢从深圳过来就是单纯地见她、叙叙旧？

陶抒夜全然明白这一刻的他。算了，本来还想帮他一把的，结果不承想人家要得更实际。图穷匕见版的《欲望号快车》，直接开到他希望的终点，轰轰烈烈。

她不动声色地岔开了话题："你听说徐弘的事了吗？"

秦澈点点头："嗯，那个事闹得挺大的，我听说了，挺惨的。徐老师虽然刻薄点儿，但是人真的不坏……"

"我只是希望你明白，徐总走了以后，公司的采购与内审监察体系更加严格了，所有竞标一定公平公正，没人可以左右结果。"

秦澈犹豫了一下，还是开口了："我知道，不过现在负责人是Tracy，当年我和她对接，还算有些旧情，还能说得上话。"

陶抒夜若有所思："那就好，有这么一层关系就好。"

"当然，你现在身处CMO位置上，我自然知道这一点——"秦澈像是急于证明什么，"请你放心，我一定会和你撇清关系的。Tracy和沈嫣，其实我都打过招呼了，我问了她，她倒是很爽快，可以把领仕公关放到这次比稿的供应商库里面。但是，我还是想，还是希望可以跟你打个招呼，毕竟未来如果真的有机会中标了，迟早会遇到你的。所以，我只是问问你，你看是不是方便，如果你实在觉得不妥，没关系，也请告诉我，我再想想其他办法。"

看似随意，其实秦澈心意已决，早已做足功课。

也就是说，这次竞标，他志在必得。

陶抒夜礼貌地笑了笑："秦澈，这是你的选择，我没有任何立场或者权力拒绝——况且，我们现在也没什么特别的关系了。我倒是觉得你可以试试看，希望你可以赢得这个标。"

眼前，秦澈那副可怜甚至可以说是卑微的模样，从自己口中直接说出"不行"，似乎过于不通情达理。但是，那埋藏于两人心中的遥远过往，又像一把尖刀，随时都可以把人的内心扎出血迹。

现在，两人都对彼此的诉求心知肚明，默默不说话，气氛一度有些尴尬。

又简单聊了几句有的没的，眼看到了傍晚时分，陶抒夜一看时间差不多了，道："秦澈，要不今天就这样？我晚上约了一个朋友，还得赶过去。"

秦澈倒也没挽留，本来在微信里约定的晚餐，两人默契地谁也不提了。

服务生走过来，陶抒夜起身准备埋单。

"别，我来吧。没多少钱，我来请你——"秦澈腾地一下站起身来，脱口而出。

"不用，你别和我抢了，刚回北京，我来请你。"说着，陶抒夜打开了微信的付款二维码，将手机递给了服务生。

"别，那怎么好意思——"秦澈抢在前面，抢着出示着支付宝的付款二维码。

服务生怔住了，眼神中有些疑惑："两位——"

陶抒夜看了秦澈一眼，她没有把目光马上移开，但那眼神中已经有些不耐烦，这些年，她虽然尽可能一视同仁，对谁都客客气气，但是长期身处甲方，大权在握，潜意识里还是改变了她的言行举止。

尽管就是一刹那，还是被秦澈敏锐地捕捉到了她的不悦。

"秦澈，别跟我争了，好吗？"她客气地再次重申，虽轻柔，却没有任何可以商量的余地。

秦澈听得出来，伫立在那里，手停在空气中，有些尴尬，但最终还是识趣地收手。他这才意识到，再普通不过的一次埋单，对于现在的她而言，有太多含义在里面。

结账。两人肩并肩走出咖啡厅。

临别之际，陶抒夜幽幽地冒出来一句话："这几年你变了不少，越来越低调寡言了。秦澈，你那股拔刀见血的劲儿哪去了？"

"人老了，就这副德行吧——"秦澈笑着摇摇头，没有直接回应。

"哦。"她点点头。

接她的司机来了，两人挥手道别。

秦澈站在街边注视着那辆奔驰商务车，消失在他的视野里。

有的人，似乎总会在某一年，爆发性地长大，爆发性地觉悟，爆发性地知道某个真相，让原本没有什么意义的时间刻度成了一道分界线。

我们再也回不去了，对不对？

过去很熟悉　现在不懂你
想看你眼睛　你却给我背影
就像满天星都跌进大海里
我被放逐的心　又要往哪里去
我们再也回不去了　对不对
就算曾经几乎拥有幸福的完美

在回酒店的出租车上，秦澈听到这首老歌，本来没什么。可听到电台主持人说，我们之所以怀念过去，并不是因为它有多美好，而是因为回不去了。

秦澈的眼眶不由得湿润起来。

5

凡战者，以正合，以奇胜。

洋太曾经告诉过秦澈一个理论：在竞标场上，永远把自己视作一个loser，因为我们大部分时候就是一个loser，中国历史上有一句心理学的至理名言——光脚的不怕穿鞋的，没有比loser更好的心态了。Loser哲学的最高境界就是"无欲则刚"，就是我不是冲着生意去谈的。当一个人"无欲"的时候，会产生特别好的状态，包括我不怕说错什么，因为我"无欲"。然后就是平等的对话，不是甲、乙方的对话。所有事情的诀窍就是把自己弄得特别"无欲"——我跟你去聊，大家只是聊，我去卖我这个人，去卖我公司这个品牌，卖我的业务，仅此而已。

很多事"无欲"就完事了。如果一定要达到什么样的目标，心理上会产生一定微妙的感觉，会影响人的动作，很多事不敢做，很多话不敢讲。然后谨小慎微，给客户发个短信可能要想一个小时，一切的一切都会影响一个人做这些动作。但是，可能哪天真正做到无欲则刚的时候，生意就会主动来找你，前提是你这个人能得到客户足够的信任。距离产生美，天天跟客户说你给我一千万块钱，那不一定成，反而在一个月里跟他聊点别的，也许有一天他会主动来找你。

英文称为"Losing all hopes is freedom"。

中文意译为"无欲则刚"。

虽然成功的希望渺茫，但他愿意拼一次试试。只是对于陶抒夜的态度，他有些拿不准，他能够感到陶抒夜的不情愿。直觉告诉他，陶抒夜对于他的回归并不看好，也不欢迎。只是碍于两人多年来的感情，她并没有直接拒绝自己。

她会帮我吗？好像是的。

但是，她真的会帮我吗？好像不是。

现在，秦澈也顾不上那么多了。他只好相信，一个人迫于无奈之下的选择，往往是正确的。他仿佛已经看到，提案那天的凌晨，他将所有文件都盖好章并装订密封完毕，这个杀死了无数脑细胞后最终存活下来的希望被他带到了久违的朗睿大厦。

秦澈团队被安排在上午第一个演讲，偌大的会议室里座无虚席。等两边人马坐好后，陶抒夜才姗姗来迟。

落座那一刻，她和秦澈四目相对，只是浅浅一眼，却蕴含着电光石火和意味深长。

秦澈虽然心里早已有所准备，但是当他看到眼前黑压压的人头，还是会感受到无形的压力，空气当中弥漫着强烈的压迫感。如果是经验稍有欠缺或是气场不够的主讲人，一来到这个现场气势就会下去，说话的时候也会因为紧张而频繁说错，最寻常的表现是车轱辘话反复说，让评标人不胜其烦。

只是作为久经沙场的老将，洋太早已适应了这种场面。他用国王般骄傲的目光巡视全场每一个人的眼神，用子弹一样的男中音打进每一个人的心口。

咬字千斤重，听者自动容。

有的人一张开嘴，世界就是他的了。那场景就像是四年一度的世界杯足球赛，年轻黑马的出现固然让人兴奋。但是，老牌豪门劲旅身上流淌的血性和豪情则更值得人尊重。

洋太旁征博引，信手拈来。跳出方案来讲方案，他插科打诨，宏大中不失精妙，技巧里不失深情。不断地抛出问题，再回答问题，继而否定问题，让听众对整个提案的兴趣点始终保持在一个高点上。

> 我们以往所擅长的一切都失效了，就像一个进入太空飞行舱的宇航员，你平时在陆地上所适应、所依赖的一切都失效了，你必须建立起一个新的秩序。那就是我们的解决方案。

提案其实就是个秀场。

谁能够在短短五十分钟时间内抓住评委的注意力，谁就赢得了比赛。

陶抒夜聚精会神地听着，但她又是全场最心不在焉的人。她感受到了秦澈必胜的意志，她承认自己低估了秦澈要赢下这笔生意的决心。

身为掌握着数十亿元人民币预算的首席营销官，这些年，陶抒夜被栾贺臣赏识的不仅仅是专业和情商。

换言之，如果只是这些，栾贺臣有一百个换她的理由。

但是，对于她的清廉，对于她的刚正不阿，整个公司由上到下有口皆碑。所有涉及个人花费的事情，无论是来自合作伙伴、媒体、供应商还是下属，她永远都是掏自己的钱包。

魏雪事件过后，她不允许自己在这方面有任何瑕疵掌握在别人手上。

再次遇到秦澈，于她而言，是一件十分魔幻的事情。他似乎是陶抒夜内心绕不过去的一个名字。分手这些年，她也尝试着交往过几任男友，但都无疾而终。与感情的萎靡不振相比，事业倒像是超常发挥了一样，扶摇直上。

生命永远是给你一些，又不给你一些。

陶抒夜小时候看过一部香港电影，有段对白她没忘记，即将出轨的黑帮老大的女人对老大的马仔说，现在（女人）已经给不了他兴奋的东西了，只有权力才能够给他。

现在，作为一个女人的陶抒夜居然也能有同感。能够让自己肾上腺素飙升的，是职位带给她的快感和权力，而不是男人。这是值得庆祝还是可悲，她自己也想不清楚。

四年多前，由于魏雪的"黑天鹅事件"，她不得不将她与秦澈之间这段还算得上炽热的爱情强行冷却下来，就像是一列拼命高速前行的列车，忽然被人按下刹车指令，那轨道与车闸之间迸发出来的剧烈火花深深地刺痛了她。

后来，这些年陶抒夜也反反复复思考过一个问题：即便没有当初的事，她和秦澈两个人真的可以走下去吗？

答案是未知的。

并且大概率是NO。许多感情随时间黯淡，没有原因，越琢磨越经不起琢磨，不如感谢曾有过的回忆，就此心中祝好，互不打扰，也不要回忆。向前看，总有新鲜的人与事扑面而来。

或许她真的应该感谢魏雪。人生很奇妙，有时候并非朋友，而是敌人真正成就了自己。如果不是魏雪，秦澈将会在她不知情的情况下继续疯狂地滚雪球、继续对她"好"下去，一百万，一千万，一个亿……这个秘密，就像雪球一样越滚越大，迟早会有爆雷的那一天，那样对于两人都是不可接受的局面。

不可撤销……

那段往事已经过去这么久了，自己在公司的位置也固若金汤，秦澈只是个微不足道的存在。即便他中标了，也合情合理，没什么可以过度担心的地方。

只是，她深知，即使是一次不起眼的蝴蝶展翅也会掀起东太平洋上的滔天巨浪。对于未知的、不可控的东西，她内心依旧充满了恐惧与不安。

陶抒夜许久不亲自参与提案了，作为首席营销官，同时掌管公关与市场，如果每场提案都参加，那她什么事都不用做了。半年前，新晋市场总监沈嫣接管了所有市场的日常工作之后，预算无论大小，凡事都要拉着她一起参与。她也不好拒绝，毕竟是自己亲自选拔的人，结果每天就是她坐在那里听取各家公司的提案。她就像一个偶像一样端坐在那，也不发表什么意见，只是坐在那里。

但是秦澈参与的这次，她没得选，必须来。

负责提案的秦澈，完全没有其他广告公司创意总监们的浮夸做派，更像是一个理性、严谨的程序员，屏幕上展示的是独家数据和系统分析的洞察，拳拳到肉，切中要害。

"用数据AI构建营销技术体系，实现数据到智慧的层层升级，趣加营销云持续为客户创造人工智能和专业服务结合的更高价值！基于自然语言处理、深度学习、贝叶斯推断、支持向量机等AI算法，推导出消费趋势分析，从大数据中寻找小数据，帮助邓氏品牌打造社交媒体上的网红爆品！"

严谨的分析、紧密的逻辑、步步为营的推导过程……虽然没有那么张扬，但是言简意赅，令人信服。

"为此，我们的创意解决方案是——"他话锋一转，"不单一在传播的维度去拼创意表现，坚决打赢关键品牌战役，可理解为品牌的'定义之战'。从量变到质变，使品牌跃升与迭代，是对品牌价值与认知的重新定义！"秦澈接过来洋太的话，进一步解释着，"本质上，我们可以把营销分成两类：一类是关键品牌战役，另一类是对关键品牌战役的长尾巩固。"

秦澈，更像是金庸笔下的黄药师：管你涛生云灭，他只星河在天。在他的世界观里，他的产品就是一幅最有创意的唐卡，他就是那位心怀诡谲的画师。活色生香也好，窒息虐恋也罢，他精于工笔，点点补缀，生造出一个他的长安。

那是他的禅宗。要世人临画而观，瞻望咨嗟，目驰神迷，坠入他的世界。

"老板，您看还有什么要问的吗？"提案临近结束，沈嫣按照惯例，最后询问一下她的意见。

结束方才的遐想，陶抒夜轻轻地摇了摇头："哦，没有了。"

身经百战的她在空气中仿佛嗅到了一丝秦澈即将要赢的气味。

6

——秦澈，我现在就在北京。

话说着，应溪野就发起了位置共享。离市区多远我瞅瞅。

紧接着，她微信头像拍了拍秦澈。秦澈内心一紧，他在洗手间，酒店的床上躺着一个他再熟悉不过的女人。如果他同意位置共享，和应溪野说他现在在上海的谎言将不攻自破。

——说着说着人就消失了，打电话也不接。不加入吗？不会人就在市区吧？

通话中断。

通话中断。

应溪野再次发起了位置共享。

——想看看到底离你多远。

再次发起了位置共享。

——你加入位置共享就好呀。秦澈，你加入一下，我瞅瞅你在哪里。不加入就是人在北京。知道了。

通话对方已取消。

——跟我说说真相呗。

通话对方已取消。

通话对方已取消。

……

——头疼得厉害，为什么骗我？真相是什么？不要回避，不要没有担当，告诉我真相就好。

——不打了，今晚麻烦回一下。多晚都可以。

——忙完了吗？忙完了吗？忙完了吗？

——就是不回呗。

——我不喜欢较真儿，我只是反感别人把我当傻子耍。尤其这个人还是我在乎的人，那我会觉得很不对等。可以解释一下吗？

——你是不是和陶抒夜在一起？

——你们是不是在一起？

完全没有任何要停歇下来的迹象。

秦澈就是想让应溪野知道，这段关系必须停止下来！

女人比约定时间早来了，也不避嫌，直接冲到他在北京订的酒店里，这令他心里颇不是滋味。她跷着二郎腿，坐在沙发上，摆弄着手机，看得出心不在焉。秦澈狠了狠心，关了机，走向了她。

"你这个电话打得够久的——"昏暗的灯光下，她冷冷地说，"你现在这个时候约我出来非常敏感。"

"是……因为有些话不太方便在电话里或者微信里面讲。"秦澈小心翼翼地看着她，"我不想让你多想，比如留下录音、截屏证据什么的。"

她反诘道："可是，你现在也可以留下来录音或者视频，不是吗？"

他一怔，表情有些悲怆的意味："我们真的走到这一步了吗？你和我之间一点点信任都没有了吗？如果……好，退一万步来说，如果我真的要威胁你，干吗不把当初的那些事抖出来？不是更加直截了当吗？"

"你这是在威胁我吗？"

女人脸上露出一丝不悦，不过多年的修为还是让她的心境很快平复了下来："如果我真的不信你了，我还会和你见面吗？你自己都不想想？"

"对不起——"秦澈消瘦的脸庞闪现出一丝懊悔，"我不是这个意思……"

女人沉默着。刚才她在来的路上，脑子已经飞速算计了所有利弊。但她还是有些忍不住，她没办法控制自己不见他。

"我和洋太商量了一下，我们就报四千零五十万元了，比第一轮报价再低三百五十万元，再低就真没办法做了。"秦澈带着征求意见的眼神看着她，"你看……行吗？"

她兀自警惕地问道："你约我，就是为了这个报价吗？我们很多年没有联系了。说实话，你联系我，我很开心，但是你不能目的性这么强，我不喜欢。"

秦澈低下头，不敢直接面对她责难的目光。

他神情紧张，抿了抿嘴，下意识地把身旁这个用封条和封蜡双层密封的档案袋拿在手里，仿佛抓住了命运的主宰。他知道明天文件中的投标数字将会决定自己的命运。

女人轻轻地叹了口气，道："你把价格压得这么低，这种流淌着鲜血的胜利算是胜利吗？"

156

秦澈连连点头："算，当然算！现在能让我们活下来就是最大的愿望……"

女人停顿了片刻，接着说道："你们公司现在技术标第一。不过还没完，前五场加权平均分数占比百分之七十，而剩下决定命运的就是百分之三十的商务标，也就是赤裸裸被摆在台面上的价格。技术标上，你仅仅领先对手五个百分点。这就意味着如果竞争对手使出来砍价撒手锏，你们将会铩羽而归。"

"我就实话和你说吧，我……现在太需要一场胜利了……"秦澈憋红了脸，这话在他肚子里显然憋了很久，"流年不利，客户预算被一再砍掉，说好的业务全部难以兑现，但是年初组建起来的服务团队却搁在那里……如果不到这一步我真不想来找你……都怪欧阳，他太着急了，刚来的时候招了十几个人，结果人力成本太高，心越急反而越拿不下来生意……我只有一个月时间了，再没有生意，大家就得卷铺盖走人了。但是现在，我需要钱，我比以前任何时候都需要钱……我就想问问你，你是不是方便，能够给我这个机会，你放心，我不会给你添什么麻烦，虽然那件事已经过去很久了……不过你放心，我不会作为对接人出现的，我躲在后面……"

"你需要多少钱？我借给你——"说完这句话，她随即自察失言，秦澈自尊心一向强烈，肯定不会接受这种提议。

果不其然，他决绝地摇了摇头，一脸凄然道："能借的我都借了……何况你的钱解决不了我根本上的问题……我需要一份正式的工作，保证我的贷……多余的话我不说了，这次算是我求你了！"

女人是真心想帮他，但是这个要求完全超出了她的接受范围。她双手交叉着，不时地变化着手指，内心正在激烈地交锋。她并不会满足于像精致的木偶一般，为了迎合中意的男人，刻意摆出某种取悦人的模样。

比起被操控者，她更乐于当一个旁观者。

准确来说——是一个有角色的旁观者。

良久，她叹了口气，道："这样吧，我和另外几家打个招呼，就说这次申请了四千两百万元预算，谁敢在这个数以内中标，谁试试看。这次谁也不能跳水。你按照这个数报，应该差不多了。我让采购放出风声来，有半年的试用期，谁敢跳水她就收拾谁。"

秦澈沉默了半晌："谢谢你。我不知道该怎么说了。"

继而，女人又恢复了她一贯优雅自如的甲方姿态："秦澈，你尽快把团队准备好吧，一旦中标，接下来考验的就是团队了。不过请你记得，这件事，尽人事，听天命，谁也没办法保证最后结果一定可以怎么样。"

他感激涕零地点点头，说："你放心，我有思想准备，这世界上哪里有什么是百分百绝对的呢？你能够帮我到这个程度，我已经……已经无话可说了……"

"就这样？"她看着他，眼神已变得温柔。

他不知该如何作答，两人默默地碰了下杯子。

女人望着窗外，转过头一字一顿道："你看，今夜的烟花好美。"

秦澈停顿了下，内心发出一阵叹息，道："在许多人的心里，放烟花能驱散不好的东西，并且，可以把自己的憧憬和愿望倾注在烟花里。"

"你也是吗？"女人问。

秦澈像是对她，也像是对自己说："烟花在很多人心中代表着能够驱赶一些东西，同时能够记录下一些东西，但我觉得两者还有不同——如果你是烟火的话，可能更多代表了承载某种希望，但是爆竹不一样，它是生猛的、炸裂的，更多的是一种驱散，将旧一年的那种阴霾全部驱散，以迎接新一年的希望，所以，火树银花不夜天，它一定是一个你中有我、我中有你的状态。"

女人笑了，不看他的眼睛，说："你真是能说会道。秦澈，我们很多年没有联系了，你联系我，我真的很开心。"

秦澈敏锐的目光打量着她不自然的表情，心里缓缓升起一种默契的憧憬，那就喝酒吧，一杯接着一杯。

这是红酒吗，为什么这么烈？

像是炙热的火焰。

一瓶红酒很快对饮完，刹那间，心脏与欲望同时燃烧起来。

他们已经太久没有在一起了。

绵软的床榻。

披散的发丝。

曲起的臂弯。

打开的双腿。

毫无隐私，尽是流窜的情欲。

她双目迷离，却又真真切切地注视着他。

越是被禁止的，越像是自己真正想做的——就像当初他和应溪野在一起。每当他觉得自己在做不喜欢的事情，过着不喜欢的生活，便习惯性地选择这种方式来让自己变得开心一点点。秦澈内心深处不肯承认这是种病态，他之所以去找寻另一个人，并不是出于对谁的厌恶，而是出于对自身现状的厌恶。深夜来临，他一次次去安慰自己，并不是在寻找另一个人，而是在寻找另一个自己。

她凑到秦澈的耳边，对他说，只有在你要我的时候，我才能够感受到生命的存在。你知道那种感觉吗？不是爱情，远远不是爱情能够带来的。就是赤裸裸的，毫无掩饰的，直观的，粗暴的，活着的证明。

她嘴里不住地呻吟着，你想和我做爱吗？

她漆黑的长发湿漉漉地耷拉在肩上，他抚弄着她的头发，深深地亲吻着她……光线摇曳之中，欲望升腾，在渐渐模糊的意识中，她身姿摇曳，他耗尽自己所有气力，想着将所有愤懑与不堪全部发泄出去，只有她可以给他这种酣畅淋漓的感觉。

一切结束了之后，两人气喘吁吁地躺在床上。

"你有没有试过，两个人，或者干脆就是两只动物吧，两个生命体纠缠在一起，互相倾注所有地交互在一起？"

"从白天到黑夜，亲吻、抚摸、做爱，然后索然无味，然后兴致盎然地在一起，就像动物一样水乳交融，彼此无限地痴恋在一起？"

"你是懂我的。"

"你也是。"

秦澈能感觉到，在她身上有特别强的饥饿感，她看到了他后，想表达，有欲望。黑暗中，疲惫中，两人有一遭没一遭地聊着天儿。

入睡前两人最后一段对话：

"不管怎么样，这个标的对我很重要。"

"嗯，技术标靠你自己了，商务标你等我信儿——"

7

陶抒夜的办公室大门被推开了，只见沈嫣风风火火地冲了过来，满脸的不忿："老板，竞标的最终结果出来了。"

"冒冒失失的，发生什么了？"陶抒夜眼皮都不抬，目光始终都在电脑屏幕上，没有移开半寸。

沈嫣义愤填膺地说："我真是服了，现在这些广告公司怎么就这么没有契约精神？我们让采购告诉他们议价的标准是两千两百万元，我和最终入围的三家公司老板都再三强调过了，这次谁也不能给我跳水！我申请了两千五百万的预算，谁敢两千万中标，你试试看。我们有半年合作试用期，谁敢跳水我就收拾谁。他们居然铤而走险还敢这么干?!"

陶抒夜轻描淡写地说："他们都是商人，你习惯了就好。今年形势这么差，谁不给自己留一手？"

沈嫣由衷地钦佩道："还是老板你道行深，无论发生什么都岿然不动，我就不行，我觉得他们简直就是赤裸裸的欺骗！老板，我谁也不信了，以后我谁也不相信了，除了老板你——"

"好了，别拍马屁了。"陶抒夜拍了拍沈嫣的肩膀，"直接宣布答案吧，谁最后中标了？"

"O.P.EN。"沈嫣嘴巴里轻轻吐了出来。

"哦？"陶抒夜故作惊讶道，"为什么？"

"O.P.EN居然报了跳水价，是一千五百万元！他们简直疯了，这笔生意肯定是要赔钱了！我不知道Helen那疯老太婆是怎么想的，居然能做出来这种事！丧尽天良！"

"那么这次技术标第一的绫智有点儿可惜了。他们报了多少？"

"别提了，秦澈一脸老实的样子，可是报起价来也特别不老实！他们报价也创了新低，只有一千六百万元。天哪，现在市场已经到了这么不景气的地步了吗？都要杀红眼、白刀子进红刀子出才行！"

一千六百万！！！

陶抒夜倒吸一口冷气，要不是沈嫣亲口告诉她，她都不能相信这个数字。

她怔住了，这个数字超越了她能够接受的底线，足足比她告诉秦澈的价格少了两百万！陶抒夜内心一阵纠结和阵痛。她实在想不明白，这么多年的感情，这次她的真情付出，这次她的铤而走险，这次她的放手一搏。

反反复复，始终敌不过人性的利益深渊。

报低价，其实陶抒夜能够理解，只是她无法明白——秦澈为什么不提前和她沟通一下，哪怕临时改了价格，只要告诉她一下，她都可以理解。

在最后一刻，即便她已经告诉了O.P.EN跳水的最低价。如果秦澈真的可以告诉她，自己改动了价格，她还保留了最终让秦澈中标的可能。

她其实一直都在等秦澈的最后一次通知。现在，她最担心的结果终于发生了！只有一种可能，那就是秦澈根本就不相信自己。

秦澈担心一旦告诉了自己底牌，她就很有可能会去和竞争对手沟通。

合作还没开始，就以这样的方式结束。陶抒夜内心一阵难过。

"老板，你没事吧？"沈嫣看到陶抒夜久久没有说话，小心翼翼问道。

"哦，没什么，我只是觉得他们技术标已经第一了，还打算用这种方式来拿到这笔生意，他们是多缺生意。"陶抒夜轻描淡写地说。

沈嫣义愤填膺地说："不过他们毕竟还算是有底线的，没那么过分，不像是O.P.EN，简直就是无法无天。我真是奇怪了，从去年到今年，我们已经给了他们几千万生意。绫智没生意所以愿意all in我还能理解，O.P.EN我完全不能理解，他们就像是被施了魔咒一样，不顾一切地降价。哼，看我不收拾他们，就连Tracy都愤怒了，这简直就是无视公司的游戏规则，挑战公司采购底线！"

陶抒夜点了点头："我会和他们老板Helen谈的，这种没有底线的报价方式，我们没办法长时间合作，你去找一下法务，针对O.P.EN的合作试用期条款必须非常严苛。他们团队当中的每个人，无论是创意总监还是媒介负责人，我们都需要严格面试，不符合要求的一律不要！"

沈嫣答应之后，转身离开了办公室。

沈嫣走了之后，陶抒夜站起身来，将百叶窗一点点地合上，明亮的阳光渐渐散去，心中久久悬着的一块石头终于落地了。她内心舒了口气，还好，O.P.EN力挽狂澜，这次终于没有让自己失望。这些年她在代理商的使用策略上，不要钱，也不要贵重礼物。但是有一个条件，必须百分之百忠于自己。这一次，终于收到了回报。看来，她连夜让O.P.EN降价一百万的策略是对的。在绝对的利益面前，人性根本就经不起考验。即便他们曾经是一对患难与共的恋人。

秦澈的突然出现，还是让她的心头隐隐出现了一丝忧虑。

秦澈，你为什么偏要回来呢？

每一场男女关系都像大冒险，在没有他的世界，一切都是按照自己的设定在发展。偏偏在这个节骨眼儿，他的出现，又将她难以避免地带回了五年前的那种境地——那种内心反复纠结，整个人暴瘦十五斤的经历当中。一旦秦澈真的中标，这不完全是一个项目的问题，而是长期的、涉及整个集团、各个业务线的沟通，秦澈会借着这个机会与业务线发生关联，那并不是自己能够掌控的领地。秦澈现在就是需要业务，如果他再次铤而走险，他的账户里面给自己的转账记录、他在微信和支付宝的转账记录，依然是清晰可查，这都是确凿的证据，不是谁能够抹掉的事实。一旦东窗事发，首席营销官位置就不用再想，现有的一切都会消失殆尽。

就在同一时间，一家行业自媒体爆出来一个重磅信息：

四年一度的朗睿集团年度品牌策略的提案结果出来了。最终的赢家出乎所有人意料，不是传说中技术标排名第一的广告创意热店绫智，也不是过去勤勤恳恳服务了两年的飞拓，而是在技术标的竞争中排第三名的O.P.EN。据说，中标价格之低，刷新了以往服务纪录。以下是O.P.EN公司在官网上挂出来的新闻。

O.P.EN成为朗睿集团公关合作伙伴

近日，经数轮激烈比稿，朗睿集团委任O.P.EN为其年度集团公关合作伙伴。此次公关代理合约为期四年，从2026年3月1日开始执行。O.P.EN将负责支持朗睿集团旗下各业务的公关和市场传播工作。这也是朗睿首次将品牌和产品业务合并交予一家代理商负责。O.P.EN在今后四年中将为品牌与全系产品提供公关、日常运营与传播工作。

朗睿集团高级副总裁兼公共关系负责人陶抒夜表示，这是一次值得双方期待的合作。在这项新的合作关系下，O.P.EN将会和朗睿集团公关部门紧密合作，建立一个新的品牌平台，用以向消费者重新介绍这家公司。我们对朗睿的团队印象深刻，他们为朗睿提供了一个更具洞察力和整体性的方法来推动我们在中国的业务。中国是我们在全球最为重要的市场，我们期待与朗睿的团队合作，我们相信他们有能力，且能凭借专业知识将我们的品牌推向市场。

O.P.EN高级副总裁刘昊然表示，能与朗睿集团开展品牌合作，共同书写专注于创新和全球化增长的下一篇章，我们对此感到非常激动和荣幸。

朗睿集团的比稿开始于今年二月份，其他参与竞标的公关公司包括绫智、飞拓等。

回到家里，陶抒夜端详着四周，看着客厅里面熟悉的一景一物，不知道为何，忽然想起来秦澈之前在家里的摆设。睹物思人吗？或许吧，那天晚上她开了一瓶红酒，坐在沙发上，独自将它喝光了。

做梦，开始断断续续地，梦到从小跳舞的她，像是重新回到了排练厅。在一场告别演出上，排练厅那一面灰色的空墙破了一个洞，洞里插着一束花。水从上面的墙缝流下来，打湿了墙面。舞者挨个儿出来，舞动着，一个接一个，她们和他们的身体也慢慢被墙上的流水浸湿。但是那些舞者的面孔，却都是她所熟悉的人，应溪野，而后是秦澈、栾贺臣、林诗琪、赵伯倩，最后一个是楚歌。赤身裸体，但是无人面红耳赤。每一个人触碰到陶抒夜时，陶抒夜都抱住了对方，动作缠绵、胶着。一路上她被人不断支撑，他们将她举起，又将她轻轻放到下一个人面前。他们拥抱，身体贴着身体，互相温暖、对话，远离又靠近，像是恋人，像是朋友，像是师生。他们已经完成了一场告别，也像开启了一场新生。

那天晚上，陶抒夜烧了整整一晚，无法入睡，像睡在水床里，睡衣浸湿，能拧出水。浑身疼，鼻塞得要窒息。

陶抒夜没想到再醒来的时候，已经是第二天下午一点钟。

摸了摸头，还是有些疼，但是没有昨天晚上烧得那么厉害了。

她挣扎着给自己倒了点热水，又一个人躺在床上休息了半天，终于回过神来，挣扎着爬向沙发，捡起来手机一看，登时愣住了。

她吓了一跳，手机里居然躺着一百多个未接电话，都是应溪野打来的。包括电话，还有微信通话，只是没有任何字迹。

她发生了什么？

不会出了什么事吧？

陶抒夜立即打过去，但是对方手机已关机。

她很担心她，但是又不知道对方发生了什么。

这三年来，她们的接触少了很多，一方面是自己实在太忙了，另一方面应溪野似乎有意回避她。她发过去的微信，她的回复速度也是越来越慢。她以为她是谈了恋爱，也没在意，后来渐渐地淡了许多。

只是直到现在她并不知道，她和应溪野之间究竟发生了什么。

艺术是谎言，表达却是最大的真相。

8

一个礼拜后。

秦澈正准备取钥匙开门，吱的一声，门却自己打开了。

应溪野伫立在门口，忧心忡忡地凝视着他，嘴里轻轻地嗔怪："你干吗，电话不接微信不回的？"

秦澈反手关上门："哦，没什么，和团队交代些事情，回来晚了点儿……"

应溪野笑着迎上去，把他的背包放在一旁："大家是不是很开心，忙了一个月的竞标终于有结果了？"

秦澈没说话，他看到客厅的餐桌上摆满了菜肴和红酒，一下子怔住了。在他的记忆中，她似乎从来都和下厨没什么关系。

应溪野注意到秦澈表情呈现出的怪异，她心里明白是上礼拜去北京找他，把他吓到了。她在酒吧里喝醉，有个男人冲上来和她搭讪，她直接一个酒瓶砸过去，给这个男人爆了头！急得秦澈全世界找她，直到第七天后她从看守所出来买了新手机，两人才联系上。

她略带紧张地解释："上一次有点失控，不好意思，我向你道歉。"

"都过去了，不用道歉，那天也是我不对，一气之下关了手机，害得你情绪失控——"秦澈苦涩地摇摇头，"这个标的我们没有中，另外一家公司中了。"

"怎么可能！"

秦澈无精打采道："因为对方的价格比我们低整整一百万元！"

应溪野仿佛听到一个晴天霹雳，她不知道该说些什么，脸色惨白，这个结果显然不在她的预想之内。

"洋太已经和我通电话了……"

"他怎么说？"应溪野急迫地追问。

"老板的意思是……感谢我们这次的努力，虽然结果让人失望和遗憾，后续朗睿集团有项目利润，他也会按照先前约定的……给我们，但是……他给我们提供的债务担保……可能不能再继续下去了……"

她的心猛地抽搐了一下："那怎么办？如果就凭你和我每月的工资，我们根本还不上那些钱，以后生活怎么办？"

"没事，你也别急，我们还有转机，相信我，一切都还有转机。"

应溪野的心中想到了什么新目标，急迫地说："秦澈，你看是否可能从这个角度和Tracy再沟通一下？你们不是特别熟吗？再去求求陶抒夜？让她们施加点压力？对方最终报价远低于目前项目完成所需的执行成本，属于恶意竞价行为，因此需要重新组织报价。而基于这个价格，对方的报价是不足以支撑项目最终效果的。从这个角度沟通？"

秦澈显得十分沮丧："没用的，我找过她们了，但是她们都没办法。"

应溪野紧紧抓住秦澈的手臂："陶抒夜呢？你再去找找她？实在不行我就去求她？毕竟我们姐妹一场，这点面子她可能还是会给我的。"

秦澈叹了口气："她……就算了吧。没用的，没用的。"

"是她……居然是她……"她的眼神立刻黯淡起来，冷哼了一声，"真的要谢谢她了，这次要不是她从中作梗，我们也到不了今天这一步。"

她随即抄起桌子上的酒瓶，一口气喝下去一半。

"你说，这是不是报应……"应溪野无神地望着秦澈，她用打火机打了几次火，终于把手里的烟卷点燃。

"我不知道，我现在什么都不知道……"秦澈抓着头发，瘫倒在沙发上面，"我再找几个朋友吧，大概能凑出来一百万元，也就这样了，爸妈那边我也说了，能够凑五十万元吧，其他会发生什么，只能听天由命了。"

"就这样结束了，我有点不甘心。"应溪野双眼无神地看着天花板，"我一直都当她是最好的朋友，但是这一次，她真的太让我失望了……"

秦澈看着她，神情显得十分痛苦："这也不能怪她，她在那个位置上，有她的考虑……不怪她，要怪就怪我们自己吧……"

"你到现在还在护着她……你和她？"

秦澈心里咯噔一下，他知道她没有说出来的话。眼前的女人让他不寒而栗，他恨自己为什么没早点发现她如此极端。

他实在受不了她的神经质和歇斯底里，他当初和她在一起，看中了她的外表与激情，但所有的热情冷却之后，就只剩下真实的灵魂相处，然后，他发现了她的可怕之处——总是想要完全掌控一个人，挥霍无度，总是买各种压根儿用不上的东西。

于是，他的存款肉眼可见地消耗了下去，堂堂一个国际公关公司的分公司董事总经理，到年底只剩下可怜的几万块钱。在无声无息地消除了他拥有的一切之后，她带着最深情的笑容告诉他："还有我在哦。"

或许，她与他的爱情本来就诞生于彼此的寂寞，那不堪一击的甜蜜只是冰山一角，黑暗的海面下是无穷无尽的猜疑、伤害、心痛、互相亏欠和无休止的纠缠。

"你要我说多少遍，我和她真的没什么！"秦澈的声音冷下来。

她的语气也变得尖锐："你是不是特别后悔和我在一起？"

秦澈还是耐心地克制着自己的情绪："还有，溪野，我想和你说个事。"

"你说。"

"我这次回深圳，就是想和你说，我们分手吧，我们在一起不适合。你的这种控制欲，我受不了。"

"嗯？"应溪野反应淡淡的，"我也想问你个问题，你这段时间频繁地往返深圳和北京之间，就换回来这样一个结果？你是不是和她重新在一起了？然后在她的教唆之下，抛弃我？"

"你胡说什么？"

"是不是真的？"

秦澈说不出话来。

应溪野看着他，冷嘲热讽道："如果我没猜错，这些日子你往返北京和深圳之间，不只是为了这个竞标吧……"

"她可是你最好的朋友，你怎么能这样想？"

她脸上是扭曲的苍白无助："那是在认识你以前——认识你以后，我就失去了两个朋友，一个是你，一个是她……"

秦澈脸色蓦地发白，应溪野的臆想能到什么地步，他实在没底，但是女人的直觉似乎又不完全错。情急之下，他只能勉强挤出几个字："我没有。"

"没有什么？"应溪野紧盯着他，"难道你对陶抒夜还没死心？你真的以为你和她上床了，我一无所知？"

应溪野的浅笑似乎是一种挑衅式的示威：我不是什么善男信女，我要让你知道，秦澈，惹恼了我，我让你死无葬身之地。

秦澈顿时愈加心灰意冷。

她冷笑着："别忘了，我也有你的信用卡，你的每一笔消费，我都清楚……"

秦澈这才醒悟，她有自己的信用卡密码，完全可以去查自己的所有消费记录。

他知道他们这次是彻底完了。

"溪野，你以后还是别这样了，对你、对别人都不好——"

丢下这番话，他决绝地起身，夺门而出。

"你回来！"

"你给我回来！你不回来我死给你看，你信不信！"

"秦澈——"

秦澈头也不回，他再也不想见她了。他落荒而逃，开车沿马路向海边驶去。

整个房间只剩下应溪野孤零零的一个人。

她无神地望着她与他的合照，一杯酒也没喝，一口东西也没吃，再没多说一句话。清汤燕菜、黄焖鱼翅、罗汉大虾、清蒸白鱼，一桌摆好的精致酒席，一口未动。

她双眼无神地看着天花板，自顾自地呓语起来——

"秦澈，你知道我的理想是什么？我想成为一个混吃等死的人，安心做个浑蛋，运气好的话遇到另外一个浑蛋。我们悲观地享乐，谁先厌倦了就把对方乱棍打死，尸骨留着当口粮。我曾经天真地以为你是那个浑蛋，现在看来，你根本不是，根本不是。一个人最受不了的，就是别人对你的期望之重，还有落空时的轻视。"

她觉得自己像一个孤魂游荡其间。她悲哀地发现，她和秦澈，两个人至为深情的一瞬，永远在对方看不见的一刻。能够看见这一刻的自己，又仿佛是飘浮在他们周围的灵魂，口不能言，无能为力，看着这两个人互相眷恋又互相折磨，看着彩色的画面再一次转成黑白，看着他们的开心日子渐渐地，渐渐地，一去不复返。

她笑着，整间空荡荡的屋子，都是她的笑声。

秦澈驾驶着汽车，整个内心是空的，完全的空空荡荡的，没有目的也没有目标。汽车的广播响起来一段念白，嗯，是马顿的歌，歌名叫作《孤岛》。那配合着钢琴弹奏的念白如流水一般，流淌进他的内心……

第二次天亮　你转身在黑夜里消失不见了
留下我一个人在渐渐温暖的沙滩上
海浪推涌着回忆
拍打在细软的沙子上
被明亮晒得周身满烫
我遇到了我的绝无仅有
在怔住的一瞬间又再次磨灭
我在沙滩上寻找你来时的足迹
可耀眼的沙子早已被海浪重新修理得平平整整
……

吞掉做过的梦吧

再也不会和谁谈论起不存在的故事

你说我有我的梦　你有你的事

对吧　天黑的时候人是会自私的

天一亮　我们就都回来了

第六章
你可以审判我吗

1

当地的气象台刚刚发布了大风蓝色预警信号，受冷空气和七级偏北风的双重影响，笼罩城市上空的迷雾被彻底驱散，莫名其妙淅淅沥沥地下起了小雨。

受天气影响，导航半路上弄错了位置，陶抒夜、楚歌与林诗琪一行人驱车，几乎花了半天时间才兜兜转转来到了潭柘寺的山脚下。上山的路途异常难走，汽车已驶上蜿蜒的盘山路，对面来车与它擦肩而过。

楚歌紧握方向盘，全神贯注地驾车小心避让，甩出的碎石不断飞向崖下，后视镜上挂着的平安符也不住地剧烈晃动。他丝毫不敢松懈，连续给油，随着汽车盘旋而上，他也长舒一口气，正了正东倒西歪的平安符。坐在副驾驶位置上的陶抒夜抬头望去，眼见山峦中云雾蒸腾，山壁铮亮，树枝上包裹着苔藓。

终于找到了停车场，众人下来走路。由于这里刚下过一场大雨，湿气和雾气都很重，一行人沿着山路缓缓行进。又行进了一个半小时，他们才在层层绿荫当中看到了若隐若现的寺庙轮廓。三人走到门前，牌匾上"潭柘寺"三个大字才清晰可见。山门外是一座三楼四柱的木牌坊，牌楼前有古松二株，枝叶相互搭拢，犹如绿色天棚，还有一对石狮，雄壮威武。

黄昏将至，许许多多只鸟儿在寺庙上空盘旋而上，扑腾徘徊。

寺门前，一位小和尚正在扫地，楚歌说明来意后，他当即前去通报，而后一行人在小和尚的引导下，经过几道内院大门，走向寺庙西侧的会客殿。院中幽静雅致，碧瓦朱栏，流泉淙淙，修竹丛生，颇有些江南园林的意境。院内有流杯亭一座，名猗玗亭。

寺里的香火一向很旺。凡是到了开年，栾贺臣必会带着集团麾下所有高管来这里拜会。原本定的是第二天大部队才来，今天三人心血来潮，商量了下决定来庙里小住一夜。

彼时，天色已晚，先前楚歌等人在上山路上又耽搁不少时间，于是方丈就安排寺内僧人准备素食。结果，还未等到吃饭，林诗琪身体不适，决定早早休息。用过寺里准备的素食晚餐，习惯了都市生活的楚歌和陶抒夜还不大适应寺庙九点入睡的习惯，于是坐在院子里面有一搭没一搭地聊着天儿。由于楚歌外派日本分公司半年刚回国述职，老友见面，更有着聊不完的话题。

"好想做一个桃花源中人，不知有汉，无论魏晋。"陶抒夜抱膝坐在院中藤椅之上，下巴搁在膝盖上，望着空中一轮明月。

楚歌的语调依旧是波澜不惊："所谓'法不传六耳'，真谛还得依赖自己来悟。人是环境的产物，通常在这个时候会容易放空。怎么比方呢，就像听一首喜欢的歌，根本不用去推敲每一个字的来源，它们可能只是闪现过听众脑海的词句，创作者并没有那么大的意图。摒弃所有的典故、故事，只要看字面上营造出来的画面就足够了。"

"半年不见，你现在俨然是大师了——"陶抒夜嘻嘻哈哈地调侃道，"对了，这段日子你在日本开心吗？"

楚歌笑了笑："这半年在日本，我拼命给自己找事去做，骑马、开山地越野车、实弹射击、潜水、学单板滑雪。学滑雪摔过很多次，摔得很痛。为了滑雪，我在札幌住了几个月，赶着第一趟缆车上山，迎着夕阳结束。我在冲绳岛学水肺潜水，我忘不了第一次背着潜水器材下水的那种紧张和刺激，后来我考了OW（开放水域初级潜水员）和AOW（开放水域进阶潜水员）。我去学自由潜和冲浪，又在海边住了几个月，风大的时候冲浪，风小的时候潜水，偶尔跟朋友出海打鱼，现烤现吃，过着日出而作、日落而息的生活，同时考完了AIDA（自由潜水）四星。再后来，我开始学风洞、跳伞，考完了A License（美国跳伞协会入门级跳伞执照）的认证，也完成了自己的二百次独立跳伞。"

"楚歌，你变化真的很大。"陶抒夜发自内心地感叹。

"是好是坏？"楚歌长舒一口气，把身体松弛舒展开来，颇有兴致地说，"就像你说的，即使未来再精彩，也绝不放弃现在，我应该活得开心一点儿。我尤其喜欢东京这座城市，今年的花火大会，我人生第一次在夏天的时候看烟火，你还可以坐在上野公园喝上一杯杯清爽的朝日啤酒虚度光阴，那种感觉还是很开心的。明年你一定要来，几处近郊的寺庙风貌也很古朴优美，我看过一次后，意犹未尽，这个小遗憾可能是将来使我重访东京的理由。"

"好啊，那我们约定下次一起去趟东京吧。"

一种欣喜感从陶抒夜的目光里流露出来。造化弄人，想当年楚歌空降，陶抒夜比谁都恨不得他离开，但这些年来两人的关系早已发生颠覆式的变化，亦敌亦友的关系早已结束，两人成了无话不谈的好友。

"对了，朗睿集团日本分公司的职员也害怕你吗？"她感到好奇。

"日本法律和国内不一样，我来这儿更多是履行监督职能，而非管理。再加上日本是老牌资本主义社会，税务制度和审计会计制度都已经十分严格和完善，所以的确很少曝出关于贪污的新闻。"

楚歌喝了杯茶，不动声色地看着前方继续说道："不过，人性都是相通的，这个全天下走到哪里都不例外。去年我们就查了一个案子，嫌疑人一直负责朗睿集团在日本几家子公司的会计事务，她在去年年底被发现贪污，由此揭开了整个事件的序幕——四百万日元以上的手表就有十块，还有大量奢侈品，因为她喜欢迪士尼，把家都装扮上迪士尼形象。被告上报的月收入是五十八万日元，但是在朗睿日本分公司成立的五年间，她用来买包的钱就超过了两亿一百五十五万日元，不动产就有四千多万日元。"

"最后的结果呢？"

楚歌摊了摊手，无奈道："东京警视厅搜查二课逮捕了她，后来，证据显示她负责管理账户ID（身份标识号）和密码，从2017年4月入职后就开始反复侵吞公款，贪污的钱款大部分投入私人外汇保证金交易（FX）。"

陶抒夜听得入神了："听起来好像是日剧。"

尽管两人关系熟络，但是业务上面的事楚歌并不愿意多聊，他靠在椅背上，话锋一转："抒夜，我们认识多久了？"

陶抒夜短暂思索了一下："三年左右时间吧……"

"我告诉你，准确来说，是三年七个月零四天。"

她惊讶极了："你记忆力这么好？"

楚歌收起笑容，半开玩笑半认真地盯着陶抒夜的双眸："因为，和你相关的记忆，我都特别清楚。你是我的重点怀疑对象，我得盯着你。"

陶抒夜眉毛一挑，笑道："现在还是？"

"不管未来我的主要精力在国内还是国外，我的嫌疑人名单上都有你。"楚歌一本正经地说。

她无辜极了，有些疑惑，耸耸肩膀："为什么？"

楚歌反问："谁让你手里掌握着集团这么多业务的品牌战略和用户发展两大核心领域，还有每年三十多亿元人民币的预算？"

"你能取消对小女子我的关注吗？"陶抒夜毫无惧色，迎着他的目光上去，"这种特殊待遇我情愿不要。"

"不开玩笑，问你个问题——"楚歌抛下来这一句，"权力对你来讲有吸引力吗？尤其是像你这样，原本在一个系统里处于边缘、被压制，甚至出局的位置上面，命悬一线之际，又重新回到了权力中心，就像过山车一样。"

陶抒夜思索了好一阵子，平静地说："我能感觉到吸引，但没有形成贪恋。大权在握的时候，每天那么多决策由你来做，那么多下属由你来管理，坦率来说，还是挺爽的。"

楚歌追问："还有呢？"

陶抒夜想了一下，又说："对于所谓的权力，我还没有形成依赖，我不止一次地想过，有一天我不在这个位置上了，随时能够有能力抽离，去适应变化。再说了，谁能够在这个位置上待一辈子？我永远不希望自己心安理得，觉得一切理所应当，就像是在最寒冷的冬天，火上烤板栗，我希望它永远'嗞嗞'地响，提醒着我，翻腾不休。"

"老人们说，高处不胜寒，这道理朴素，谁都懂。可惜能做到的，少之又少。"

"想那么多干吗，喂，你职业病又犯了！开心一点儿好不好？"陶抒夜拿起来茶壶，给自己和楚歌的杯子都斟满红茶，笑道，"我们首先应该善良，其次要诚实，最要紧的是，永远不要相互遗忘。这是你告诉我的。"

"不——"楚歌矢口否认，"是陀思妥耶夫斯基说的。"

陶抒夜眼神有些迷离："你想进一步了解我？"

"有兴趣，多多少少。"

"我在问你是不是想进一步了解我？这么说是不是太直接？"

"我是想进一步了解你。"

"当真？"

"当真。"

陶抒夜的目光投向楚歌，一字一顿道："楚歌，我只想告诉你，不管你自认为多了解一个女人，你都不会真正地了解她。"

听着寺内的风声，月光皎洁，朦胧间楚歌看见陶抒夜眉眼间似戚非戚的表情煞是迷人。他心中一阵恍惚，心中一些默契，但也不便于表达，那隐隐的久别重逢后的美好还是忍不住从心底冒出来。

略一迟疑之际，他的手机跳出来新的接收邮件提示音，打破了暂时的静谧。

楚歌下意识地看了一眼。

咦——

他以为自己看错了。

定睛一看，没有错，反舞弊中心的邮箱收到一封新邮件，那标题赫然写道：

举报朗睿集团首席营销官陶抒夜贪污、受贿、侵占公司财产等严重问题，请求集团管理层予以严查！（附件含所有证据）

楚歌愣了一下，没有反应过来。

这是开玩笑吗？这封邮件的举报对象的的确确就是眼前的陶抒夜！

他的心情难以言表，怔在那里，一动不动。

"怎么了，出什么事了吗？"陶抒夜关切地问道。

"不，不，没有。"楚歌否认，虽然嘴上这么说，他的内心已开始烦乱，为什么是这个时候，他刚调回国之际，是偶然所为，还是故意为之？

他的嘴唇动了动，即便是多年能做到不动声色的修为，也难以强行抑制住内心的悸动与不安。会不会只是恶作剧，可自己总不能当着被匿名举报的对象，打开最高保密级的举报内容和证据吧？

两人相距咫尺，却因为这一封不知真假的举报信而瞬间相隔天涯！

"你刚才说什么？"楚歌缓慢地吐出来这几个字。

陶抒夜笑着望着他："我说明天结束了，晚上回市区，我请你吃牛排。"

楚歌心不在焉地点点头，又摇摇头："佛祖脚下，不谈杀生。我明天晚上回公司有事。咱们不急，改天吧。"

她没想到他会拒绝，语气之中似乎有清冷之意，不由得对这份转折到来之快深感意外。

2

"我只能说，你太不了解女人了。楚歌。"

赵伯倩冷哼一声，语气之中夹杂着明显不满的情绪。

楚歌一愣，没有直接回应她的话。

气氛短暂沉默起来。

赵伯倩完全不搭理楚歌，继续我行我素地道："我猜呢，陶抒夜一定就是秦澈的恋人，女人的这种眼神，我看一眼就可以看透的——那种惊慌失措，那种心不甘情不愿，那种为情所困……"

赵伯倩的语气颇为笃定，像是一个老练的情场老手，她解读起来当年秦澈与陶抒夜在深圳那次"被安排"的重逢，信手拈来，滔滔不绝。

"你到底谈过多少次恋爱啊？"楚歌冷淡地回她。

"直觉——"赵伯倩一本正经道，她的双眼紧紧盯着楚歌，"这种事情是逃不过女人直觉的！"

"你能有点儿正形吗？"楚歌不禁笑了，完全没必要解释。虽然这么说，但是楚歌再了解不过赵伯倩——即使偶尔信口开河，但论严谨程度，赵伯倩恐怕比任何人都心细。

没有证据，她是不会随随便便指证别人的！

"我就和你摊牌了吧，给你看惊喜大发现——"

说着，啪的一声，赵伯倩在楚歌的面前丢下一堆文件。

"细节呢，你回头自己慢慢看，全部在里面了。我让图南从IT后台那里调出了陶抒夜近五年来，所有差旅项目的报销支出，请注意，是所有！同时，我也让采购部的Tracy那边提供出秦澈所在公司——领仕公关跟朗睿集团合作的所有项目报价单。不比不知道，一比较才发现这里面的玄机——啧啧啧，陶抒夜心理素质真是惊人，面不改色心不跳，她才是幕后大玩家才对！"

"你……有什么新发现？"

这一下子，轮到楚歌不知道该说什么话才好了。他只好拿起来一旁的美式咖啡，啜饮了一口，让自己的情绪尽快冷却下来。

"数据是不会骗人的，告诉你一个让人瞠目结舌的事实——只要是秦澈接下来的案子，涉及在外地城市落地执行的——嘿，直白点讲，就是需要他出差服务的，陶抒夜就会特意让自己出差去这座城市的时间更长一些。"

"时间更长一些？"楚歌没有弄明白她的话是什么意思。

"不明白？你以为每个人都和你一样无情无欲、没心没肺？"

赵伯倩的声音高亢起来，她走过来潇洒地拍了拍楚歌的肩膀，紧接着是一连串透不过气的追问："他们两人卿卿我我、如胶似漆得夸张到什么地步了，你根本想象不到。即便这个小项目压根儿不重要，只要一个低阶员工去就可以轻松搞定，但！是！陶抒夜也会亲力亲为去这个城市出差！她真的是出差吗？"

楚歌没说话，不过还是向她投来询问的目光。

"因为上床这件事情，别人替换不了她！"

楚歌愕然。

他抬头迎上她八卦的眼神。

赵伯倩的话在楚歌听来却十分刺耳。

他明明知道她是在讽刺他，却难以反驳，只好借着她的话继续说道："你别对人家有成见，好不好？注意下措辞，别总是'上床''上床'的！有什么真凭实据能够证明他们的关系吗？"

赵伯倩眼神不服，她早已看出来他的神情有些不太自然："哼，不是成见，我用词一向讲究鲜活的好吧？举个再恰当不过的例子，拿你和我来现身说法吧，你是秦澈，我是陶抒夜，懂不懂？白天你和我是甲方、乙方，服务与被服务的关系。"赵伯倩眨了眨眼睛，故意卖个关子："但是，等到了晚上，你和我就是一对戏水鸳鸯，依旧是服务与被服务的关系，只不过，战场从职场变成了床上！"

楚歌正在喝水，差点儿被噎住。

"你在胡说八道什么？"

赵伯倩的嘴巴像是机枪一样火力全开，发现了新大陆一样滔滔不绝："看看陶抒夜的机票行程单，你会发现，每次出差，只要秦澈在这个项目上面，她的返程时间就会比她预订酒店的退房时间晚上几天，也就意味着——这几天两人一定厮混在一起，比如去苏州园林逛逛，去乌镇的小巷牵牵手，再去大理的海边风花雪月，正好过个属于他们两个人的温馨时光！我已经闻到了爱情的味道！"

楚歌稍加思索，反问道："你这里面逻辑有问题，陶抒夜去了会有公司的申请记录，但是秦澈有没有去，你如何证明呢？"

"他直接去的证据，我还没有。但是你别着急，听我讲完——"她语气透着寒意，"数据非常直接，再精准不过地体现着人性——如果是其他公关公司中标执行的项目，陶抒夜要么不去，打发像沈嫣这样的'马仔'去，要么就是一副公事公办的模样，即便她会超过项目周期在那座城市多待几天，也会按照公司流程权限来申请框架内的酒店。一切都是那么规规矩矩。因为没有人给她出酒店的钱了！"

"我还是那个问题，你如何证明她和秦澈在一起呢？"

"喂，你什么时候变得这么现实主义？你不是一再提醒我们取证的时候要谨记一点——假设如果不大胆一点儿，什么时候去大胆呢？"

三言两语，句句戳心。

楚歌一阵心痛，什么都问不出口了。

赵伯倩若无其事地分享她辉煌的战果："我的初步结论是，这个世界上哪里会有这么巧合的巧合？乙方公关代理公司在差旅方面一向都是自由度比较高的，我查过了，只要是打着客户的旗号，甚至可以提出住客户指定的酒店。现在公关生意不好做，'内卷'的情况也很严重，讨好起来客户那是一个没有底线——所以，接下来怎么样，真的不好说，一切都不好说。如果给你订个超五星级酒店，两个人在酒店里喝着酒，打情骂俏，一会儿欲望的火焰上头，猛烈来袭，难以招架，两个人开始滚床单，你看我的想象力是不是太棒了？画面感是不是一下子就出来了，是不是很满足你作为一个男人的想象呢？"

赵伯倩丝毫没有任何放松，又递给了楚歌另外一份笔录："还有这个——领仕公关的财务经理，四个月前刚刚离职，江律师通过猎头朋友联系到了她。只花了一个下午的时间，出纳就承认了，每年老板洋太都有所谓'回扣'给到具体客户的负责人，秦澈累计的回扣有五百多万元。"

"江律师是如何搞定的？"这次轮到楚歌好奇了。

"哼，这个就不用你担心了，顶着财务管理和法律博士的帽子，她是专家中的专家，她自有法子解决——"赵伯倩冷笑道。

楚歌这边陷入沉思。

他听得浑浑噩噩，这些事情真的发生过吗？

虽然没有明确的证据链指向秦澈犯罪，但是，当他看到这份笔录，听到赵伯倩逻辑紧密的对比推断，楚歌心里就明白了二三，默默叹了口气，知道赵伯倩所言不虚。

但他只能硬着头皮说："我无意为陶抒夜辩解，但是，伯倩，你有没有考虑这种可能性——她自己丝毫不知情，他们就是一对普通的恋人而已。"

"楚歌，你什么时候变得这么天真了？这是不是你说的话：在真相大白之前，要用最坏的可能性去怀疑每一种可能性！"赵伯倩带着一丝嘲笑的口吻，"你真的以为陶抒夜会把摆在眼前唾手可得的人民币拱手让人？"

"我不是这个意思！"楚歌语气显得有些不耐烦，但还是强行压制着。

"实话实说吧，楚歌，你是不是对这个女人有意思？"赵伯倩瞪了一眼楚歌，一脸挑衅，"我知道徐弘出事后，你和她走得很近，但是有些东西我们还是要保持原则才行！不是吗？我今天的感觉很不好，讲来讲去，绕来绕去，你总是护着她！你说，你是不是和她上床了！"

"神经病！你过分敏感了！"楚歌鲜有地动怒了。他掏出常用的打火机，但没有打开盖子，只是摩挲着它。

"你看，急了，是不是？"赵伯倩说话的时候，眼睛直勾勾地盯着楚歌，散发着怒气。

通常她的直视只有几秒钟，这次却持续了很久。

赵伯倩猛地拉下来脸，脸上乌云密布，方才荒腔走板的调侃瞬间消失得无影无踪。

楚歌实在忍无可忍，他腾地一下子站起来："我只是说，是不是有更重要的优先级事情我们要先去处理呢？你为什么偏要扯到陶抒夜和我的关系上面，这样有意思吗？"

"可问题是，陶抒夜作为首席营销官，手上每年掌握着超过三十亿元人民币的预算，这样一个人如果涉及潜在的问题，难道不是我们重点监管的对象吗？如果说陶抒夜都不算是优先级高的对象，放眼望去，我不知道谁还能够更重要。"

"我不是这个意思。我的意思是，目前关于她的证据链还不够长，也不够充分，你明白我的意思吗？"

"胆大妄为，才能大有作为；异想天开，才能茅塞顿开。"赵伯倩针锋相对道。

陶抒夜，是他的调查对象，结果却事与愿违，一度与她发生过生命的交错纠葛。很难形容，他对待陶抒夜是一种什么情感。

喜欢，欣赏，性幻想对象，抑或是爱？

他真心不希望陶抒夜出事。

原本针对她的调查，因为徐弘事件的突然曝光，以及两人关系的缓和而暂停了。于公于私，楚歌只好一遍遍地说服自己——自己并不是就此彻底放过陶抒夜了，而是整个集团上上下下有更重要的对象需要他来彻查。这个冠冕堂皇且充满逻辑的理由，也得以让他从那种"世间安得双全法，不负如来不负卿"的强烈纠结之中抽身出来，专注地去做好接下来的事情。

但是，现在，陶抒夜沉积已久的秘密被赵伯倩重新拾起，试图抽丝剥茧去揭开角落里面沉溺着的最终秘密，这是他最不愿意看到的事实。

更为重要的是，隐藏在他内心深处的，只有他和她知道的秘密。

他脑中仍回响着陶抒夜的话，以及闪现着她的样子。

隔了好一会儿，赵伯倩那双眼睛才变回温和的样子，那两道直勾勾同时又分散的目光在刻薄地批评楚歌："你还没反应过来吗，我说话从来都是直来直去的，要是你真对这个丫头感兴趣，我们可以选择性执法。不，甚至可以网开一面。"

"你胡说什么？"楚歌克制地表达着他的不满，"我们应该有证据才行。现在的问题是，可能是秦澈有问题，但是陶抒夜完全不知情，完全都是秦澈一个人所作所为。如果现在她确实不知情呢，是不是有这种可能？"

赵伯倩说楚歌不懂女人，其实她只说对了一半，他从来都是懂得女人的，但是他对于陶抒夜这种女人确实有些看不透。

"现在就等你一句话，查不查陶抒夜？就这一句话，反正查不查她我的薪水也都是照常拿的！"

赵伯倩一副不羁的模样，她似笑非笑地打量着他，似乎早已洞悉了他的心境。作为朋友，作为搭档，作为同事，她知道他内心的冷漠、内心的黑暗以及内心的喜好。她虽然和他曾经有过肌肤之亲，但是心里很清楚，两人之间不存在任何爱情，但是并不妨碍他们继续成为很好的搭档。

楚歌不假思索地回应："我们在这里的职责，就是不放过任何一条线索，既然现在这条线索所有人都认定了，我想，我们没有任何理由不继续调查下去。不是吗？"

"你这是激将法，老板。再给你一次机会！"她不依不饶。

楚歌懒得向她解释："我和陶抒夜之间真的没有什么。"

"是吗？你们之间没有任何关系吗？"赵伯倩再次追问。

"是的。"他愈加笃定地回应。

赵伯倩表面上露出一丝不易察觉的失望。但是没有再说什么。

楚歌放松了一些，挤出一点儿微笑，试图表现得和往常一样镇定，用轻快的语气消解她的担忧。但这类话通常不能成功说服赵伯倩这样的女人，反而只有欲盖弥彰的干涩。

3

"谁也不要唬谁，谁也不是吓大的。我可以明确和你说，他们手上没有任何证据，一点儿也没有！"

洋太慢悠悠地看着窗外的云朵，似乎在说一件与自己压根儿无关的事情。

"不过呢，即使战略上藐视，战术上面也得重视，这其实就是一场心理博弈——他们会想方设法从你嘴里逼出证据，软硬兼施，这就是测试你心灵肌肉是不是够坚强的时候。记住，你要顶住，如果你认了，整个公司都没办法帮你。"

"可是，据说他们可以通过银行账户看到我的私人账户往来信息，陶抒夜和我有那么几十万元的转账记录。"秦澈忽然想到这个细节，他开始向洋太回忆——

"问题在于……"秦澈慌慌张张地打开手机里的招商银行APP，查看过去几年的完整转账记录，支支吾吾地说道，"不过……也有一些特殊情况，比如给媒体的车马费，财务会直接打到我的账上，有几十万元吧。但是我，我没有取出来，我用公司之前给你的回扣现金抵销了车马费……"

陶抒夜不明所以地盯着他："你在说什么？"

"所以车、车马费的钱留在账户里了，然后我、我就通过银行转账给你了。"秦澈鼓起勇气说道，"也就是说，证据链是完整的，公司财务打到我的账户上面，我又私下转给了你。"

听到这里，陶抒夜不禁感到晴天霹雳，眼前一黑。

"公司改了规定，媒介不能直接兑现金……我的部门汽车客户又多，所以每年广州车展前，都有大额媒体车马费打到我的账上……"秦澈目不转睛盯着手机屏幕的转账记录，垂头丧气地回忆着，"全都赖我，我图省事，用我手里的现金——也就是公司给你的回扣现金抵了车马费。最麻烦的是……去年你的好朋友，就是在深圳那位——叫作应溪野对吧，不是特别急和你借五十万元吗，你当时手里的钱都在股票基金里吧，然后我就转账给你。两笔款项的转账时间在一天，基本可以认为公司给我了六十万元，我马上给了你五十万元。"

"秦澈，你——"陶抒夜指着秦澈的鼻子骂道，"你真是个浑蛋！"

陶抒夜对那件事印象颇深，最该死的是后来应溪野要还她钱，她索性把秦澈的账户甩了过去，这下子自己跳进黄河也洗不清了。

秦澈无言以对，他转身走到陶抒夜面前，一脸忏悔与无助："宝贝，都是我的错，我一个人承担，和你没关系！"

陶抒夜像是从没有认识过秦澈一样看着他，深深叹了口气，没说话。

一阵沉默之后，秦澈还是开口了："事情已经到了这个地步，还是想想怎么去解决吧。财务给我的大部分现金，都是没办法追踪的，你放心好了，我们公司这点儿数还是有的，不会乱来。"

陶抒夜脸上毫无血色，一言不发，她猛地起身疾步走到冰箱前，从里面取出来一罐啤酒，重重地关上冰箱门。一饮而尽后，随手将那罐子丢在垃圾桶里面。

"老板，你说，如果他们拿到了这个证据，我百口莫辩呀！"秦澈显得颇为沮丧，彻底失去了往日的荣光。

"哼，别来这套，我不信。你的卡是招商银行办理的吧，别说他们没有执法权，就算是警察，没有文件，也不能随便查看公民的私人账户的。"

"可是，我听说，那个楚歌——那个负责反舞弊的家伙，他原先就是公检法出身的，手上一定有着一些灰色资源，会不会调动公检法资源来调查呢？"

"不会的，还是那句话，非法取证，你可以告他们——"洋太笃定地摆摆手，到底是老江湖，面不改色心不跳，他继续说道，"不过，我相信他们一定会编造证据，设下陷阱，让你往下跳。但是，只要你不害怕，他们就没办法，一筹莫展。"

"可是，他们，他们一般都会怎么说？"

"你还记得你在上海面对经侦调查员时候的样子吗？"

"记得，我记得，怎么会忘了呢——"

大概是四年前，魏雪刚出事那阵子，就有两位警官专程从北京去上海找到他，在领仕的上海办公室里，询问他与魏雪的客户关系，还有与陶抒夜之间是否存在私下的利益纠葛。当时他虚惊一场，还特意用别人的电话打给陶抒夜进行预警，两人后来的不欢而散和最终的有缘无分，就是在那个惊魂时刻留下伏笔的。

"对啊，你也是经历过风浪的人了。没事的，也就是那个样子。"

"秦澈，你要认清楚这一点，千万别自乱阵脚。何况楚歌也好，赵伯倩也罢，都没有执法权，你心里一定要记得！和他们交手的时候，脑子里这根筋是底线，千万别松下来。"洋太苦口婆心地教导着，"你想啊，这就是个再普通不过的逻辑了，如果一切都是证据确凿，他们直接走程序报警就行了，根本不需要问询。绝大多数时候，是你首先输了，你自己完全被震慑住了。"

"平等关系，从来都是需要争取的——"洋太挺了挺身，一字一顿地向秦澈叮嘱着，"卡尔·荣格说过一句话：当你的潜意识没有进入你的意识的时候，那就是你的命运。秦澈呀，有些东西，你要拼命抗争，但是有些东西，你也要顺势而为。切记切记，话千万别说太满，月盈则亏，要给自己，也要给陶抒夜留点余地才行。"

"可是，老板，你怎么办？"秦澈这才想到应该关心下老板，但他心里也清楚，洋太向来神龙见首不见尾，道行之深，无人能及。

洋太不以为然地笑了笑："我是新加坡籍，过几天我就回去休假了，然后，我会和总部申请去负责新加坡办公室一段时间，风声过了，我再回北京。我最担心的就是你了，一定要扛住，千万别出事，咱们兄弟一场，我不希望你出事！"

秦澈听着颇为感动，狠狠地点了点头。

他看着带着他出道多年的老板，两人亦师亦友，虽然洋太聊起克敌之路还是游刃有余，但是难以掩饰疲态，双鬓的白发这几天也肉眼可见地增加了不少。这个别人眼里的"洋太老师""广告狂人""公关教父""工作狂""天才""大魔王"，在2026年的开端，仿佛手执一把炬火，决意要毫无留恋地把回头即可见的那些荣光痕迹瞬间点燃，再若无其事地驾驶他的船只开向世界的尽头。

"老板，还是你厉害，怎么连这个，连这个反舞弊……都这么有经验……"秦澈不由得轻轻地感慨了一句。

"在我看来，不给别人留下任何能trace（追踪）的痕迹总是好的。"在商业反舞弊阴影的笼罩下，洋太显现出一个老手的高度谨慎。

洋太吸了口烟，吐出来烟圈，若有所思道："哼，当时我放着如日中天的KW的COO（首席运营官）的位置不干，为什么偏偏来到还名不见经传的刚进入中国的领仕公关做董事长，你真的以为是我有创业精神，一身热血没地方施展了吗？嗐，好多东西，说穿了都不足为外人道也——秦澈，你没听过那个寓言小故事吗？一个人获得了一把登云梯，趁别人不注意，顺着梯子爬上了云端，然后呢，迅速撤掉梯子，去和全世界大言不惭地说，我是飞上来的！"

秦澈一听，彻底愣住了，呆在那里，半天没有缓过神来。

4

当秦澈再次站在朗睿大厦楼下，他的内心五味杂陈。

这座高大的三十八层建筑体，就像一个无形的巨大磁场，将从他千里之外的南方，一路牵引过来，令他难以喘息，无法抵抗。

北京有两种形态：下雪的时候，不下雪的时候。

雪后的京城，美得让人惊心动魄，窗棂外全是银装素裹的世界，虽然尚未到千里冰封、万里雪飘的程度，但是，目光所及皆被覆盖。

一道玻璃墙将酒吧内的喧嚣与窗外的宁静彻底切割成了两个并行的世界，这家距离亮马河不远的酒吧，是利用一间废弃的小教堂改建而成，拥有极高的穹顶空间，经过一条不对客人开放的通道，能够看到斑驳复古的墙壁上投影着黑白老电影，配上两旁摇曳的蜡烛，与其说是一家颇有调性的酒吧，不如说更像是某种动物聚集的巢穴。

种种迹象表明，反舞弊中心势在必得，虽然他与洋太反复推演过对策，但内心深处依旧惶恐。

他也可以拒绝对方的要求，不答应见面。

但是，洋太的话是有道理的——不能做贼心虚，自乱阵脚，这样反而会被对方弄上黑名单，盯得死死的！

虽然这样宽慰自己，秦澈还是不知道即将面临的到底是什么，何况自己在明，对手在暗，辗转腾挪的地方只有巴掌大而已。

此时，头顶恰有一群乌鸦飞过，那叫声刺耳极了，他当下产生了不祥的预感——抬头再次凝视大厦的反光玻璃，那个顶部苍穹的独特设计再无美感，像一把尖刀，刺进他的意识之中，一阵四月里的冷风吹来，他把衣领竖立了起来，包裹住自己，蹒跚前行。

这是他四十年人生之中，最为困顿和无措的时刻，自己投掷出一个希望，又自我否定，任其陨落。此刻，在他眼中，眼前的庞然大物就像是一款RPG游戏的关卡，Boss正在黑暗之中默默地等待着他。

他别无选择，只有向前。

往上望去，他所熟悉的二十八层，是陶抒夜的办公室，她穿着干练的衬衫和长裤，一身英气地坐在那里，是不是现在只要她起身一下，走到窗边，俯视着楼下，就能够看到自己？

想到她，一种置之死地而后生的慷慨之情油然而发，他大步流星地朝前走去，哪怕等待着他的是命运的裁决。

5

两场对话，几乎同时开始。

在十五层和十八层两个不同的办公室里。

坐在楚歌对面的是陶抒夜。

坐在赵伯倩对面的是秦澈。

刘岩、江律师、栾贺将、图南、刘熙颖等所有反舞弊中心的成员，陪着董事长栾贺臣，一起坐在监视器后面。这么多双眼睛观察着，见证着，亲历着这两场同时开启且至关重要的问讯会。

"秦先生你好，我是朗睿集团反舞弊中心的调查主任赵伯倩。非常感谢，你能够在百忙之中抽出一点儿时间专程来到北京，接受我们的询问。"

在秦澈看来，赵伯倩是个直来直去的女性。留一头利落的短发，语速飞快，她话说得非常客气，在旁人听来却没有丝毫的热忱，反而让人感到一种不知道对方要出什么牌的恐惧。就像明明是敌人，却要装作一副讨好的样子，这还不如直接亮明身份来得痛快。

"幸会，初次见面。"

秦澈穿着一件深蓝色针织衫，戴框架眼镜，语气温和地寒暄着，努力让自己的表情看起来自然一些。

赵伯倩十分轻松地笑了笑："秦先生，上次我们在深圳见过一面，这是我们第二次见面了。"

秦澈表现出十分惊讶的表情："什么，我们见过面？"

"对啊，大概一年前，我和楚歌去深圳出差，约在你们公司楼下的咖啡厅。哦，对了，现场不只我和楚歌，还有我们深圳分公司的老板王森与陶抒夜。"赵伯倩在说出陶抒夜的时候，特地加重了这三个字，语气显得很随意，"对，我们四个人。当时我在一旁喝咖啡，没有上前打扰你们，但是我真的希望可以早点儿认识你的——"

晴天霹雳！她也在场！

眼前的女人不好对付，秦澈不由得倒吸一口冷气。

原来当天除了他们几个之外，还有这样一双美丽的眼睛在黑暗之中紧紧地盯着自己。他根本无暇欣赏她的美好，在他眼中，她是不惜一切代价也要将自己连根拔起的敌人！

赵伯倩似笑非笑地提醒秦澈："我这个人呀，别的不行，就是记忆力特别好。如果我没记错的话，秦先生当天还约了一位姑娘吧，你们坐在角落里面聊得十分投机呢。"

"你……你们这是监视我吗？"

秦澈倒吸一口冷气，看来她不是在吓唬自己。那天坐在自己身边的女孩叫作唐月，正是自己极力挽留的职员，她身上背着几千万元的营业额。那天他成功说服了她，成为自己在深圳分公司的左膀右臂。

赵伯倩就像是看不见的间谍一样守在他的身边，在他的生活里布下了无数个摄像头，偷窥他，监视他，密不透风。看不见的敌人，才最令人恐惧！

赵伯倩矢口否认："监视你？我们哪有权力监视你呢，不过是有些巧合罢了。秦先生，你也不必太放在心上。"

显然对方是在给他一个下马威。

"哼，你哄小孩呢，跟踪、监视，你们就像狗仔队一样！"秦澈感到非常气恼，毫不客气地斥责道。

他大致了解对方的手段和套路。自己的每句话，每个表情，都必须无懈可击，即使心中已经演练一百遍各种可能性，此时还是觉得变数颇多，他一遍又一遍地告诫自己，对方只是虚张声势、狐假虎威而已。

"秦先生，你在北京发展得非常顺利。我和你们的同事，包括离职的前财务人员同事交流过，你负责的事业部，无论是营业额还是利润，包括团队规模，在北京公司都是靠前的，为什么要放弃朗睿集团这个大客户，非要去深圳不可呢？"

赵伯倩慢慢悠悠地吐字，就像是钓鱼，鱼儿上钩之后，故意将鱼饵摇摇晃晃地摆在鱼的面前，拖延它的死亡时间。

听起来很残酷，但是作为垂钓者，她却十分享受这种折磨，她知道，对于像秦澈这样色厉内荏的男人而言，这种策略非常奏效。

秦澈早已想好一番毫无破绽的说辞："是这样，这些年一直在北方，但我的呼吸道不太好。而且我喜欢海，喜欢南方，尤其喜欢湿润一点儿的气候。四年前，公司在深圳缺一个负责人，我看机会来了，就和老板洋太申请调任，他同意了。这在我们行业是很正常的人事安排。"

赵伯倩眯了眯眼睛，并不相信："嗯，正常吗？朗睿集团每年给你上亿元的单子，这么大的生意也撒手不要了？秦先生，你这是在做慈善？"

秦澈露出颇为绅士的笑容，不紧不慢地打起太极："这个我信，一个人不可能一辈子站在自己手里，该放手就要放手。命里有时终须有，命里无时莫强求。况且，我去深圳也不是从零开始的，业务基础非常好，我也是在高水位上面接过来生意。如果一定要算营收的话，没有比在北京公司差太多。何况，我毕竟是深圳分公司的负责人，还算是升职了。"

"你倒是看得挺开，那我也不跟你绕弯子了——"赵伯倩话锋一转，直接朝秦澈开炮。

"四年前，你去深圳，是不是为了陶抒夜？"她说。

秦澈愣住了，他完全没料到对方一上来就像尖锐的匕首，直接刺进胸腔，血溅出来，落在自己脸上，也落在了陶抒夜身上。

他斩钉截铁地回应："我和她之间，就是客户关系而已。我不知道你这么说是什么意思。"

尽管内心万分忐忑，但至少在表面上，秦澈没有任何不自然，他始终记着洋太对他的叮嘱——切记切记，你面对的这批人，手里并没什么过硬的证据，狐假虎威而已，不必每句话都认真回应。普通人，很难不被这些手段震慑住，但是他们这种审讯本质上无非是一种"精神压迫"，你要知道，连警方都会给犯罪嫌疑人保持沉默的权利，所以，你不回答他们，是天经地义的。当然，他们作为客户，我们的管理人员有义务配合他们的审计，但是记住，只是审计，而不是调查，他们没有执法权。你只要选择性地回应他们的问题就可以了，其他的，视而不见。我们有最好的律师，你用不着害怕！想要不战而屈人之兵，做梦吧他们！

赵伯倩看他自以为滴水不漏的样子，不禁觉得好笑："你们先前合作过四年，大抵有好几亿元的生意，她从来都没帮过你？"

"这都是凭借我们的专业换来的，陶抒夜也一向都是看重专业。"秦澈不卑不亢，以礼相待。

"你是希望保全你自己，还是希望保全她？"

赵伯倩真是笑里藏刀，随手从摆在桌上的文件夹里取出来数张照片。

秦澈有些犹豫，怔了一下，还是将脑袋凑过来瞥了一眼。

怎么可能！竟然是数张他和陶抒夜在成都太古里牵手逛街的照片！

这是谁偷拍的？

在哪里？

什么时候拍摄的？

一个个关于"谁"的问题被抛出来，落在空气之中，但是无人响应。

"这个……这个一定是PS出来的！这根本就不是事实。"在一个接着一个的追问下，秦澈有点慌了。他的脸色青一阵紫一阵，因为急于撇清问题，反而欲盖弥彰，自乱阵脚。

赵伯倩步步紧逼，那双眼睛就像是洞察了世事沧桑一样，原本消瘦美丽的脸庞，现在在秦澈看来，就像扭曲的魔鬼一样。她有一双犀利的、能够穿透人五脏六腑的眼睛，秦澈实在没有勇气直面她，一点儿也没有，他甚至觉得自己在对方看来就是个软柿子而已，毫无还手之力。

他端详着那几张照片，心里明镜似的，自然清楚它的来源——

这都是沈嫣干的好事！她一定是招架不住反舞弊中心的疯狂攻击，把该说的、不该说的全部都丢出来了！

大约在四年前，有次朗睿集团的电动车业务在成都太古里举行了一场盛大的发布会。盛典结束，他和陶抒夜没有急着回北京，而是打算在成都多玩几天，陶抒夜尤其喜欢青城山，念叨了好几次要去那里过个周末。

无论是代理商还是客户的人，都离开了，两人一厢情愿，认为不会有人认识他们，于是一起去春熙路逛街。那天晚上，火锅吃得太开心了，他们又喝多了，任性了一把，大晚上的觉得没什么人可以发现他们，把时光和喧嚣全部抛之脑后。

谁也没想到，那天晚上，太古里一街之隔的尼依格罗酒店，有个汽车媒体正好有别的厂商活动，有个同事也在那里喝酒。他认识秦澈，也认识陶抒夜，这下子八卦的心有了，随手偷拍了好几张照片，实在无人可以分享，索性就给了和自己关系最好、一直负责媒介关系的沈嫣。

结果，沈嫣一看到照片，立即印证了自己长期以来的一个想法——陶抒夜和秦澈有一腿！

　　她看到照片之后直冒冷汗，心想，难怪秦澈先前对自己若即若离，对自己主动出击也显得心不在焉，原以为是自己魅力不足，失落了好久，这才找到了问题的根源——原来自己的老板已经捷足先登和秦澈在一起了！

　　从那时起，沈嫣就知道了秦澈与陶抒夜之间的秘密。

　　六月三十日是沈嫣的生日，沈嫣非要拉着秦澈陪她去庆祝生日。晚上喝多了，沈嫣要秦澈送她回家，在车里临别之际，沈嫣嚷着要秦澈抱抱，然后主动把嘴巴凑到秦澈的耳边，神秘兮兮地说："我知道这辈子是不能和你在一起了。""为什么？"秦澈问。"其实我知道你和陶抒夜之间的秘密，我都知道。只是陶抒夜是我老板，我还想在这里混下去，我一个助理出身，出去了能够做什么呢？我很迷茫，离开了朗睿集团，我又能够做什么呢？茫茫人海，茫茫北京，我非常迷惘，离开北京我又能做什么呢？"

　　秦澈听到这，简直就是晴天霹雳，他的酒意当下醒了一大半。

　　"你，你开什么玩笑呢？这种玩笑不能随便开！"他没有察觉的是，自己的面部由于过度紧张反而显得有些狰狞。

　　沈嫣颇有些惋惜，连忙宽慰他："看把你吓得，脸都白了。不过你放心，我虽然平日里是大嘴巴，但在大是大非上面，我拎得清。老板对我不错，我不会辜负她，祝你们幸福。但是，秦澈，我还是要告诉你，我真的好喜欢你。"

　　记忆中她给了他长长的一个吻。

　　那天她喝得很醉，事后，她再也没找过他。两个人再见面之际，都默契地当作那天晚上什么也没有发生过一样。

　　秦澈没料到沈嫣已经把一切都撂出来了，甚至连和他打声招呼都不愿意。他一阵心寒，昨天晚上，就是十几个小时前，两人还在一起享用过烛光晚餐。

　　可是，她出卖自己的时候，却毫不犹豫。

赵伯倩脸色一变："你真要我说那么直白吗？你是爱你多一点，还是爱她多一点？如果你爱自己多一点，你完全可以不承认这一切，但是如果你爱她多一点，你应该知道你所担负的责任！"

"我和她之间，真的没什么，一点儿都没有。"

"让我猜一猜，每次发布会结束，陶抒夜都不会急着回北京，为什么呢？她也许会姗姗来迟，但一定不会缺席。她会住在你订的酒店，对吗？"赵伯倩的眼神像要杀人一般，仿佛在戏耍自己的猎物，"因为你订的酒店更高级，仅此而已。"

"你胡说什么？"

秦澈愣住了，他做梦也没想到对方连这种细枝末节都了如指掌，顿时，全身的汗毛都立了起来。

赵伯倩没有言语，只是冷冷地摆出图南提供的大数据，对比了四年来陶抒夜出差城市的超额时间，与秦澈所负责项目的百分之九十五以上的惊人精准重合度。

秦澈脸黑了一半，欲言又止。他早已准备好的一切刹那间溃不成军。一直告诫自己阵脚不要乱的内心崩塌了，他终于快要坐不住了。

"可是，这又能说明什么呢？简直就是无稽之谈！"秦澈苍白地辩解着。

"你承认——你们是恋人关系吗？"

事已至此，容不得秦澈再抵赖下去，再说了，相爱又不是什么犯罪的行为。

"我们是谈过恋爱，这个我承认，不过我们已经分手了。"

秦澈大大方方地承认了，但是内心随之产生了强大的保护欲。他知道即便这一天到来，他也要保护住陶抒夜，不让她再次受到伤害——

他的情绪立即激动起来："我必须澄清的一点是，她从来没有收过我的一分钱。她不是那样的女人，她瞧不上那些东西。"

赵伯倩坚决地予以回击："秦先生，谈恋爱，大家都谈过。男人给女人花钱，也是天经地义，只不过我关心的问题在于——你是不是用了公司的钱，投资在你私人的爱情上面呢？"

"我不明白你的意思——"秦澈摇摇头。

"哼，明人不说暗话，你和你老板说的是，你需要维系客户关系，打着给客户回扣的幌子，财务每年都会给你一笔钱，提供给客户，不是吗？"

秦澈着急地争辩着："这就是我所说的关键点！她没有拿一分钱！"

四年前，他已经对不起过陶抒夜一次，将无辜的她拉入泥淖之中。

四年后，他早已下定决心——他不能再对不起陶抒夜第二次了，这是即便自己身陷囹圄、粉身碎骨，也不能丢弃的底线！

秦澈铿锵有力地回应道："作为恋人，我们是一起出去旅行过，当然，日常也有送她一些礼物，这些都是一个男友应该尽到的职责，我不认为这有什么错误。只不过，我从来没有挪用过公司的钱给客户，公司也不允许我们给客户所谓的回扣，绝不允许！"

赵伯倩上下打量着秦澈，语气刻薄："秦先生，你没有送过陶抒夜回扣？你说话总是自己打自己的脸，有意思吗？"

"请你说话客气点——"

"你的另外一个关键客户，沈嫣，她已经承认了——这些年你私下送她二十多万元作为酬劳，还送她香奈儿、古驰、爱马仕的包，价值三十多万元，你们一起去上海，你给她买了价值十万元的衣服，不是吗？如假包换，同样的道理，你也完全可以把这些东西送给陶抒夜，不是吗？对待女人，你不是一向如此？"

秦澈猛地站起身来，吓了赵伯倩一大跳。

"我和你说过，你还需要我重复多少遍才愿意相信我？陶抒夜和沈嫣，就不是一种人，她们就不是一种人！你们手上有什么直接的证据吗？！"

他就站在那里歇斯底里地吼着，脖子上面的青筋暴现，他忽然觉得，周身一阵前所未有的撕裂。他绝对不能接受的是，让陶抒夜蒙受这种不明之冤，他不能忍受将这种伤害再一次加大。

"既然今天请秦先生过来摊牌，我手上就一定有过硬的证据！你非要我拿出来，你才承认吗？"赵伯倩横眉冷对，虽是质疑的语气，却带着百分百的笃定。她没有丝毫想要放过他的意思。

秦澈平复了下心情，声音平静了许多，重新坐了下来，但还是嘴硬地顶撞："你别唬我行不行，大家都不是小孩子了。"

赵伯倩看着眼前的秦澈，就像是将一只可怜的玩物玩弄于股掌之间，阴恻恻地开口："陶抒夜过生日，你送给她的礼物，那些转账记录，'1314'，支付宝往来记录，你都忘记了？"

他内心咯噔一下，没说话。

"针对你的匿名举报，附有你私人账户的转账记录，这里面清晰地记录着，你向陶抒夜的招商银行账户共计汇款五十万元。"

秦澈一下子瘫倒在座位上面。

万万没想到！

他能够感受到脖子根上的冷汗一点点流淌下来，他一时间还想不通到底是谁进了自己的账户，将转账记录赤裸裸地提供出来，再也没有一丝一毫的保留，到底是谁做的这一切！

他气得要站起来骂街了！

赵伯倩肯定没有能力让招商银行提供普通公民账单流水，做这件事情的人一定有自己的银行账户！

她不是陶抒夜，也不是沈嫣。

只有一个人，她手上有着自己的账户名和密码，她可以悄无声息地打开自己的电脑，利用U盾登录银行账户，神不知鬼不觉地将这一切截图下来。

那，就只能是应溪野。

他的内心一阵阵地绞痛，她是在报复自己。这么做，不仅毁了陶抒夜，也毁了自己。她察觉到了沈嫣的存在，她误以为那个人是陶抒夜，她以为陶抒夜和自己重修旧好，她以为他为了陶抒夜彻底抛弃了她。

这个女人，疯狂起来真是六亲不认！

秦澈眼前一黑，如果真的是她，那就彻底完了，毕竟她知道的东西太多了。

他还在故作镇定："那笔钱是她临时急用，借我的钱。"

"你自己也看到了，你和她之间，只有往，没有来。也就是意味着——她再清楚不过地接收到了这笔钱。"

"不是的，不是这样的——"秦澈急于解释，甚至有些结巴，情急之下径直抢过来打印记录。

应溪野认为自己抛弃了她，又和陶抒夜厮混在一起，但是她弄错了，那个人根本就不是陶抒夜，而是沈嫣。他知道应溪野的爱情观很扭曲，当她爱一个人时，可以为他付出一切，这种勇气完全不像是出自一个三十岁的女人；当她仇恨一个人，那股力量又大到足以摧毁任何一种关系，即便是多年相处、亲密无间的好友。

"你看，你看这里，我收到了来自应溪野的转账，正好也是五十万元，那是她好朋友的账户，后来应溪野直接把这笔钱还给了我。"

赵伯倩语气冷冷道："很遗憾，还款的人，不是陶抒夜，而是这个叫作应溪野的人，我们并不知道你和应溪野又是什么关系，我们可以直接看到的是，你和陶抒夜之间存在着大量的经济往来，这个你是赖不掉的。"

秦澈干脆不再辩白，赌气似的躺平了："好，就算是我给她了，又怎么样？你们怎么证明，这笔钱是公司给我的呢，这笔钱明明就是我自己的。我们是恋人，我喜欢我女朋友，我给她钱，又能证明什么？"

赵伯倩接下来的一席话，像是一盆冷水彻底浇凉了他的内心："很遗憾，我们看到了另一笔转账记录，就恰好在这笔转账发生的前一天，领仕公关的公司账户给你的个人账户打款了六十万元人民币，标注是'媒体车马费'，这不就是最好的证明吗？你还需要什么其他证明呢？"

秦澈闻言，瞠目结舌地愣在了那里，他几乎快遗忘了这个事实——这一度让他和陶抒夜产生剧烈争吵的导火索，也是导致分手的炸药！

赵伯倩冷冷地盯着眼前的秦澈，只见他满脸通红，汗珠一点点从脖颈处流了下来。她知道对方已经黔驴技穷，距离彻底坦白的时间所剩无几，不知是否放弃了最后无谓的挣扎。

时间过得好慢，某种尘埃落定达成，却又似乎只是开始。真切的幻觉暂时止息，秦澈的声音带着情绪被按下后的冷静，却依然有细微的颤抖。

"那是公司给媒体的车马费，我只是暂时保管而已。"

"可是为什么没有取款记录？"赵伯倩寸步不让。

"我有取出来现金，给到媒介。"

秦澈知道这么解释无比苍白，但的确是事实。只是他实在想不通，为什么应溪野要用这种同归于尽的做法，让自己和陶抒夜陷入万劫不复的险境。

"为什么看不到？"

"因为，因为——"

窒息。心脏剧烈跳动。他甚至能感觉到血液也在加速流动。绝对不能展现出来，不能外化出来，我不能被她莫名其妙带偏了节奏。秦澈一边努力稳住自己的心性，一边调集所有脑细胞迅速回忆——当年自己办了好几张卡，莫非是用其他卡来取的现金？好像是，当时是用自己的工资卡账户支付的，因为这笔钱陶抒夜和他打过招呼，他也没多想，到账后三下五除二直接转给了应溪野！

当时真傻，为什么不多想一步，为什么不去多想一步呢？

追悔莫及，可是现在，又有什么用！

赵伯倩向他投以漠然的眼神："秦先生，现在你可以承认了吗？这是你最后的机会，我们已经有充足的证据链来证明你的犯罪事实。再告诉你一件事吧，领仕公关已经离职的财务人员Mandy，虽然她嘴巴很严，但是我们自然有办法让她说话，她已经交代了，你和你老板洋太都难辞其咎，我建议你还是多说一些，至少将来在量刑之际，法官可以网开一面。"

秦澈突然感到一阵强烈的耳鸣，他不知道她在说什么，只是隐约瞧见赵伯倩举起手，交替着语速极快地在表达着什么，他预感她正在用什么魔法蒙住了他的眼睛。恐惧感紧紧地锁在他的身上，像是被施了咒语一样。

她的嘴唇在动着，是的，在动着，她似乎对自己说了一句什么。

看着对手无言以对，赵伯倩更觉胜券在握，可惜了这副还算英俊的皮囊，确实是个能让不少女人动心的家伙。不过，赵伯倩对于这类男人打心眼儿里瞧不上，这么多女人痴迷他，命运也因他而改变。

"我，我知道现在说什么你们都不信，但是，接下来我说的每个字，都是事实——陶抒夜和我没有任何经济往来，一分钱都没有。她压根儿就不知情，都是我的错，虚荣心作祟，公司给我的回扣，我都向公司交代，这都是给客户的感谢费用，从第一年开始，五十万，七十万，一百二十万，二百七十万，我和老板，也和财务人员说，客户同意了，客户主动要，但是，但是——"

秦澈的呼吸变得急促，声音也变得异常尖锐起来。

他反反复复强调着一个信息——陶抒夜在主观上没有拿过一分钱，都是他以男友的名义送给她的，并不是交易关系。

有个遥远的声音萦绕在秦澈耳边说：说出来吧，说出来吧。只要你说出来，生活中的那些不堪与绝望，那些痛苦与羞耻，都会被原谅了。

是的，都会被原谅了。

"如果要起诉的话，起诉我一个人就好了，真的与她没有任何关系！我向上帝保证，我没有撒谎！"

秦澈言之凿凿的模样不像是撒谎。

赵伯倩沉默了。

另一个战场的楚歌也能够听到来自这里的声音。

她故意将这个桥段重重地强调了一遍，她知道楚歌心里一定会掀起波澜，她要的就是这个效果，让楚歌心疼自己喜欢的女人。

就像世界杯小组赛的最后一轮，决定谁能最后出线的关键战役，在赵伯倩与秦澈的这一组，她已经淘汰了对手胜利晋级。

接下来，只要看楚歌是不是能"零封"对手，让陶抒夜泪洒职场绿茵。

在赵伯倩心里，对陶抒夜始终都有一份敌意。虽然她现在已经和楚歌再没关系，但楚歌终究是她曾经的男人。那些肌肤之亲是有记忆的，所以，抛开职责所在，她也偏执地希望将陶抒夜绳之以法。

陶抒夜是有罪的。

她和楚歌之间的关系，不过是欲擒故纵而已。

赵伯倩对这一点坚信不疑。

"面具戴久了，那就是脸了。"

她似笑非笑地丢下来一句话，起身，离开。

6

"是不是为了你，他才去深圳？"

"我不明白你在说什么——"

"那我说得直白点好了，四年前，为了让魏雪事件不牵连到你身上，秦澈才主动向公司请缨去深圳了？"

"我还是不明白你在说什么——"

她看他，万般陌生。

他看她，百般无奈。

他们的灵魂似乎什么都明白，但是肉身不得不挤在一个只有十平方米的小屋子里面，数个隐蔽至极的针孔摄像头顶在他们头上。

一帧又一帧的画面被记录下来。

一举一动都被摄像头记录下来。

她突然感觉到一道灼人的视线，从楚歌微微发蓝的眼睛中发出。

他对上她的视线，他看到了冷漠、敌意和不加掩饰的失望。

楚歌没有办法保护陶抒夜。

一切都得按照他和她之间没有任何私交的条件展开。

他完全没想到会在这种情况下与她重逢，如果说整个公司只有一个人他不想与之成为对手，那必是陶抒夜。他自然知道，在调查之中一旦掺杂了感情，整件事就会朝着不可预知的方向发展。可惜，现实没别的选择，所有人，包括栾贺臣，此刻正在监视器背后注视着他，都在盯着这个结果。

他的一举一动，早已不只代表他个人。为了他一直捍卫的职业尊严，他必须认真起来，毕竟任何一个细节都躲不过栾贺臣的眼睛，更躲不过自己背后的这群兄弟，因此，绝不能松懈。

"我们从多个渠道了解到，你和秦澈之前是恋人关系。当然，谈恋爱也不是违法，你也没必要否认——"

楚歌一副公事公办的样子，让陶抒夜觉得眼前的人格外陌生。

她并不知晓，这对于楚歌而言，也是一种煎熬。

"有什么证据可以证明我们在一起过吗？"陶抒夜眉毛挑起来，她并不喜欢楚歌的咄咄逼人。

"一定要我挑明吗？"

"嗯。"陶抒夜点点头。

楚歌顿了下，语气冷漠到冰点："我们仔细比对过近四年你的所有公司行程单，每次你去一座新城市出差，只要是有秦澈所在的公司领仕公关服务的项目，你都会先按照公司的规定订酒店，但是通常你会提前退房。我们在OA上面也看得到，几乎百分之九十五的返程时间都会比预期晚上几天，也就意味着，明明有公司出钱帮你订酒店，你却非要自费埋单，酒店水单完全可以证明。"

他停顿了下，接续说着："我想问问，为什么会有这种情况？我想这并不是偶然。"

陶抒夜的内心一沉，嘴角却扬起嘲弄的笑意："这就算是所谓的证据了吗？这么儿戏的臆想？"

楚歌不紧不慢地说："如果只有一次两次，我会认为那是小概率事件，但大数据不会说谎——过去四年时间里，只要有秦澈服务的项目在，百分之九十五都会出现这种情况，尤其是临近周末，你都会选择周一一大早飞回来北京。你在那边一定是有需要陪着的人吧？否则也不至于每次你都假公济私去当地做调研？"

陶抒夜内心虽然咯噔一下，但是表面上仍旧气定神闲，虽然不知道楚歌手里到底掌握了多少证据，但明面上不能输了气势。

"我想提醒你，公民有个人隐私权，我也可以不回答。"

"当然。"

陶抒夜略加思索道："我晚几天，是因为有些私人原因，这里我不方便，也没有必要和你透露。不过，我想澄清一点，我没有因此占公司一分钱的便宜！此外，楚歌，我希望你说的每句话都有足够的证据，而不是靠这种莫须有的东西来怀疑我！"

陶抒夜毫不退让，语气铿锵有力。

楚歌暗自钦佩，与魏雪对比，陶抒夜显然更难对付。魏雪只是看着嚣张跋扈，眼前的陶抒夜经过多年历练，早已褪去了稚嫩，变得低调隐忍，这样的对手反而更加激发他的战斗欲望。

显然，楚歌做不到不战而屈人之兵。

陶抒夜算是反舞弊团队的"编外成员"，这些年，双方的配合频次非常多，放在整个集团层面来看，仅次于法务部。陶抒夜深度参与过数个关键案子，尤其是徐弘事件，对于楚歌的探案手法相当熟悉。因此，她一定不会像其他嫌疑人那样，只靠简单的心理博弈就轻易让她妥协。

他知道自己必须打起十二分的精神来对付她。

"如果你可以证明我们是恋人，请你出示证据。"陶抒夜的声音虽然不高，但是态度决绝，不容置疑。

楚歌冒着失去她信任的风险，暗自消化着那份无力，强撑道："抒夜，我相信我们还是朋友吧，负责任地说，你是公司的未来之星，不要因为这个事情弄得下不来台。你还年轻，你要想想以后的路——"

"楚歌，谢谢你的提醒，但我也不是小孩子了，我会对我的一言一行负责的。"陶抒夜的玻璃杯突然摔落在地上，发出清脆响亮的声音。杯子没有碎，只不过有个角缺失了，水默默流淌在地板上，形成唯一有迹可循的路线。

双方沉默了一会儿，空气中凝结着某种解不开的情绪，缠绕在两人之间，仿佛是某种宿命的对决。

因此，两个人也都小心翼翼地防备着对方，不希望哪句话说错了，让对方获取更多质疑的可能性与证据。

"楚歌，其实，我也有个问题想问你——"陶抒夜仰着脖子，肾上腺素的刺激让她浑身上下充满了战斗力。

"请讲。有来有往，这才公平，我必定直言不讳。"

"为什么偏偏是你来找我谈，为什么是你？为什么不可以是赵伯倩、刘岩、江律师？"

楚歌一怔，呆在那里半天没说话，

"请你告诉我，为什么？"

"你真的要知道答案吗？"

"当然。"陶抒夜点点头，并不打算退让。

他内心真诚地希望陶抒夜可以全身而退。整个公司上上下下十几万人，他最不希望出事的就是陶抒夜。但是，现在最让他头痛的人，偏偏就是陶抒夜本人。

他只能对陶抒夜、对他们的过去装作若无其事。

楚歌思考片刻，解释道："为什么是我，因为老板十分重视这个案子！你我之间，都再熟悉不过了。我也不避讳，你是他很看重的人，你手上掌握着公司三十多亿元预算的走向，他希望能够让这一切尽快水落石出，所以只能是我。顺便告诉你一个事实，本来是赵伯倩来和你谈，但是现在她正在和秦澈谈。我想，凭借她的能力，一定能够打开秦澈的嘴巴。"

陶抒夜听了，半天没有说话，内心一阵难过。

其实，她心里跟明镜似的，这次的调查是一定躲不过去了，只是她还是没想到，为什么偏偏是楚歌？为什么是这个她再熟悉不过的男人？为什么是这个她内心已经形成默契，甚至已经产生了爱意的男人？

谁来审问，她都能接受，但是她不愿意面对楚歌。这个她一度反感的、敌对的、互相怀疑的，但是由于共同的秘密，冰释前嫌，一点点地好不容易建立起信任的人。这份感情难道如此虚假吗？

楚歌亲自上阵之后，陶抒夜才发现，与紧张慌乱相比，那种失落的情绪尤在其上，似乎这四年来所做的努力都已成空。

尽管没有任何奢望，但她也觉得一场幻灭来得太过容易。

毕竟，他们有着共同的"秘密"。

毕竟算是朋友一场吧，就在一个月前两人还一起去日本，商量着圣诞节去东京跨年；几年前，徐弘出事后，她曾日日夜夜陪在他身边，那些温情还存在吗？

她难以想象眼前的这个男人，承载着信任、承载着爱意的男人，正在理直气壮地审判自己。

如果说，秦澈的背叛让她对男人失望、对婚姻失望、对承诺失望，那么，楚歌对她的"背叛"则是毁灭性的。

突然出现的秦澈，变成对手的楚歌，让整件事朝着不可逆转的糟糕局面发展。

陶抒夜强忍着情绪带来的波动，冷冷道："你们觉得这么安排很精彩吗？同时对我们两个人进行审讯，这样我们之间就不能串供了对吧？但这一切本就是你们的想象而已——"

此时此刻，两人明明近在咫尺，心与心的距离却远隔天涯，楚歌感到极度痛苦。

他知道自己"被监视着"，这种痛苦更多还是源自自己。因为，这种"监视"的权利是自己授予的，并非其他人索要、夺取的——这真的是报应吗？自己开拓的疆土，结果反过来作茧自缚、反噬自己！

真是讽刺极了！

他只能忍受自己被监视的处境。

他被自己所构建的体系牢牢地困住了，搬来救兵后发现要杀死的反而是自己对陶抒夜炙热的感情，这感受不亚于狠狠地捅了自己一刀。

自己，是一切的根源，也是所有问题的答案。

现在，他的背后有那么多双眼睛在紧紧盯着这里，他必须要给所有人一个真实的交代——陶抒夜本人到底是不是真的有问题？

若不是赵伯倩在背后步步紧逼，他也曾想瞒天过海。但是他心里明白，赵伯倩的做法，其实都是在针对陶抒夜。

就像是陶抒夜没有算准秦澈，他也没有算准赵伯倩。

她还对自己有情意。

虽然两人已分手数年，甚至是在他和高菲交往之前。他们不过是在各自孤独的时候，互相陪伴过一段时光，没想到这份感情依旧停留在赵伯倩的心底，遇到陶抒夜之后，嫉妒和恨意升腾起来，就像绽放的烟火一样，越是盛放，越是凋零。

平心而论，他极其厌恶秦澈，毕竟陶抒夜今天面对的所有灾难，都是拜他所赐。

于楚歌而言，这是无法形容的痛苦，去"审讯"一个自己喜欢的人，一个在偌大的组织体里，唯一给过自己宽慰、帮助自己走过低谷的人。

他清楚职场上没有真朋友的道理，何况身在这种注定没有"同事"的职位上，可是，他的内心深处偏偏渴望着被理解。

数年前，他曾在保利大剧院看过一部戏，廖一梅的《柔软》里面有句台词戳中了他：每个人都很孤独，在人的一生中，遇到爱、遇到性都不稀罕，稀罕的是遇到了解。

现在，这种痛苦的源头恰恰是，他必须使用赵伯倩提供给他的宝贵弹药，毫无保留地精准攻击陶抒夜所犯的错误。

即便职场生涯已长达三十多年，也很少遇到如此棘手的处境，当初，他答应栾贺臣重出江湖来到朗睿集团，不就是为了实现他的职业理想吗？当然，从栾贺臣的角度来看，他，抑或是整个反舞弊团队，只是一个党同伐异的工具而已。

天下为公？

本质上不过是见不得光的"职场锦衣卫"而已。

自己，是一切问题的根源，也是所有问题的答案。

现在，他得再问问自己的内心了。

他暗道一声糟糕。另一边的赵伯倩已经抢先一步攻克了秦澈的最后防线，为了保护陶抒夜，秦澈承认了所有的错误，眼前这场战争，最后只能以失败告终了！

时移世易，队友成了敌人，敌人却成了想要保护的同谋。

这场拉锯战已经超过了一个小时，必须发出最后通牒了。

"陶抒夜，其实我们手上有一份转账记录，上面记录得非常清楚，秦澈在2018年6月18日，给你的招商银行私人账户转账了五十万元人民币。"

陶抒夜内心咯噔一下。

为什么连这么隐秘的东西楚歌都知道。

原来他早就知道这一切，然而，一个礼拜前他还在和自己喝酒聊天儿，没有表露任何端倪。这世界上真的会有心思这么深沉的人，难道戴着面具生活就可以忽略别人的真情吗？

抑或是，秦澈这个王八蛋把一切都交代了？

想到这里，她的心态逐渐濒临崩溃的边缘，秦澈，你究竟是什么意思！你是不是想玩死我才甘心？她打破头也想不出来他这么做有什么好处。不会的，不会的，他不会这样恩将仇报对自己的，他这么做，自己跳进黄河也洗不清了。

陶抒夜胃里泛起一阵前所未有的剧烈恶心，她努力控制着气息，不能乱了阵脚。

她实在不愿意相信，人性可以卑劣到这种程度。

只是，从楚歌的嘴里说出来的话，所有都是真的，甚至精准到了时间、账户，以及金额！

不是随随便便能够杜撰出来的！

"承认了吧？你到底是希望帮自己，还是希望帮秦澈？"楚歌问。

事已至此，陶抒夜心中五味杂陈，既空虚，又释然。她终于卸下了职场高管身份给她带来的枷锁与荣耀，她缓缓的陈述，停留在略微苍白的唇上。

她说："如果是男朋友对女朋友转账的话，请问这有什么错？"

楚歌说："你承认了？"

陶抒夜有些失神："谈恋爱……犯罪吗？"

楚歌厉声道："爱情无罪，可问题的严重性在于，这笔钱是他服务的公司领仕公关提前一天打到他账面上的。根据我们掌握的领仕公关已经离职的财务人员提供的证据，他每年都会根据朗睿集团提供的金额来给你'回扣'！"

陶抒夜只觉得此刻看不清楚歌的样子，只能听到他冰冷的声音。

"我……"

楚歌好意提醒道："这件事情的症结在于——你知不知情？你们是甲方、乙方的关系，你知道吗？如果你们只是萍水相逢，他就算是送你一座金山，我也不会来找你谈的，但你们是甲方、乙方的关系——也就是说你的每个决策都会影响对方生意的走向！"

陶抒夜一字一顿地坚决道："我没有给过他任何一笔单子，一笔都没有！"

楚歌从耳机里面听到了秦澈承认利用陶抒夜舞弊后拿到单子的消息，虽然痛苦，但表面上还是装作若无其事："这只是你的主观判断，秦澈已经交代了！我理解，你可能不知情，是你的手下沈嫣故意泄露消息，在背后操盘这一切。"

"什么？"这个晴天霹雳一样的消息让她愣在了原地。

"沈嫣一直在暗处协助秦澈，包括技术标的打分点，尤其是最后阶段的报价。这个刘岩方才也与沈嫣确认了。她全部承认了，从中获取了合计一百万元人民币的好处。秦澈送她的礼物和衣服也有几十万元。"

另一个战场上，经验老到的刘岩坐镇，早已让浅薄的沈嫣一败涂地。

楚歌虽然看起来不动声色，但心里万分憎恶秦澈，这个毁了陶抒夜的男人！

陶抒夜想象过无数次功亏一篑的可能性，但是唯独疏漏了这点——她可以阻止秦澈，但是她没有办法阻止沈嫣。

祸起萧墙，她现在算是明白了它的真实含义，可惜为时已晚。

洪水猛兽般的失落毫无保留地席卷了她，陶抒夜觉得自己活得真失败，从来没有真正认清过秦澈和沈嫣。

他们都曾是她最亲近的人，一个曾在自己的枕边，一个曾在自己的座位旁。现在，他们合谋将自己推向了犯罪的深渊，而她居然完全不知情。

原来，沈嫣早就知道自己与秦澈的关系，也许还和秦澈悄悄地上过床。而她还傻傻地帮助沈嫣在职场上晋升，把她当作自己的心腹，她简直难以想象沈嫣每次看她和秦澈在一起的样子。

只有她像个傻子一样被蒙蔽其中，现在才幡然醒悟。她忽然想起三年前和秦澈吃日料的那天晚上，沈嫣肯定看到了自己，她真会演戏啊，堪称"影后"，原来一切都是在陪着自己演戏而已。

原来所有人都在一旁冷眼看自己表演，自己还一门心思对人家好。

她再也控制不了情绪，不知道该如何是好，楚歌欺骗了她，秦澈欺骗了她，应溪野欺骗了她，现在沈嫣也欺骗了她。如果全世界都这么无情地欺骗自己，那么问题就只有一个——不是别人坏，而是自己太天真。思及此处，她眼前一黑，差点儿晕了过去。

她还记得楚歌说过，喝醉的时候，世界不会迫在眉睫。

过去四年，大大小小的世界在她面前像画卷一样不断展开，又像电影一样跌宕起伏，有过迷茫、痛苦、失意、绝望的时刻，但好歹都挺过来了。

但是现在，她实在挺不下去了。

她努力平复好情绪，缓缓道出："我承认我们曾经谈过恋爱，但是，作为客户，我没有收过他一分钱，一分钱都没有收过，我对天发誓——"

自己在这个既熟悉又陌生的楚歌面前一败涂地，他的每个眼神都带着道德审判的意味。她和秦澈亲密的时候，自己的一举一动，似乎都被对方看在眼里。那种赤裸的感觉实在是太糟糕了，她现在真想找个缝隙钻进去，像只不被人发现的老鼠一样。

楚歌扬了扬手中的文件："公司每年都会要求核心岗位，尤其是掌握了上规模预算的核心负责人来进行利益冲突申报。你知道的，公司有明确的利益冲突申报制度，我看了你每年填写的部分，尤其是和秦澈所在的公司领仕公关，很遗憾的是，你在每一栏写的都是没有任何关系。你可能认为你没有做错任何事情，但事实就是，你说谎了。即便你没拿一分钱，你也犯错了，因为你没有对公司坦白，没有对自己坦白，如果你提前做了申报，整件事情或许还会有转机，但是现在没有机会了，再也没有回头的机会了。"

也许是楚歌的声音太严厉了，她的手竟然颤了一下，然后手指慢慢地一根根松开："我一分钱也没拿，秦澈那些年送给我的所有礼物，包括一起吃饭的、一起旅行的花销，给我的生日礼物，微信、支付宝转账，我折算成为现金四十余万元，全部都还给秦澈了，我可以清清楚楚地提供每一笔转账记录！你说的那笔转账，我的朋友应溪野转账还给了秦澈，你们可以直接查秦澈！除了这些，我再也没有什么可以说的了。要杀要剐，悉听尊便。如果你们有足够的证据，警察随时可以带走我。"

"你……"楚歌怔住了，一时竟然不知道该说什么好。

陶抒夜紧迫的视线盯着他，语气中再没有一丝一毫的恐惧："不过最后，我还是有话要说，不是和别人，而是和你——楚歌，你真的让我很失望。我觉得做人没必要这么虚伪，我把你当作好朋友，你可以把我当作秘密调查对象，当然也可以怀疑我，但是，做人能不能真诚一点儿！没必要骗我。在这个世界上，有些东西是不可以辜负的！总之，我会证明自己没有贪污受贿。"

陶抒夜的话就像是一颗精准的子弹，打在楚歌的心里，让他无路可逃，让他再无翻身的余地。

在楚歌的记忆中，只有她似笑非笑黯淡的脸，就像承载着两人秘密的车子驶出记忆城堡的大门，铁门缓缓关闭，回头望时，赭色的碉楼耸立在围墙之上。

7

朗睿集团大厦二十八层，反舞弊主管办公室。

四五年前，楚歌有次去纽约，未能免俗地去看了华尔街标志性的铜牛雕像。然而，令他印象最深刻的却是铜牛对面一座四英尺高的小女孩雕塑。只见她双手叉腰，扬起下巴，甩着马尾，无所畏惧地直面几米开外那头气势汹汹的公牛。

这尊雕塑叫作《无畏女孩》。

那天，一向很少拍照的他，特意和小女孩合了个影，回国后就把这张爱不释手的照片摆在办公桌上。

照片旁边，还摆放着他们第一次获得朗睿集团"年度最佳团队奖"的奖杯，那还是栾贺臣亲手在年会现场发放到他手上的。他将它放在手中，抚摸了一下纹理后，毫不犹豫地丢进了垃圾桶。

凌晨的公司格外安静，整栋大厦只有几盏灯光在闪烁。

楚歌摁灭烟头，让残留的火星彻底失去死灰复燃的可能性。路上偶尔有车辆经过。他打开窗户，让黎明前寒冷却足够新鲜的空气进来。

今天是楚歌在朗睿集团的第四年零八个月十天。毫无疑问，离别是痛苦的，这样的痛苦无法触碰，不是物理性的疼痛。它藏在清晨惊醒的床头，它隐于忽然的沉默，它来无踪去无影，但是你知道它就在那……那种感觉就像是一个正在奋力登山的人，快要爬到山顶时，回头一看，却突然忘记了自己爬山的初衷。

"起点亦是终点，两点终会相遇。里面包含着有始有终和无始无终的哲学。万物变化，悲欢离合，缘起缘灭都在这一笔。"几个月前，潭柘寺的方丈恩斌曾告诉他这句话。

或许，是时候开始新的生活了。

数个小时前的傍晚，楚歌约了陶抒夜，两人一起在丽都喝咖啡。

一连几天的天空阴郁，陶抒夜和他开玩笑说，北京的冬天就应该是这样的颜色，否则她不知道怎么面对春天的阳光。

"不管怎么样，我欠你一个道歉。"楚歌喝了一口咖啡，望向对面的陶抒夜，语气沉重。

"你今天怎么了，都不像你了。这世界上每个人都值得被原谅一次。"陶抒夜露出坦然的笑容，"或许真正错的是——我们之间的关系。"

楚歌和陶抒夜的角色是既定的，谁也没有台本，只能随性演下去。

楚歌顿了顿，一脸认真地道："我不知道命运最后要把我带向哪里，但我觉得因为你的出现让我变得更松弛了。谢谢你。"

"谢我什么？"

"徐弘走了以后的很长一段时间里，我的情绪很低落，甚至不知道活着的意义是什么，获得快乐的方式也很稀少，我懒得去看医生，因为我坚信，如果不去看医生，就不会得病。当然，你可能会笑我自欺欺人，但是我确实是这么想的，直到后来你对我说的那些话，我又得以重新回来了……所以我决定重新出发，谢谢你，抒夜，我相信我们的人生也会开始新的阶段。"

陶抒夜忽然陷入这措手不及的告别中，完全来不及反应。

"什么？你要走？你指的是离开公司吗？"她问。

楚歌点点头，没说话，算是承认了。

陶抒夜有些急了："可是，如果仅仅是因为我，没有必要。我约了老板的时间，等他下个月从美国回来，我就去当面提辞职。整件事情闹到现在这个地步，我也不想再待下去了——"

楚歌反过来劝她："抒夜，听我一句话，该走的人不是你。这个地方适合你，我希望看见你好。答应我，好好在这里待下去。"

陶抒夜知道楚歌一旦决定的事，没有退路。

她叹了口气："一开始我的确怪过你，后来想通了就淡然了。你不用有负罪感，我们谁也不欠谁的。"

"抒夜，你也不用有那么大的压力，我之所以离开公司，也不完全都是因为你。当初我答应老板来这里，一方面是因为我想做点事，另一方面我也休息很久了，所以和老板一拍即合。经历了这么多，有两个人对我触动很大，一个是徐弘，一个是你。尤其是面对你的时候，我当然知道所谓坚持原则的重要性，但是我没有选她的心微微刺痛，我必须亲自上阵——"

"我知道，当然，这我都知道的。你亲自来审问我，就是想尽你自己最大的努力来保护我，我后来什么都想通了。只是，我相信当初你也没底，无法确定，我到底有没有罪吧？"

"想听实话吗？"楚歌笑了笑，反问陶抒夜。

"当然。"陶抒夜毫不犹豫。

"——嗯，我的直观判断是你多少涉案或者知情一些，但是主观上的犯罪动机不在你这里。你后来可以全身而退，客观上，包括警方在内，我们确实没有办法来证明你的罪行。还有非常重要的一点就是，秦澈在最后关头还是当了一回男人，全都扛了下来，承认了行贿的罪行。他告诉警方，你完全不知情，都是被他蒙在鼓里的。他利用你们之间的这段关系进行了生意上的牟利，并且打着给你回扣的旗号，在你完全不知情的情况下，以男朋友的身份，给你放了糖衣炮弹。你会产生警惕，但是你也没办法分得那么清楚，这个我们都能理解，后来你主动退还了这些钱，这也很说明了这个问题。"

尽管对于当初秦澈和自己在一起却与沈嫣有染这一点，陶抒夜到现在还是无法说服自己原谅他，但他也在最后关头承担了一切，不由得内心一动，生出几分担忧："他现在还好吗？预计会判处多少年？"

楚歌摇头，说："估计不会太少，现在公司方面积极地出具了谅解书，希望在法院量刑的时候可以起到一定作用，对非国家工作人员行贿罪，预计有期徒刑两年左右是跑不了的。鉴于他先前的认罪表现，这已经是我们做的最大程度的努力。"

其实，陶抒夜早已预料到这个结果："凡事都有因果，这是他的选择，你没做错什么。对了，是不是邮件内容也准备好了？"

楚歌用手机递了过去，她看着：

市场部原总监沈嫣利用职务便利，为外部公司牟取利益，并收取外部公司好处费被移送公安机关处理的案件，经法院审理认定，沈嫣犯非国家工作人员受贿罪，判处有期徒刑一年；外部行贿公司领仕公关犯对非国家工作人员行贿罪，判处罚金一百五十万元人民币，该公司法定代表人判处有期徒刑二年。

即便秦澈背着她做了这么多对不起她的事，面临法律的惩罚时，陶抒夜的内心还是不免为他感到遗憾和痛苦。

只不过，更令她出乎意料的人，是沈嫣。

差点儿被逮捕的陶抒夜后来才明白，沈嫣的如意算盘竟然是一石三鸟！

有了秦澈手上的证据，她就可以顺理成章地匿名举报自己；再嫁祸应溪野，斩断秦澈最后的情丝，将他的心神牢牢掌握在她的手心里；自己下台后，她就能成功上位，成为新一任首席营销官。

这份缜密的心思让陶抒夜倒吸了一口冷气。

可惜，人算不如天算。为了这笔生意而不惜低价竞标者中，居然有一家公关公司横空出世，一下打破了沈嫣的战略部署，反而将自己暴露在反舞弊中心的视线之中，功亏一篑。

将职场化作战场这些年，陶抒夜很少同情某个人，或者为了谁愤愤不平。这是历经千帆后总结出的自保经验，毕竟人性幽微难测。

人们应该如何控制自己的贪欲，不让心底的魔鬼控制自己？

直到现在，她也回答不了这个问题。

他的神色有种暂时得以安放的疲倦："对不起，我刚才还没有说完。或许，或许真正让我感到疲惫的是，我去日本这段时间，一切放松了下来，松懈的状态让我明白了自己真正想要什么。你说得对，这世界上没有什么比取悦自己更重要——其实当我回到总部的时候，就已经决定离开了——和你没有关系，当然，这次你的事也加速了这一切，也挺好。我以前不信命的，觉得自己可以改变很多。但是，遇到你以后，我开始相信世上有宿命这个东西了。"

"所以，你不是对这份工作疲惫了，而是因为无法面对我？"陶抒夜问。

楚歌停顿了下，望向陶抒夜的双眼从黯淡到明亮，很快又强行抑制住了这份情感。他耸了耸肩膀，以更加轻松的口吻道——现在赵伯倩会接替我的位置，她已经非常成熟了，可以带领反舞弊团队走向更远的地方。

——请直接回答我的问题。

——我已经回答了。

陶抒夜就这么望着眼前的男人，他到底是一个什么样的男人呢？他的出现，为她平静的生活增添了许多情感波动——恐惧、难堪、欣赏、喜欢、怜惜、同情，甚至，是爱吗？

她也不知道那是不是爱情。若不在这个组织体里面，她绝不会喜欢楚歌这样的男人。但是在这里，再加上这些年遇到的事，让她的内心时刻被他影响和占据，他甚至是她这些年来唯一的主角。她也大抵猜到了他为什么离开，并为此感到动容。但是，她并不满足于接受这种隐晦的表白。

"楚歌，我想问你一个问题。"

"你说。"

"你对自己绝对真诚吗？"

楚歌点点头。

"你觉得你足够了解我吗？"

"算是吧。"

"这些年，你看到了我的全部，却从没有感受到我的真实。"说着，她的眼泪在眼中打转，迟迟没有流下来。

你想不想要我？

这个问题，在她的内心反复打转，最后还是没说出来。

"无论接下来你去哪里，或者你要去面对什么新的生活，请保持你的真诚。"

"你要是问我此时此刻的感受，就是一种不舍又开心的感觉。"

楚歌问："嗯，不舍又开心？"

陶抒夜点点头，道："不舍的是这个人以后将不再是我的同事；开心的是这个人以后将成为我的朋友。"

"谢谢……你。"楚歌看着陶抒夜的双眼，心里百感交集，无论平常多么清醒克制，面对她时，仍旧会感到情不自禁。

"随心随性，怡然自得。"

"你也是。"

……

她的心微微刺痛，她知道他希望得到原谅。

咖啡厅里，此时播放起一个不知名的意大利女歌手的歌唱。音色唯美圣洁却有着一丝抹不掉的悲伤。陶抒夜听得入神了，她，是在悲悯谁吗？还是在诉说着谁的不公遭遇？陶抒夜听不懂歌词，却与它产生了强烈的共鸣，深深地沉浸在这首曲子中，仿佛海水从他们脚下汹涌流过，她和楚歌一起乘坐命运的渡轮前行着，两岸的景致浮光掠影，好在黑暗总会过去，光明终会到来。

清晨的第一缕阳光倾泻而出，楚歌看了看表，已经是早上六点钟了。

是时候做最后的告别了。

楚歌将拟订好的辞职邮件，发给了栾贺臣，抄送给了林诗琪……

一秒、两秒、三秒钟……

邮件显示两位收件人已接收到这封辞职邮件。

没有丝毫困意，他突然萌生出来一种强烈跑步的欲望，于是穿好外套，戴上耳机，转身悄然离开了办公室。

一切正在过去。

8

栾贺臣独自坐在沙发上，漫不经心地擎起他最为钟爱的紫砂壶饮茶。他相貌儒雅中正，完全不像他哥哥栾贺将那样消瘦干瘪，傍晚的一道夕阳落在他身上，乍一看像是一座被浇筑的铜泥雕塑。虽然他平日里嘴角常挂着一丝微笑，目光却深邃锐利，仿佛一下子能够洞悉人心。

陶抒夜今天特意没有化妆，表情淡然，抑制心底荡漾的不安，像个做错事的孩子，小心翼翼地朝着他走过去。说起来，这些年她和栾贺臣打了无数次交道，每次遇到新闻发布会、媒体专访、投资者关系论坛，都是她亲自下场准备发言稿。因此，她颇为了解老板的喜好。

见她来了，栾贺臣放下茶壶，笑眯眯地和她打招呼，示意她坐下："你来了。"

陶抒夜满心忐忑，眼神闪过一丝黯然："老板，我今天是来和您道别的。"

"嗯，楚歌都跟我说了。"栾贺臣似乎并不在意，透过落地窗遥望着远方的山脉，开门见山，"我有个问题，既然你没有拿钱，也不知情，不算犯错，为什么还要走呢？"

"可我毕竟还是犯了错误，秦澈是我男朋友，我没有及时向公司进行利益相关方申报，甚至……他利用我拿到了竞标的核心数据，最后中标了我也没有察觉，客观上来说已经造成了舞弊的事实。我不走，是不能平息舆论的。何况，他和我在一起三年多，我有时候也会反思，他会不会把我们的消费账单带回公司报销……或者他用的，原本就是公司用作回扣的钱……可是，毕竟我手里没有拿钱，渐渐地，也就心安理得地接受这一切了。"

陶抒夜说得很诚恳。

栾贺臣点点头，却并没有直接回应她的话。

在陶抒夜进来之前，他一直在认真思考，回想这四年来，由他亲自发起、推动的公司发展历史上最为严苛的反舞弊政策，的确帮助了公司，但也让一些高管折戟沉沙——这些年来，吕游执掌朗睿集团的时候奉行保守策略，使得公司错过了不少机会，刘建明和王森彼此牵制，也让这艘巨轮得以继续航行。楚歌来了，这两位左膀右臂都先后倒下了。作为董事长，自己依旧牢牢掌握着这艘巨轮。不过，最近这一年，栾贺臣发现自己的精力每况愈下：白天开几小时的会，嗓子会不舒服，随时得喝杯咖啡提振精神；晚上熬夜看一会儿邮件，眼睛、颈椎、腰椎都会痛——他知道这是年龄带来的变化。

徐弘出事，成了他内心深处不愿意被人提及的一处伤疤，他当时坚定地支持了楚歌，支持了所谓的原则。但是现在，尤其是面对陶抒夜，这是他亲自提拔、被视为模范的爱将，他发自内心不希望她再倒下去，一种莫名的叛逆感与保护欲竟然从他内心之中油然而生。

他猛然冲她抛出来一个没头没脑的问题："抒夜，你觉得我身上最大的优点是什么？"

陶抒夜顿感茫然，谨慎地选择措辞作答："宽厚大度，为人豁达。"

"不，不要这种捧杀的、无聊的溢美之词。说重点——"栾贺臣的眼神鼓励着她。他并不在乎外界评价，尤其是媒体，但是他颇为看重身边人对他的评价。

"最起码——老板你能听进去别人的意见，让我们把事情表达清楚，无论是不是和你的意见相左，还是什么其他情况。"陶抒夜快速思索后抛出来这个结论，"一言以蔽之，兼听则明。"

"我从来没有信任过长久的东西——"栾贺臣点点头，"这个说起来简单，不过执行起来难上加难。抒夜，你知道为什么人获得权力之后，总是听不进别人的意见？"

这一次，陶抒夜的回答也算是豁出去了："其实，人本来就听不进别人的意见，有了权力之后就懒得装了。"

栾贺臣笑容凝固了，紧接着却朗声大笑。

"你说得对，抒夜，一旦整个公司不是在为公司服务，也不是为业务服务，而是为老板服务，这样的公司走不远。这也是一直以来，我特别警惕的东西。"

陶抒夜望着眼前两鬓斑白但修为深厚的大老板，多年在商界闯荡，早已令他成为一个外圆内方、刚柔并济之人，可他依旧坦诚而直率，总是给人带来触动与启发。

栾贺臣心里有种说不出来的滋味，索性将内心话毫无掩饰地讲了出来："我一直在思考一件事，说到底，朗睿集团是个需要盈利的机构，你是我这几年亲自提拔的，徐弘倒了，我不希望再倒一个。虽然有句老话，'这个世界缺了谁都可以转'，但是我们需要尊重事实，尊重人性。人性是复杂的，不是非黑即白的，只要不是原则性问题，公司又不是终极人性审讯室，要求每个人都是毫无瑕疵的白玉，不仅你做不到，我自己也压根儿做不到。一个你倒下来了，下一个你真的就可以全身而退吗？你做得挺好，你只要问心无愧。"

陶抒夜心突地一跳，这次轮到她怔在那里，她完全没预料到老板对着自己发表了这样一番不合常理的讲话。

栾贺臣起身在偌大的办公室里转了个圈，又走到陶抒夜面前说："自由不是你想做什么就做什么，而是你不想做什么就可以不做什么。"

"老板，你——"

栾贺臣笑而不语，抿了口茶，眼睛微微地眯了眯，慵懒地靠在沙发上向窗外望去，思绪似乎沉浸在他年轻时所经历的改革开放的黄金时代浪潮里面。

"哪个圣人没有过去？每个罪人都有未来。"栾贺臣摆摆手，不想再继续这个话题，他盯着陶抒夜笑了笑，"再说了，我要谢谢你，这些年对于公司的服务和贡献，你并没有亏欠我什么。"

听到这里，陶抒夜难以克制地在栾贺臣面前哭了起来。

似乎这几个月来所经历的一切都彻底地，如山呼海啸一般地崩盘了。所有委屈，所有胆战心惊，所有惶恐与骄傲，所有机关算尽，方才还在勉力支撑，直到这一刻，全都坍塌了。她也不再顾虑在屋子里哭，外面的秘书听了会有何感想，只想随心所欲地哭个够。

"好了，哭够了，好好想想我的建议，是不是留下来，继续为公司服务。我还是需要你。"

栾贺臣看陶抒夜的眼神，像在看自己的女儿。他今年六十岁了，身材魁梧，有一张宽坦的脸。别人已经退休的年纪，他依旧奋斗在第一线。严苛的反舞弊政策实施以来，魏雪倒下了，刘建明倒下了，王森倒下了，连自己最信任的徐弘也倒下了……生意倒是像他所预料的那样，像一艘大船朝着正确的方向航行着。他的内心还是多多少少有些寂寥，六十岁，真的是最难掉头的年纪，他依旧要很努力地维持庞大机构的快速运转。这种不服输的性格，没有败给对手，反而败给了自己人。反倒是栾贺将逢年过节一直在劝他："我相信有神。自然界这么有秩序，一定是一种更高的智慧造就的！老弟，你要看开一点儿，再看开一点儿，你看看我，从一个半吊子调查员到闻名业界的大专家，我每天出去给人家布道讲课，别人还听得恍然大悟，不也是一种大乘吗？你在反舞弊这个事上要坚持住，要有战略定力，人就得知止而后有定才行。"栾贺将对他说这句话的时候，眼睛望着远方，里面有一闪一闪的东西。栾贺臣听着莫名有些感动，对这位一直扶不上墙的兄长头一次产生出敬意来。

现在，这双眼睛有些暗淡了。它们见证过主人起起伏伏的过往，栾贺臣看着眼前的陶抒夜，发自内心地希望她留下来。

或许他只是希望留住一个时代吧。

"好了，今天我们就说到这里，一会儿我还要见客人。不过，我还是那句话，我真挚地希望你留下来，毕竟，一个符合我胃口的公关发言人，在这个市场上并不多见。当然了，最后的选择权在你手里。从现在开始，就是你的故事了。"栾贺臣轻轻地放下茶杯，竖起食指，一本正经地说道。

陶抒夜一时哽咽得说不出话来，心里一动，想起自己过世已久的父亲，那原本笃定的去意，渐渐被动摇。她现在也不知道该如何回复，只好默默地说句"谢谢老板"。

"你去休个假吧。想做点什么？"

"我还没想好，也不知道究竟可以去哪里，或许先去休息一段时间吧，去国外待一段时间，然后，然后再做点什么吧。"

"你有男朋友吗？"

陶抒夜对老板提出的这个问题感到诧异："我没有，单身。"

"让生活慢下来吧，慢下来总会有好处的。抒夜，你还是尽快找个好男人，好好生活才行，光有事业，肯定是不行的。"栾贺臣自嘲式地笑了笑，"比如说，我认识一个男人，人很不错，我觉得你可以考虑下他。"

陶抒夜自然知道老板指的是谁。她不是没有想过他们在一起的可能性，但还是觉得这个想法太过天马行空。

犯罪嫌疑人在故事的最后，居然爱上了调查自己的人？这样的剧本竟然在生活当中出现了？她苦笑了一下，不置可否。

那个人从未流露出任何对自己有意思的迹象，或者对她产生兴趣的表情。

当然她也没有。

什么是欲望？什么是征服？什么是本能？楚歌为什么不惜选择离开，也要保护陶抒夜，他的心，似乎早已被她占据。在正义与情感之间，他难以两全。

"你好好想想，不过，那是你们年轻人自己的事了，我只是抛出来这种可能性。以我对男人的理解，我觉得他是喜欢你的，至少他愿意花这么大力气去保护一个人——反正他也辞职了，你们谈恋爱的话，完全符合集团的规定。"

栾贺臣心情不错，竟然开起陶抒夜的玩笑了。

"当一只玻璃杯中装满红酒的时候，人们会说'这是红酒'；改装啤酒的时候，人们会说'这是啤酒'。只有杯子空置时，人们才看到杯子，说'这是一只杯子'。抒夜，当我们心中装满成见、财富、权势的时候，就已经不是自己了；人往往热衷拥有很多，却往往难以真正地拥有自己。"

不经意间，他透过落地窗，看见窗外格外晴朗的天际。

"真美啊。"他不禁感慨道。

陶抒夜看着窗外，阳光很足。

一阵大风吹过，天蓝得如此透彻，以至于让人怀疑它的真实。尽管外面寒潮袭来，温度降到冰点，已经临近一年中最冷的时候，但她的内心忽然充盈起来，涌现出暖意。又是一年春来到。

9

那道门紧紧地关闭着。

曾经，这是她再熟悉不过的公寓。

只可惜，房子的主人现在已经失去了自由。

陶抒夜在门前站了足足十分钟，心里有种说不出来的感觉。不知道如何面对住在里面的、从前最好的朋友。

踟蹰许久后，她还是鼓起勇气敲了敲门。

门打开了，面前是面容枯槁的应溪野。

两人对视了一会儿。

陶抒夜努力想表现出那种久违的热情，但话到嘴边，还是收了回去。

"进来坐吧。"

穿了一袭黑色裙子的应溪野丢下这句话，转身回到房间。

窗帘是密闭着的，外面明媚的阳光完全没有照耀进来。

里面全是刺鼻的香烟和酒精味。

应溪野自顾自地蜷缩在沙发上，像是某种受惊的流浪小动物一般无助。

陶抒夜走到窗边，悄悄拉开一丝窗帘，让光照进来。

"抒夜，我不用担心自己被抛弃了，再也不用了。"

她声音低沉，模糊地吐着字眼。

陶抒夜也不知道该怎么劝慰她，或是如何指责她，毕竟曾是无话不说的朋友。

起初，也是自己将秦澈的事情巨细无遗地分享给了应溪野，后来她却彻底背叛了这份信赖与亲昵。

陶抒夜并不怪她和秦澈交往，毕竟每个人都有选择伴侣的自由，可应溪野居然一直瞒着她，难怪之前每次见面都会旁敲侧击地问上一句——你们之间还有没有联系？

应溪野就像个间谍一样不断试探着她，生怕她再和秦澈之间产生任何联系，这才是让陶抒夜耿耿于怀的根源。更为荒诞的是，应溪野还以为她与秦澈复合，引诱他出轨，于是变得歇斯底里，不惜栽赃陷害，也要毁掉她。

但是看着她现在这个样子，陶抒夜却无法下定决心憎恨这些变故，她缓缓走过去，紧紧地抱住了她。

"你还好吗？"

"我不好……我不知道接下来自己将会面对什么。"

"你需要的不是秦澈。他是你来这里的原因，但不是你要去的终点。"

"抒夜，你不用再劝我了，劝我像你一样，坦然地面对过去，我做不到，我真的做不到，也潇洒不起来。"应溪野绝望地摇摇头，低头又抽了口烟，自嘲一笑，"以后，或许就没那么多错过与遗憾了吧。"

陶抒夜内心一紧，着实担心应溪野这样的性格会做傻事："小溪，听我说。不管昨夜经历了怎样的撕心裂肺，早晨醒来这个城市依然波澜不惊。没有人在意你失去了什么，没有人关心你快不快乐，这个世界不会为了任何人停下前进的步伐。"

"一件糟糕的事情，但凡还能说过去了，就不算最糟。直到最亲密的人现在都离开我了，我才意识到自己与世界的连接空了一处。"应溪野眼神中带着一丝不安，"事情发展到这个地步，我完全不知道该说些什么，该怎么面对你——"

"我说过了，都过去了。"陶抒夜摇摇头，制止了她即将说出口的话。

"抒夜，这些年你一直是我心里的骄傲，每次我在网上看到你们的广告，都会对别人说，那是我同学拍的；看到你接受媒体专访，我就会和别人说，你看，这是我的大学室友。说真的，你让我看到了生活的另一种可能性，其实，我一直想活成你这样。"

陶抒夜苦笑："现在你肯定不羡慕我了吧？"

"不！"应溪野立刻反驳她，"当年搬进宿舍，第一次见面时，我就觉得你是个特别的女孩，追求梦想的时候从不会畏惧和后退，不像我，全然没想过靠自己挣脱束缚。"

"有人走路看路，也有人走路看云。"陶抒夜安慰道。

应溪野的表情那么飘忽："两年前，我做过一次局部麻醉手术，到了后半程，预备的麻药都已用尽，甚至还超量使用了一些，但我身体的手术区域却还未被充分麻醉，依然有清晰的感觉。可是医生不敢再增麻醉剂量，于是，后面的手术便在无麻醉的情况下进行。"

"这么勇敢？以前你可是连体检抽血都害怕的。"

应溪野心有余悸地追忆着："刀片触碰到我身体内的腺体时，挑动、切割的声音简直震耳欲聋，冷冰冰的手术刀带来火辣辣的痛感，无论怎么挣扎都会被医生按住，我哭得满头虚汗，反复想着快点结束吧，永远不想再经历。身体对刀锋的触觉留下了记忆，无论何时，只要想起来当时的场景，我就忍不住战栗。后来我就明白了，所谓的好了伤疤忘了疼，只是还不够疼而已。"

陶抒夜看到她闪烁着泪光的双眼渐渐弥漫出平和的情绪，宛如恬静的溪水。

竟然和十五年前，初次在宿舍遇到她的情景，一模一样。

……

监狱内。

——你还好吗？

——我还好。

——我不知道你是否希望我来，但我觉得我应该来看你。

——当然。我希望你来。只是，没想到你会来。

他急切地表达着。

——你能来，我还挺意外的。

秦澈低下头，像是一个做错事的小孩。虽然只是半年不见，但陶抒夜还是明显能够看出秦澈苍老了许多，原本一丝不苟的发型被朴素的平头取而代之，脸庞的轮廓愈加清瘦，倒是双眼比先前精神了不少，黑眼圈完全消失了。

他轻声重复："我只是没想到，你会来看我。"

探监室内，光线充足明亮。这是一个非节假日，前来探监的人稀少，有些冷清，只是那竖着的一道道铁栅栏警示着访客——这里是自由世界的绝缘体。

"抒夜，你能够原谅我吗？对不起，当初让你被迫承担了不少罪名，还让你失去了一个下属、一个姐妹。"

她劝慰他："秦澈，都过去了，别说这些了。你在里面多保重。"

"我是罪人，我罪有应得。你千万别为我难过——"秦澈反过来安慰陶抒夜，"我让沈嫣失去了工作和前途，让应溪野失去了她最好的朋友。我对不起你……们，一次次地让你卷进来。"秦澈的双眼充满了悔恨。

她毕竟是女人，难免会心软，此情此景更是令她心中百感交集。时间是个好东西，时过境迁，陶抒夜已不再像以前那样恨他。打量着铁窗另一侧的秦澈，她心里更多的还是难过。毕竟相爱一场，他对她的好，不可能像机器人一样清零抹掉；他对她做过的那些不堪之事，对比他现在的境遇，已经显得不值一提。

"秦澈，别说这些了，好吗？我们说点别的。"

秦澈看她的眼神还是那样温柔："谢谢你，抒夜。说真的，现在回想起来，感谢你给我的那段时光，那是我人生中最幸福的日子。你好好保重，一定要幸福。"

陶抒夜一怔，他那副眼神，就像是她最初在提案现场看到的那样。

"你还能适应这里面的节奏吗？"陶抒夜关切地问，"这里面会不会有欺负新人的情况啊。"

"放心好了，那都是电影里的剧情，现在四处都是摄像头，清清楚楚，我算是新人吧，还在积极努力着，组长对我还好，我现在就是干一些比较轻松的活计，缝纫机我现在已经驾轻就熟了。你放心吧，我毕竟是做公关的，搞人际关系还是游刃有余的。"秦澈充满自信地看着陶抒夜，"我在里面也很努力，争取好好表现获取减刑，或许一年以后我就可以出去了。我还学会了新手艺，到时候我送你一件我亲自做的衣服。"

话音刚落，他立即意识到自己说错话了："不好意思，你怎么会收这样的礼物呢？"

"不。我会的。"陶抒夜肯定地说，"用双手劳动，凭借着真本事创造的东西，不丢人。你已经在赎罪了，也为你所做的一切付出了代价。别那么苛责自己。"

"你能来看我，我已经非常开心了。不敢奢望别的。我在里面学会了一件事情，就是松弛。我在里面彻彻底底地松弛了下来。"

"抒夜，你可以原谅我吗？"秦澈小心翼翼地问。

"实话告诉你，我不会，永远不会——"陶抒夜收起方才的那份平静，嘴角上扬，眼神变得犀利起来，"对不起，秦澈，我不想骗你，我过不了自己这关。"秦澈的眼神刹那间黯淡下去，像是在忏悔般地自言自语："抒夜，我知道我不够爱你。如果再给我一次机会，我真的会期待与你再恋爱一次，可以那么极致，可以不顾一切，可以那么疯狂。不要管你几岁，不要管我几岁，不要管我们的家境，不要管所谓世俗标准，不要管什么甲方、乙方，就是轰轰烈烈爱一场。我希望我可以有机会重新认识你，虽然我知道这辈子不会再发生了！我想跟你说，我真的太幸运了，我可以遇见你。"

秦澈哽咽了，双手扶着脑袋低下去，他的眼睛不敢再去看陶抒夜。

……

狭小的窗外，黑暗笼罩下来，世界寂然无声。

陶抒夜并非不理解秦澈，她只是不想对他的话有任何反应。一点儿也不愿意。他的话就像夹生的米一样令人难受，反复地去炒，反复地去加热，却丧失了真实的味道。

过了一小阵子，她低头看了看表，轻轻道："秦澈，你多保重，时间差不多了，我该回去了。"

"对了，抒夜，有件事，我一直想和你说。"秦澈欲言又止，看她的眼神有些奇异。

陶抒夜点了点头。

"我从来没有向任何人提过——"秦澈像是急于承诺似的点了点头，"你还记得吗，五年前魏雪事件之所以那么轰动，是因为当时有两波针对她的袭击，一波是一夜之间壮观的'纸片雪花'。第二波就是匿名举报的邮件，被发送到了当时几乎所有主流财经媒体主编的邮箱。"

陶抒夜道："嗯，我记得。"

秦澈还是按捺不住内心强烈的好奇心和倾诉欲望，继续道："其实我认识陈奕甫……也不是我，是我有个朋友原先是陈奕甫所在公司的，和他交情匪浅，也参与过那次'纸条门'。两年前，我有次去成都，我和他都喝大了，他酒后告诉我一件往事，也算是一桩悬案吧，他后来还特意就这个话题与陈奕甫交流过，陈奕甫也说他百思不得其解——当年他做的什么都承认了，包括给反舞弊中心提供的匿名举报邮件，唯独这个添油加醋并不属实，所谓群发给媒体主编的邮件，他没有发过。"

秦澈停顿了下，说："抒夜，你知道，意味着什么？"

她茫然地摇摇头。

"那些给媒体的邮件，陈奕甫说他没有必要再做一次热搜，毁掉魏雪一次就够了。也就是说，在这件事上面，他有一个连他自己都不知道的'友军'存在。这个人是谁呢？我不知道，陈奕甫和我那个朋友说，看操作手法，他的直觉判断背后一定有一家公关公司在操作。"

陶抒夜感到很疑惑，她不知道秦澈究竟要表达什么。

秦澈的双眼紧紧盯着她，那漠然的声音透过探监室的玻璃变得扭曲起来："还有第二件事，为什么我会输掉这一次胜券在握的标的，还是这样一败涂地？

"是我的错。我不信任你，在你和我沟通报价基础上，我又偷偷调低了一百五十万元。因为我不希望在这件事情上有竞争对手，也就是说，我必须做到万无一失。"

说着，秦澈的情绪忽然变得激动起来。

"可是，为什么会有一家名不见经传的公关公司出人意料地狙击了领仕公关，拿到了这个案子？

"到底是谁最后给它的指令？

"我算过的，这家公司以这个价格拿生意，一年要亏掉五百万元。为什么它宁可亏损，也要拿到这个生意？

"这个无疑就是公关代理商中的'死士'。谁在背后控制这家代理商呢？我不知道谁有这个能量。这家公司和当初魏雪事件中给所有媒体匿名举报，让魏雪在行业里再无机会翻身的公关公司，是不是同一家？"

一连串机枪式的问题砸在陶抒夜的心灵深处。她眉头一蹙，隔着玻璃，她只看见秦澈的嘴巴在动，有些听不见他说了些什么。

秦澈敏锐的目光打量着陶抒夜不自然的表情，心中五味杂陈。

——你的意思是我是幕后玩家，操控着这一切？

——我没有指向任何人，我只说事实。

——你到底想说什么，秦澈？

——不管你自以为对别人了解多深，你永远不可能真正地了解一个人。

无人说话，更像是内心的对白。

秦澈像是完成了一项艰巨的任务似的，朝着陶抒夜眨眨眼，狡黠地一笑，陶抒夜蓦然间从他的话音里听到了一种豁免。他压根儿没打算听她的回应。他就是要告诉她——他知道，不仅是豁免他自己，也是大度地豁免她。

从探监室走出来的时候，她感到一身轻松。三月临近末尾，又是一年春来到。万物复苏，陶抒夜感到了再分明不过的一份暖意。

不远处的路边，停着一辆车，正在等着她。

原来，人有希望，是一件多么幸福的事呀。她心里默默地想着多年前在大学里，看过的王尔德的戏剧里的一句台词：

　　　　每个圣人都有过去，每个罪人都有未来。

可惜，人们通常把重点放在后半句。

还有。那部戏的名字叫作：《一个无足轻重的女人》。

一全书完一

激发个人成长

　　多年以来，千千万万有经验的读者，都会定期查看熊猫君家的最新书目，挑选满足自己成长需求的新书。

　　读客图书以"激发个人成长"为使命，在以下三个方面为您精选优质图书：

1. 精神成长

熊猫君家精彩绝伦的小说文库和人文类图书，帮助你成为永远充满梦想、勇气和爱的人！

2. 知识结构成长

熊猫君家的历史类、社科类图书，帮助你了解从宇宙诞生、文明演变直至今日世界之形成的方方面面。

3. 工作技能成长

熊猫君家的经管类、家教类图书，指引你更好地工作、更有效率地生活，减少人生中的烦恼。

每一本读客图书都轻松好读，精彩绝伦，充满无穷阅读乐趣！

认准读客熊猫

读客所有图书，在书脊、腰封、封底和前勒口都有 **"读客熊猫"** 标志。

两步帮你快速找到读客图书

1. 找读客熊猫君

2. 找黑白格子

马上扫二维码，关注 **"熊猫君"**

和千万读者一起成长吧！